Noel Domuçu ile Jack'in Müthiş Maceraları

J.K. Rowling'in
YKY'deki kitapları:

Harry Potter ve Felsefe Taşı (2001)
Harry Potter ve Sırlar Odası (2001)
Harry Potter ve Azkaban Tutsağı (2001)
Harry Potter ve Ateş Kadehi (2001)
Harry Potter ve Zümrüdüanka Yoldaşlığı (2003)
Harry Potter ve Melez Prens (2005)
Harry Potter ve Ölüm Yadigârları (2007)

Harry Potter ve Felsefe Taşı (resimli özel baskı - 2015)
Harry Potter ve Sırlar Odası (resimli özel baskı - 2016)
Harry Potter ve Azkaban Tutsağı (resimli özel baskı - 2017)
Harry Potter ve Ateş Kadehi (resimli özel baskı - 2020)

Harry Potter serisi ek kitapları:

Fantastik Canavarlar Nelerdir, Nerede Bulunurlar?
(2002, Comic Relief ve Lumos yararına)

Çağlar Boyu Quidditch (2002, Comic Relief ve Lumos yararına)

Ozan Beedle'ın Hikâyeleri (2009, Lumos yararına)

Fantastik Canavarlar Nelerdir, Nerede Bulunurlar?
(resimli özel baskı - 2017, Comic Relief ve Lumos yararına)

Ozan Beedle'ın Hikâyeleri (resimli özel baskı - 2018, Lumos yararına)

Fantastik Canavarlar Nelerdir, Nerede Bulunurlar?
Orijinal Senaryo (2018)

Fantastik Canavarlar - Grindelwald'ın Suçları
Orijinal Senaryo (2019)

Jack Thorne, J.K. Rowling ve John Tiffany'ye ait yeni
bir özgün hikâyeden yola çıkarak Jack Thorne'un yazdığı oyun:
Harry Potter ve Lanetli Çocuk – Birinci ve İkinci Bölüm (2016)

Ickabog (2020)

J.K. ROWLING

Noel Domuçu
ile
Jack'in Müthiş Maceraları

Resimleyen
JIM FIELD

Çeviren
HAZEL BİLGEN

YAPI KREDİ YAYINLARI

Yapı Kredi Yayınları - 5861
Doğan Kardeş - 1082

Noel Domuçu ile Jack'in Müthiş Maceraları / J.K. Rowling
Özgün adı: **The Christmas Pig**
Resimleyen: **Jim Field**
Çeviren: **Hazel Bilgen**

Kitap editörü: **Darmin Hadzibegoviç**
Düzelti: **Filiz Özkan**

Grafik uygulama: **İlknur Efe**

Baskı: Mega Basım Yayın San. ve Tic. A.Ş.
Cihangir Mah. Güvercin Cad. No: 3/1 Baha İş Merkezi
A Blok Kat: 2 34310 Haramidere / İstanbul
Telefon: (0 212) 412 17 00
Sertifika No: 44452

Çeviriye temel alınan baskı: Hodder & Stoughton, Londra, 2021
1. baskı: İstanbul, Ekim 2021
ISBN 978-975-08-5134-6

Yapı Kredi Kültür Sanat Yayıncılık Ticaret ve Sanayi A.Ş.
İstiklal Caddesi No: 161 Beyoğlu 34433 İstanbul
Telefon: (0 212) 252 47 00 Faks: (0 212) 293 07 23
http://www.ykykultur.com.tr
e-posta: **ykykultur@ykykultur.com.tr**
facebook.com/yapikrediyayinlari
twitter.com/YKYHaber
instagram.com/yapikrediyayinlari

Yapı Kredi Kültür Sanat Yayıncılık
PEN International Publishers Circle üyesidir.

David'e – J.K. Rowling

Sandy ve Lola'ya – Jim Field

İÇİNDEKİLER

BİRİNCİ BÖLÜM

Domuç

1

Domuç

Domuç yumuşacık havlu kumaştan yapılma minik oyuncak bir domuzdu. Karnında ufacık plastik boncuklar vardı, bu yüzden onu bir yerlere fırlatması çok eğlenceliydi. Pofuduk ayakları gözyaşı damlalarını silmek için birebirdi. Sahibi Jack daha çok küçükken her gece, Domuç'un kulağını emerek uyuyakalırdı.

Jack konuşmaya başladığında "domuz" diyemediğinden "domuç" dedi ve böylelikle Domuç'a adını vermiş oldu. Domuç henüz yeni bir oyuncakken somon rengindeydi ve parlak siyah plastikten gözleri vardı ama Jack, Domuç'u hiç de öyle hatırlamıyordu. Ona göre Domuç hep bugünkü gibiydi; grimsi, soluk bir renkte ve bir kulağı emilmekten sertleşmiş. Domuç'un gözleri düştüğünde suratında bir süreliğine minik delikler kaldı ama sonra Jack'in hemşire olan annesi düşen plastik boncukların yerine düğmeler dikti. O gün öğleden sonra Jack anaokulundan eve geldiğinde Domuç yün bir atkıya sarılmış halde mutfak masasının üzerinde yatmış, Jack'in onun gözlerini kapatan küçük sargıyı çıkarmasını bekliyordu. Annesi Domuç'a yapılan müdahaleye ilişkin birtakım notlar bile bırakmıştı: "Dom Jones. Düğme dikme operasyonu. Cerrah: Anne."

Göz ameliyatından sonra herkes Domuç'a kısaca "Dom" demeye başladı. Jack iki yaşına girdiğinden beri Dom olmadan yatağına adım atmıyordu, bu da sık sık sorun oluyordu çünkü uyku vakti geldiğinde Dom genellikle ortalıklarda görünmüyordu. Bazen Jack'in annesiyle babasının saatlerce Dom'u aradığı oluyor, oyuncak herhangi bir yerden çıkıveriyordu: Bazen babasının spor ayakkabılarından birinin içinden çıkıyordu ya da bir saksıya sıkışmış halde bulunuyordu.

Annesi, ne zaman bir mutfak çekmecesinde ya da bir koltuk minderinin altında Dom'u bulacak olsa, "Onu neden sürekli saklayıp duruyorsun Jack?" diye soruyordu.

Yanıt Jack ve Dom arasında sırdı. Jack, Dom'un kıvrılıp uyuklayabileceği sıcak ve sıkışık yerleri sevdiğini biliyordu.

Dom'un yapmaktan hoşlandığı şeyler, Jack'in yapmaktan hoşlandığı şeylerin bire bir aynılarıydı: Mesela çalıların altında sürünmek, sonra saklanabileceği deliklere girmek ve babasının Jack'i havalara attığı gibi, Jack'in de onu havalara atması türünden şeyler. Jack'le beraber eğlendikleri sürece Dom kirlenmeyi veya yanlışlıkla bir su birikintisine düşürülmeyi umursamıyordu.

Jack üç yaşındayken bir keresinde Dom'u çöp tenekesine attı. Annesinin çöp tenekesinin geri dönüşüm için olduğunu söylediğini duyduğunda, Jack bunun dönmedolapla ilgili bir şey olduğunu sanmış ve annesinin mutfaktan çıkmasını beklemiş, sonra da Dom'u çöp tenekesine atmıştı; çöp tenekesinin kapağı kapandığında Dom'un dönmedolaba binmiş gibi olacağını hayal ediyordu. Jack çöp tenekesinin içindeki şeyleri hareket ederken yakalamak için tenekenin içine gizlice bakmaya çalıştığını anlattığında annesi güldü. "Geridönüşüm"ün dönmedolaptan çok daha başka bir anlama geldiğini açıkladı. Çöpteki her şey götürülüp başka şeylere dönüşecekti, böylelikle yepyeni hayatları olacaktı. Jack, Dom'un gitmesini ve başka bir şeye dönüşmesini hiç istemediğinden onu bir daha asla çöp kutusuna atmadı.

Bütün bu maceralar Dom'un kokusunu değiştirmişti ve Jack bu kokuyu çok seviyordu. Koku, Dom'un maceralara atıldığı yerler ile Jack'in battaniyelerinin altındaki ılık karanlık boşluğun ve annesinin parfümünün karışımıydı; annesi ne zaman Jack'e iyi geceler dilemeye gelse Dom'a sarılır, onu öperdi.

Ara sıra da olsa annesi Dom'un biraz fazla kokmaya başladığına ve iyice bir yıkanması gerektiğine karar verirdi. Dom ilk kez çamaşır makinesine girdiğinde Jack mutfakta kendini yere atıp öfkeyle ve korkuyla çığlık çığlığa bağırmıştı. Annesi Jack'e Dom'un çamaşır makinesinde dönüp dururken ne kadar eğlendiğini göstermeye çalışsa da Dom o gece yumuşacık ve kupkuru halde, yumuşatıcı kokarak battaniyelerin altına geri dönünceye dek Jack annesini affetmedi. Çok geçmeden Jack, Dom'un çamaşır makinesine girmesine alıştı ama her seferinde Dom'un o alışık olduğu kokusuna kavuşacağı günü iple çekti.

Dom'un başına gelen en kötü şey Jack dört yaşındayken onu plajda kaybetmesi oldu. Babası havluları çoktan toplamıştı ve annesi Jack'in üstünü giyinmesine yardım ediyordu. Birden Jack, Dom'u bir yere gömdüğünü hatırladı, yalnız onu tam olarak nereye gömdüğünü hatırlayamıyordu. Plajda kimse kalmayıp güneş batıncaya dek onu aradılar, babası çok kızmıştı, Jack ağlayıp sızlandı ama annesi umudunu kaybetmemesini söyleyerek her yeri elleriyle kazdı. Sonra tam babası artık Dom'suz gitmeleri gerektiğini söylediği sırada, Jack çıplak ayağını kuma soktu ve ayak parmakları yumuşak bir şeye çarptı. Jack, Dom'u çekip çıkardı, mutluluktan ağlıyordu. Babası Dom'un bir daha plaja gelemeyeceğini söyleyince Jack bunun haksızlık olduğunu düşündü çünkü Dom kumu çok seviyordu, zaten Jack'in onu kuma gömmesinin sebebi buydu.

2

Anne ile Baba

Jack okula başlamadan hemen önce eve bir mektup geldi, mektup anne babalara yönelikti. Çocukların okula gelirken en sevdikleri pelüş oyuncaklarını da yanlarında getirmeleri isteniyordu. Jack'in sınıfındaki bütün çocuklar pelüş bir ayı getirmişti, Jack ise tabii ki yanında Dom'u getirmişti. Sırayla her çocuk sınıfın önüne çıkıp kendi oyuncağını tanıttı, adını söyleyip ondan neden hoşlandığını anlattı. Sıra Jack'e geldiğinde Jack, Dom'un adının neden Dom olduğunu, geçirdiği göz ameliyatını ve kumlara gömülüp neredeyse sonsuza dek kumsalda kaybolduğu günü anlattı. Dom'un hikâyeleriyle maceraları bütün sınıfı güldürdü ve Jack konuşmasını bitirdiğinde herkes onu alkışladı. Dom oyuncaklar arasında eski püskülerden biri olmasına karşın açık ara en komik ve en ilginç olandı. Oyun zamanı Freddie adındaki bir çocuk ve Jack, Dom'la ebelemece oynadılar. Ders zili çalmadan hemen önce Jack, Dom'u bir su birikintisine düşürdü. O gece Dom'un tekrar çamaşır makinesini ziyaret etmesi gerekti.

Jack ne zaman okulda kötü bir gün geçirse, düşük bir not alsa, Freddie'yle tartışsa ya da biri Jack'in yamuk kil saksısıyla dalga geçecek olsa Dom minik, yumuşacık ayaklarıyla Jack'in gözyaşlarını silmeye hazır halde evde onu bekliyordu. Jack'in başına ne gelirse gelsin Dom yanındaydı, o anlayışlı ve hoşgörülüydü, evin rahatlatıcı kokusu hep üstündeydi ve Jack'in annesi onu ne kadar çok yıkarsa yıkasın kokusu hep geri geliyordu.

Okul başladıktan kısa süre sonra bir gece, Jack gürültüden uyandı. Karanlıkta el yordamıyla Dom'u aradı ve onu yanına çekti.

Biri bağırıyordu. Ses sanki babasının sesine benziyordu. Sonra bir şangırtı duyuldu ve bir kadın çığlık attı: Annesinin sesine benziyordu ama Jack annesinin sesini hiç böyle duymamıştı. Jack korkmuştu. Dom'u ağzına ve burnuna bastırıp bir süre sesleri dinledi, Dom'un da onun kadar korktuğunu biliyordu.

Jack annesiyle babasının birlikte bir hırsızla mücadele ettiklerini düşündü. Polisin numarasını biliyordu, hemen yataktan çıktı, karanlıkta sürünerek merdiven sahanlığına çıktı. Parmak uçlarında aşağı inerken Dom da yanındaydı. Babası hâlâ bağırıyordu, annesi de hâlâ çığlık çığlığaydı. Jack hırsızın sesini duyamadı.

Sonra oturma odasının kapısı çarparak açıldı ve babası hole fırladı. Üzerinde pijamaları yoktu, kot pantolon ve eşofman üstü giymişti. Babası merdivenlerde duran Jack'i fark etmedi. Ön kapıyı açtı, dışarı çıkıp kapıyı arkasından çarparak kapattı. Jack arabanın motorunun sesini duydu. Babası gitmişti.

Jack oturma odasına geldi. Abajur yerdeydi ve annesi yüzünü ellerinin arasına almış, koltuğa oturmuş ağlıyordu. Jack'in ayak seslerini duyduğunda afallamış halde ona baktı, sonra daha da çok ağladı. Jack onun her şeyi anlatacağını ve her şeyin yoluna gireceğini sanıyordu ama ona doğru koştuğunda annesi sadece Jack'e sıkıca sarıldı, tıpkı Jack'in üzgün olduğunda Dom'a sarıldığı gibi.

3

Değişiklikler

O günden sonra babası onlarla yaşamadı.

Jack'in annesiyle babası, artık evli olmak istemediklerini ayrı ayrı ona açıkladılar. Jack anladığını söyledi. Okulda annesiyle babası beraber yaşamayan başka çocuklar da olduğunu söyledi. Jack bu konuda ondan yana sıkıntı yaşamak istemediklerini anlayabiliyordu, o da sorun yokmuş gibi davrandı.

Ama bazı geceler annesi onu öpüp odasının kapısını kapadığında Jack kafasını Dom'un yumuşak bedenine gömerek ağlıyordu. Dom'a hiçbir şey anlatmasa da o her şeyi biliyor ve anlıyordu. Jack'in göğsüne oturan ağırlığın farkındaydı. Ayakları Jack'in gözyaşlarını sildi. Karanlıkta Jack, Dom'a numara yapmak zorunda değildi.

Jack'in altıncı yaş gününden hemen sonra babası Jack'i hamburger yemeye götürdü, ona kocaman bir kutu Lego hediye etti ve yurtdışında bir işe girdiğini söyledi.

"Her zaman konuşabileceğiz Jack" dedi babası. "Uçakla beni ziyarete gelirsin. Eğlenceli olur, ne dersin?"

Jack bu durumu, oyun oynayabileceği bir babanın her an yanında olması kadar eğlenceli bulmadı ama bir şey de demedi. Aklındakileri kendine saklamaya alışmaya başlamıştı.

Sonra annesi büyükannesi ve büyükbabasına daha yakın bir eve taşınmalarının iyi fikir olacağını söyledi, böylelikle annesi mesaiye kaldığında onlar da Jack'le ilgilenebileceklerdi. Annesi büyük bir hastanede yeni bir işe başlamış, büyükbabası da onlara kendi evlerinden sadece iki sokak uzakta çok güzel, bahçeli bir ev bulmuştu. Büyükannesiyle büyükbabasının Toby adında çok yaramaz bir köpekleri vardı. Jack'e göre Köpek Toby eğlenceliydi.

"Peki ama okuldan ayrılmam mı gerekecek?" diye sordu Jack; aklında en yakın arkadaşı Freddie vardı.

"Evet" dedi annesi, "ama yeni evimizin çok yakınında bir okul var. Orayı çok seveceğine eminim."

"Hiç sanmıyorum" dedi Jack.

Taşınmak istemiyordu, yeni bir okul da istemiyordu. Annesi onu anlamıyor gibiydi: Jack artık daha fazla değişiklik istemiyordu. Okul arkadaşlarından ayrılmamak, Dom'la beraber bir sürü macera yaşadıkları eski evinde yaşamaya devam etmek istiyordu.

Büyükannesi ve büyükbabası Jack'le telefonda konuştular. Ona annesiyle beraber yakınlarına taşınmalarını dört gözle beklediklerini, parkta Köpek Toby ile oynarken ne kadar eğleneceklerini söylediler. Jack de sorun olmadığını söyledi, tabii aslında öyle demek istememişti. Onu anlayan tek kişi Dom'muş gibi görünüyordu. Jack, ikisinin en sevdiği gizli saklanma yerlerini Dom'un da özleyeceğini biliyordu.

Birkaç hafta sonra annesi Jack'e yeni evlerini anlattı, Jack öğretmenine ve Freddie'ye veda etti. Ertesi gün taşınma şirketinin adamları geldi ve eski evlerini ev yapan her şeyi topladılar. Sonra da annesi Jack'i ve Dom'u arabaya bindirip onları yüzlerce kilometre öteye götürdü.

Jack yolculuktan hoşlanmıştı. Dom, Jack'in kucağında oturdu. Jack ile annesi yolculuk oyunları oynadılar, yarı yolda pizza ve dondurma yemek için mola verdiler. Annesi Jack'in şeker makinesinden iki tane kocaman sakızlı şeker almasına izin verdi, biri Jack'in diğeriyse Dom'un olacaktı (tabii arabaya döndüklerinde Jack, annesine Dom'un şekerini onun için yemesi gerektiğini açıkladı).

Jack hiç ummadığı halde yeni evi sevmişti. Yatak odası hemen annesinin odasının yanındaydı ve penceresinin önünde uzun bir ağaç vardı. Büyükannesi ve büyükbabası onlar eve vardıktan tam beş dakika sonra yiyecek torbalarıyla çıkageldiler ve buzdolabını doldurdular. Köpek Toby'nin ilk yaptığı şey Dom'u Jack'in elinden çekip almaya çalışmak oldu.

"Hayır Toby, Dom benim, biliyorsun!" dedi Jack. Dom'u güvende tutmak için onu eşofman üstünün içine tıktı ama neler olduğunu görebilsin diye kafası dışarı sarkıyordu.

Taşınma şirketinden gelenler tanıdık mobilyaların hepsini eve taşıdı. Annesiyle büyükannesi mutfak eşyalarını yerleştirirken Jack, büyükbabası, Köpek Toby ve Dom bahçeyi keşfe çıktılar. Bahçede Dom'un saklanabileceği bir sürü ilginç boşluk, yüksek yerlerde de mükemmel tünekler vardı ama Jack onu yanından ayırmadı çünkü Köpek Toby her an onu yeniden kapıp kaçmaya çalışabilirdi.

O gece yatakta, Dom, Jack'in yanındaydı. Jack onun rahatlatıcı ve tanıdık kokusunu içine çekti ve taşınma gününün korktuğu kadar kötü geçmediğinde sessizce hemfikir oldular. Jack'in odasındaki pencereye henüz perde takılmamıştı, dışarıda hava kararırken Dom ile Jack pır pır kıpırdayan yaprakları izleyerek uykuya daldılar.

4

Holly Macaulay

Pazartesi günü geldiğinde annesi Jack'i, Dom'u gizlice okul çantasına tıkıştırırken yakaladı.

"Olmaz Jack" dedi nazikçe. "Ya kaybolursa?"

Dom'un yeni okulda yabancılar arasında kaybolabileceği düşüncesi korkunçtu, o yüzden Jack, Dom'u odasına geri koydu ama okulun kapısına yaklaşırken kendini yalnız ve korkmuş hissetti.

"Çok güzel bir gün olacağına eminim" dedi annesi, ona sarıldı; sonra zil çaldı ve Jack'in içeri girme zamanı geldi.

Jack bir şey demedi. Korktuğu anlaşılmasın diye kaşlarını çatıyordu.

Sınıfındaki çocuklar ona dik dik baktı. Eski sınıfındaki çocuklardan daha büyüklerdi sanki. Öğretmen onunla nazikçe konuştu ve ona adını sordu. Sonra öğrencilerden tek tek sınıfın önüne gelip doğa dersi için neler topladıklarını göstermelerini istedi. Tabii Jack'in yanında hiçbir şey olmadığından o da öğrencilerin sınıfa gösterdiği yaprakları, meşe palamutlarını ve atkestanelerini izledi.

Sonra teneffüs zili çaldı. Jack kendisini kimsenin rahatsız etmeyeceği bir köşe buldu.

Teneffüsten sonra öğretmen herkese okuma kitaplarını çıkarmalarını söyledi. Jack'e de bir kitap verdi. Sonra çocuklara o günün özel bir gün olduğunu çünkü üst sınıflardan bazı çocukların sınıfı ziyaret edeceklerini söyledi. Herkesin bir eşi olacaktı ve bu kişi okumalarına yardımcı olacaktı.

Sınıfın kapısı açıldı ve içeri son sınıflardan bir sürü çocuk geldi. Hepsi de sırıtıyordu, birkaçı önceden tanıdıkları küçüklere el salladı. Jack daha da korkmuştu şimdi.

Uzun bir kız ötekilerden ayrı duruyordu. Upuzun siyah saçlarını atkuyruğu yapmıştı. Diğer büyük kızların çoğunun tersine, ağzını eliyle kapayıp kıkırdamıyordu. Öğretmen büyük çocuklardan eşleşecekleri küçük çocukları seçmelerini istediğinde de sakince durdu. Uzun kız Jack'le göz göze gelince Jack hemen parmaklarını incelemeye koyuldu.

Büyük çocuklar masaların arasında yürümeye başlayınca Jack'in sınıf arkadaşları hep bir ağızdan fısıldamaya başladı, "Holly! Holly! Buraya gel Holly!"

Jack'in yanında oturan kız da "Holly! Holly!" diye fısıldıyordu.

Jack'in ona baktığını görünce, yanındaki kız, "Uzun siyah saçlı kızı gördün mü? O Holly Macaulay. Çok iyi bir jimnastikçidir. Televizyona çıktı" dedi.

"Merhaba" dedi biri Jack'in başının epeyce üzerinden.

Jack başını yukarı kaldırdı. Televizyona çıkmış olan Holly Macaulay ona bakıyordu.

"Sen yenisin, değil mi?" dedi.

Jack "evet" demeye çalıştı ama sesi çıkmadı. Herkes ona bakıyor, "Holly! Holly! Buraya gel Holly!" fısıldaşmaları gitgide yükseliyordu.

Ama Holly Macaulay onları duymazdan geldi. Bir sandalye çekip Jack'in yanına oturdu.

"*Senin* eşin ben olacağım" dedi.

Minik bir pofuduk domuzu, televizyona çıkmış on bir yaşındaki uzun boylu bir kızla kıyaslamak belki biraz tuhaf kaçabilir ama Jack için hiç de öyle sayılmazdı. Jack'in Dom sayesinde eski okulunda bir sürü arkadaşı olmuştu; bu kez de Holly Macaulay sayesinde yeni okulunda aynı şey oldu. Holly kitap okuma eşi olarak onunla sadece bir saat geçirdikten sonra Jack artık sessiz yeni çocuk olmaktan çıkmıştı. O artık Holly Macaulay'nin seçtiği çocuktu, o artık Holly Macaulay'nin öğle yemeği sırasında beklerken tıklım tıkış yemek masasında onu gördüğünde "Dostum Jack" diye seslendiği çocuktu.

Sınıfındaki herkes etkilenmişti. Artık onunla konuşmak istiyorlardı. Öğle teneffüsünde sandviçlerini bitirdiğinde Rory adındaki bir çocuk Jack'e futbol oynamak ister mi diye sordu. Rory iyi espri yapıyordu. Okul çıkışı annesi Jack'i almaya geldiğinde Rory kendi annesini Jack'in annesinin yanına çekiştirdi ve iki anne o hafta çocukların

Rory'nin evinde oyun oynayabilecekleri bir gün kararlaştırdılar.

Dom, Jack'in yeni okulundaki ilk gününün bu kadar iyi geçmesine çok sevinmişti. Holly Macaulay ve Rory'yle ilgili duydukları çok hoşuna gitti. Tabii ki Jack'in gerçekten konuşmasına gerek yoktu. Pencerenin önündeki hışırdayan yaprakların sesi eşliğinde battaniyelerin altına sokulan Dom kendisine tek kelime söylenmeden her şeyi öğrenmiş ve anlamıştı. Jack, Dom'un boncukla dolu bedenine yanağını dayayıp uyuyakaldı, Dom'un tanıdık kokusu Jack'in yeni boyanmış odasının kokusuna karışıyordu.

5

Holly'nin Dom'u

O dönem sonuna kadar Jack ve Holly kitap eşi oldular. Jack onu tanıdıkça bütün sınıfın neden onunla arkadaş olmak istediğini daha iyi anladı.

Çok zeki olmasının yanı sıra hep en iyi notları alıyordu ve sesi koroda tek başına şarkı söyleyebileceği kadar iyiydi, bunların hepsinin yanında Holly Macaulay ülkenin en iyi genç jimnastikçilerinden biriydi. Bir keresinde televizyona, iki kez de gazeteye çıkmıştı. Olimpiyat Oyunları'na katılmak istiyordu. Bunların bazılarını Jack'e kendisi söylemişti, bazılarınıysa Jack etraftan duymuştu.

Holly ünlü olmasına karşın kendini beğenmiş biri değildi. Jack'e jimnastik yaparken kirişten düştüğünde olan berelerini göstermişti. Jimnastik çok zordu belli ki. Holly, Jack'e kazanmak zorunda olduğunu ve hep kazanmaya devam etmesi gerektiğini anlatmıştı. İkinci olması bile yeterince iyi sayılmıyordu. Olimpiyatlar'a katılacaksa kaybetmeyi göze alamazdı.

Sonra bir gün okuma dersine geldiğinde Holly'de bir tuhaflık olduğu anlaşıldı. Gözleri kıpkırmızıydı ve şişmişti, merhaba dediğindeyse sesi çatallı çıktı.

Holly'yi çok sevse de Jack ondan hâlâ birazcık çekiniyordu.

"Şey... kazanamadın mı?" diye fısıldadı. O hafta sonu Holly'nin çok önemli bir jimnastik turnuvasına katılacağını hatırlamıştı.

Holly başını iki yana salladı. "Gitmedim."

"Hasta mı oldun?" diye sordu Jack.

Holly başını yine hayır anlamında salladı.

Jack'in okuma kitabından bir sayfa daha okudular. Sonra sayfaya kocaman bir gözyaşı damlası düştü.

"Annem babamı terk etti" diye fısıldadı Holly.

Okuma kitabının arkasına saklanarak Jack'e her şeyi anlattı.

Holly'nin annesi ona bir çanta hazırlamasını söylemiş, sonra babası hâlâ hastanede işteyken onu başka bir daireye götürmüştü. Holly babasını bir daha ne zaman göreceğini bilmiyordu. Onu özlüyordu. Onu jimnastik turnuvalarına genelde babası götürüyordu. Annesi artık Holly'nin babasını sevmediğini ona anlatmıştı.

"İkisi de kendileriyle yaşamamı istiyor" dedi Holly, Jack'e fısıltıyla. "Ne yapacağımı bilmiyorum."

Okuma saati bitince Holly kendi sınıfına döndü. Jack, Holly'nin bütün bu sırları ve özel şeyleri ona anlatmaya nasıl karar verdiğini merak etti. Belki de diye düşündü, ben de Holly'nin Dom'u sayılırım. Jack pek karşılık vermemiş olsa da onu anlamıştı.

6

Daha Fazla Değişiklik

Jack babasının iş seyahatine gittiği yerlerden ona kartpostallar göndermesine alışkındı. Annesi kartpostalları Jack'in gözü önünde olsunlar diye buzdolabının kapağına tutturuyordu. Bir tanesinde kanalların üzerinde köprüler vardı, bir başkasındaysa karlı dağların tepesindeki bir şehir görülüyordu. Jack babasıyla telefonda konuşuyordu, ona okulda yaptığı resimlerin fotoğraflarını ve Dördüncü Seviye yüzme sertifikasını mesaj olarak göndermişti. Jack yüzmeyi çok seviyordu. Sınıftaki en iyi yüzücülerden biriydi ve yedinci yaş günü partisi havuzda kutlanmıştı. En yakın arkadaşı Rory ve sınıf arkadaşlarının çoğu gelmişti.

Yaz tatili henüz gelmemişti ki Holly Macaulay ikinci kez televizyona çıktı. Törende öne çıkıp herkese yeni bir altın madalya gösterdi ve bütün okul onu alkışladı, o da Jack'e el sallayıp göz kırptı.

Jack annesi, büyükannesi ve büyükbabasıyla birlikte tatilde Yunanistan'a gitti. Dom da geldi tabii. Güneşe bayılıyordu. Havuz kenarında Jack'in yanındaki bir havlunun üzerinde yatıyordu, pofuduk bedeninin rengi biraz açılmış, daha soluk bir griye dönmüştü. Jack onu tekrar kuma gömmemesi gerektiğini hatırlıyordu.

Jack yeni sınıfına başlamak üzere okula döndüğünde Holly Macaulay Büyük Okul'a geçmişti. Jack onu özlüyordu ama artık onun da bir sürü arkadaşı vardı.

Bir akşam annesi dışarı çıkacağı için büyükannesi ve büyükbabası ona bakmaya geldiler. Bu tuhaf bir durumdu çünkü annesi normalde akşamları hiç dışarı çıkmazdı. Annesine nereye gittiğini sorduğunda annesi bir arkadaşıyla yemeğe gideceğini söyledi. Güzel görünüyordu. Yeni bir elbise giymişti.

O günden sonra annesi haftada bir gün akşamları dışarı çıkmaya başladı. Jack için hava hoştu. O büyükannesi ve büyükbabasıyla oyunlar oynarken çok eğleniyordu ama Köpek Toby geceyi orada geçirecekse Dom'u iyice yüksek bir yere koyduğundan emin oluyordu.

Sonra güneşli bir hafta sonu annesi Jack'e arkadaşı Brendan'ın arabayla oraya gelmekte olduğunu ve o gün üçünün beraber dışarıda vakit geçireceklerini söyledi.

"Brendan akşam yemeğine çıktığın kişi mi?" diye sordu Jack.

Annesi öyle olduğunu söyledi.

Brendan arkadaş canlısı görünen gür sesli bir adamdı. Annesiyle Jack'i tabiat parkına götürdü, burada bir macera parkı vardı. Jack kaydıraktan kaydı, ip ağa tırmandı ama aslında pek eğlenmiyordu. Annesinin sadece onunla ilgilenmemesi tuhaftı. Jack yeterince oynadığında üçü beraber nehre doğru yürüyüş yaptı. Brendan, Jack'e suyun üzerinde nasıl taş sektireceğini öğretti. Jack bunu ona babasının öğretmesini tercih ederdi.

Brendan onları eve bırakıp veda ettikten sonra annesi Jack'e Brendan'ı sevip sevmediğini sordu. Jack onun nazik biri olduğunu söyledi.

Sonrasında Brendan'la sık sık dışarı çıktılar. Jack annesinin Brendan'dan çok hoşlandığını anlamıştı. Bir keresinde salıncaktan döndüğünde onları el ele tutuşurken gördü ama annesi Jack'in gördüğünü fark edince hemen elini bıraktı.

Jack ona hiçbir şey dememiş olsa da Dom battaniyelerin altında her şeyi anladı. Jack, Brendan'ı artık tanıdığı için ondan biraz daha fazla hoşlanıyordu hoşlanmasına ama Dom, Brendan'ın annesinin elini tutmasının Jack'e tuhaf geldiğini biliyordu. Jack, annesinin elini tutan kişinin babası olmasını tercih ederdi, Dom bunu anlamıştı. Brendan artık Jack'in annesinin arkadaşı olmak istemez de annesi tekrar üzülürse diye endişelenen Jack'in endişesini paylaşıyordu. Jack'in artık daha fazla değişiklik istemediğini söyleyebildiği tek kişiydi Dom. Dom'a numara yapmasına gerek yoktu.

7

Jack'in Babası Değil

Jack, Brendan'ın da tıpkı annesi gibi önceden evli olduğunu ve önceki evliliğinden bir kızı olduğunu biliyordu. Bazı hafta sonları Brendan, Jack'in annesiyle görüşmüyordu çünkü kızı onunla kalmaya geliyordu ve beraber vakit geçiriyorlardı.

Bir gün Jack'in annesi dördünün birlikte sinemaya gideceklerini söyledi: Jack, annesi, Brendan ve kızı Holly.

"Holly mi?" dedi Jack.

Kız gerçekten de Holly Macaulay'nin ta kendisi çıktı, Jack'in hatırladığından çok daha uzun ve büyük görünüyordu şimdi. Değişen bir şey daha vardı aslında. Jack onu gördüğüne çok sevinmişti ama Holly, Jack'i gördüğüne hiç de sevinmişe benzemiyordu. Jack'in annesine karşı nazikti ama annesi ona jimnastikle ilgili soru sorduğunda Holly sadece "evet" ve "hayır" diye cevap verdi. Jack'in annesinin ona hiçbir konuda yardımcı olmasına izin vermedi ve ona tuvalete gitmek ister misin diye sorduğundaysa, kendi başına gidebilecek kadar büyük olduğunu, eksik olmamasını söyledi. Jack, Holly'nin annesine karşı bu kadar kaba davranmasından hiç hoşlanmadı. Holly'nin herhangi birine terbiyesizlik ettiğini daha önce hiç görmemişti.

Yatakta bu konuyu Dom'a açtığında (tabii sesli konuşmuyorlardı ama Dom, Jack'in düşüncelerini okuyabildiği için aynı şey sayılırdı) Jack, babasını başka bir kadınla beraber görmenin Holly'nin tuhafına gittiği sonucuna vardı. Yine de ne olursa olsun annesi çok hoş biriydi. Holly onunla o şekilde konuşmamalıydı.

Brendan Jack'e nehirde taş sektirmeyi öğrettikten neredeyse bir yıl sonra annesi ona anlatmak istediği bir şey olduğunu söyledi. Gergin görünüyordu. Sol elini kucağında saklıyordu.

"Brendan bana evlenme teklif etti" dedi.

"Aaa" dedi Jack.

Biraz düşündü.

"Evimize gelip bizimle mi yaşayacak?"

"Evet" dedi annesi, hâlâ gergin görünüyordu. "Sence sakıncası var mı Jack?"

Jack, Brendan'dan daha çok hoşlanıyordu artık. Brendan ona dama oynamayı öğretmiş, ev ödevlerine yardımcı olmuştu. Yine de neden böyle devam edemeyeceklerini anlamadı.

"Ona baba demem şart mı?"

"Hayır" dedi annesi. "Babana baba de. Brendan'a adıyla hitap etmeye devam edebilirsin."

"Büyükannemle büyükbabamın haberi var mı?" diye sordu Jack. İçten içe onların bu durumu onaylamayacaklarını umuyordu ama annesi onların da Brendan'ı çok sevdiklerini ve çok memnun olduklarını söyledi.

"Holly benim kardeşim mi olacak?"

"Üvey kardeşin olacak" dedi annesi. "Holly'den hoşlanıyorsun değil mi?"

"Evet" dedi Jack.

Bu doğru sayılırdı. Okula ilk başladığında Holly'nin ona karşı ne kadar nazik olduğunu hiç unutmamıştı. Şimdiyse bazen çok eğlenceli olsa da bazen de katı ve alaycıydı. Annesi onun bir ergen olduğunu, o yüzden böyle davrandığını söylemişti.

Jack'in annesi ve Brendan yaz sonu nikâh dairesinde evlendiler. Jack takım elbise giymişti çünkü yüzükleri o taşıyordu. Holly nedime olduğundan mavi bir elbise giymişti ve uzun saçlarına mavi kır çiçekleri takmıştı.

Nikâhtan sonra hep beraber bir restorana gittiler. Brendan'ın annesiyle babası da geldi. Hepsi de Jack'e karşı çok nazikti, üstelik Jack'in büyükannesi ve büyükbabasıyla da çok iyi anlaşmışlardı. Herkes mutlu gibiydi, gerçi Holly pek konuşmuyordu.

"Haftaya çok önemli bir turnuvaya katılacak" dedi Brendan, kolunu nedime elbiseli Holly'nin omzuna dolayarak. "Hep beraber gidip onu destekleyeceğiz."

"Biz derken?" diye sordu Holly.

"Judy ile Jack de gelebilir" dedi Brendan. Jack'in annesinin adı Judy'ydi.

"Onların gelmesini istemiyorum" dedi Holly. Gözleri yaşlarla doldu. "Her zaman yaptığın gibi tek gelmeni istiyorum."

Masada kısa bir sessizlik oldu ama sonra herkes hep bir ağızdan konuşmaya başladı.

O akşamın ilerleyen saatlerinde Brendan'ın arkadaşlarından biri piyano çaldı ve büyükler dans etti. Jack'in uykusu geldi. Yatağına geri dönüp Dom'a kavuşmak istiyordu.

Sonra Holly masada onun yanına oturdu. Kısık ama öfkeli bir ses tonuyla konuştu.

"O senin baban değil" dedi. "O benim babam. Sırf seninle yaşıyor diye bu onu senin baban yapmaz. Anladın mı?"

Holly'nin yüz ifadesi Jack'i biraz korkutmuştu.

"Evet" dedi Jack. "Anladım."

8

Tuvalet Kâğıdı Rulosu Meleği

O günden sonra Holly her iki hafta sonundan birini onların evinde geçirdi. Jack onun bu kez nazik Holly mi yoksa kaba Holly mi olacağını hiç bilemiyordu. Jack ve annesinin Holly'nin jimnastik turnuvalarını izlemeye kesinlikle izinleri yoktu. Turnuvanın nasıl geçtiğini sormaya bile zar zor izinleri vardı.

Holly'nin morali yerindeyse Jack'le video oyunları oynuyordu ya da arka bahçede futbol oynuyorlardı. Morali bozuk olduğundaysa –özellikle yarışmayı kaybettiyse– o zaman gerçekten korkunç oluyordu. Bir keresinde Jack'in Dom'a sarıldığını gördü ve onun aptal bir bebek olduğunu söyledi. Jack utanmıştı, o günden sonra Holly ne zaman eve gelecek olsa Dom'u sakladı.

Brendan Jack'e Holly'nin turnuvalarda başarılı olmak için eskisinin iki katı çalışması gerektiğini anlattı çünkü oturdukları semte neredeyse Holly kadar başarılı yeni bir kız taşınmıştı.

Jack, Holly hafta sonunu onlarla geçirmeye geldiğinde onu sinir etmemek için elinden geleni yapmaya çalışsa da

Holly'yi neyin çileden çıkaracağı hiç belli olmuyordu. Jack üşütmüştü ve en sevdiği televizyon programını izlerken sürekli burnunu çekip durduğundan Holly ona bağırdı. Brendan onu azarladığında Holly hışımla odadan çıktı ve kapıyı arkasından çarparak kapattı. Brendan onun peşinden koştu. Jack bir süre kendi kendine oturduktan sonra yukarı, odasına gitmeye karar verdi. Yatağına, Dom'un yanına kıvrıldı. Dom, Jack'in burnunu çekip durmasının onun suçu olmadığı ve Holly'nin çok korkunç davrandığı konusunda Jack'le hemfikir olduğunu sessizce belirtti.

Neredeyse yılbaşı zamanı gelmişti. Jack çok heyecanlıydı çünkü yeni yıl hediyesi olarak yeni bir bisiklet istiyordu, tabii en yakın arkadaşı Rory de öyle. Rory'nin evinin yakınındaki oyun alanının zemininin bir kısmı düzdü ve orada Jack'le beraber yeni bisikletleriyle yarışmayı planlıyorlardı.

Jack'in annesi yılbaşı süslerinin olduğu kutuyu çıkardığında, her zaman yılbaşı ağacının en tepesine yerleştirdikleri melek şeklindeki süsü Brendan'a gösterdi. Jack'in anaokulunda yaptığı bir süstü bu. Meleğin bedeni tuvalet kâğıdı rulosundandı, kanatları simli kartondandı ve kahverengi yünden sakalı vardı.

Holly, Jack'in eserini ağacın tepesinde görünce, "Meleklerin sakalı olmaz!" dedi küçümseyerek. Holly bunu söylediğinde Jack'in annesiyle Brendan mutfaktaydı. "İnsan neden yılbaşı ağacına eski bir tuvalet kâğıdı rulosu asar ki? Benim annem olsa, bebekken yaptığım saçmalıkları ortaya çıkarmazdı. Utanacağımı bilirdi."

Jack birden eskiden babasının "Şimdi sıra son dokunuşta" diyerek ağacın tepesine tuvalet kâğıdı rulosunu koysun diye onu havaya kaldırmasını hatırladı. Bir an için babasının eve gelmesini o kadar çok istedi ki göğsünde bir acı hissetti.

Bu Jack'in Noel'den önce Holly'yi göreceği son gündü çünkü annesi Holly'yi yurtdışındaki akrabalarını ziyarete götürecekti. Jack bu durumdan memnundu. Babası yanında olmasa da en azından kapıları çarpıp duran, yetişkinler onu mutlu etsin diye şımarıklık eden Holly de olmayacaktı, böylece annesi, Brendan, büyükannesi, büyükbabası ve Köpek Toby'yle huzurlu olacaktı.

Noel arifesinden önceki gün büyükannesi Jack'e bakmaya geldi çünkü Jack'in annesi ve Brendan işteydi. Kar yağmaya başlamıştı. Kar taneleri pencereden süzülürken Jack de kucağında Dom'la bir yılbaşı filmi izliyordu. Yılbaşı ağacının ışıkları köşede yanıp sönüyordu, Köpek Toby yerde uyukluyordu ve Jack huzurlu ve mutluydu. Dışarıda eve yanaşan taksiyi fark etmedi.

Kapı çaldı. Köpek Toby yerinden fırladı ve havlamaya başladı. Jack büyükannesinin ön kapıyı açtığını ve şaşkınlıkla bağırdığını duydu.

"Holly! Burada ne işin var?"

Jack tam zamanında kafasını çevirdi ve Holly'nin bavulunu koridora sürüklediğini gördü. Öfkeli görünüyordu ve yanakları gözyaşlarıyla ıslanmıştı.

"Uçağınızın çoktan havalanmış olacağını sanıyordum!" dedi Jack'in büyükannesi.

"Gitmiyorum!" dedi Holly. "Babamı görmek istiyorum!"

"Ama baban işte canım" dedi Jack'in büyükannesi şaşkınlıkla. "Annen nerede?"

Jack'in büyükannesi karlı ön bahçeye baktı ama dışarıda kimse yoktu. Holly eve tek başına gelmişti herhalde.

"Onunla gitmiyorum!" diye bağırdı Holly, sonra da ağır bavulunu sürükleyip tepinerek merdivenlere doğru ilerledi ve Jack'in büyükannesinin sorularını yanıtlamayı reddetti.

Jack'in büyükannesi Brendan'ı aradı, o da işten erken çıktı, sonra Holly'nin annesi geldi. Adı Natalia'ydı. Jack daha önce onunla tanışmamıştı. Jack odasına çıkıp saklandı ama bağırışları duyabiliyordu. İşin aslı, Holly önemli bir yarışmayı kaybetmişti ve annesi, antrenmanları kaçırıp durduğu için kaybettiğini söylemişti ona, bunun üzerine Holly çok sinirlenip havaalanında annesinden kaçmıştı.

Natalia'nın "Onu sen cesaretlendirdin herhalde!" diye Brendan'a bağırdığını duydu.

Natalia sonunda ağlayarak evden çıktı. Holly onunla gitmeyi reddetmiş, yeni yılı babasıyla geçirmek istediği konusunda ısrar etmişti. Jack çok acıkmıştı ama annesi gelene kadar aşağı inmek istemedi.

Annesi eve geldiğinde ise Jack Dom'a sıkı sıkı sarılmış, derin uykuya dalmıştı.

9

Noel Arifesi

Jack, Noel arifesi sabahı uyandığında her zamanki gibi Dom'a sarılmıştı. Birkaç dakikalığına ertesi gün hediye olarak alacağı yeni bisikletini düşünüp heyecanlanarak kıpırtısız yattı. Annesinin çoktan işe gittiğini ve o akşam geç vakte kadar çalışacağını biliyordu ama Noel günü ve hediyelerin verileceği, Noel'den sonraki tatil gününde izinli olacaktı.

Sonra Holly'nin hâlâ evde olduğunu hatırladı. O gün kim bilir neye sinirleneceğini düşünecek vakti ancak bulabilmişti ki aşağıdan bir şangırtı geldi ve Köpek Toby havlamaya başladı. Jack kalkıp neler olduğuna bakmaya gitti.

Oturma odasına girdiğinde yılbaşı ağacının ters dönmüş bir sandalyenin yanında yerde uzandığını gördü. Büyükannesi Köpek Toby'yi yakalamaya çalışıyordu, köpekse süsleri birbirine katmakla ve yememesi gereken çikolataları aramakla meşguldü.

"Kendi süsümü ağaca asmaya çalışıyordum sadece!" dedi Holly yarı üzülmüş, yarı küstah bir şekilde. Elinde okulda yaptığı bir süs vardı, onu ağaca asmaya niyetlenmişti. Görünüşe bakılırsa dengesini kaybedip ağaca tutunmuş ve ağacı aşağı çekmişti.

"Sorun yok canım" dedi Jack'in büyükannesi. "Zararı yok."

Ama zararı olmuştu. Kırık olmayan bütün süsler tekrar ağaca asılmıştı ki tuvalet kâğıdı rulosundan yapılma melek süsünün kayıp olduğunu fark ettiler. Sonunda Jack'in büyükbabası birkaç parça ıslak karton ve yün buldu: Köpek Toby melek süsünü paramparça etmişti.

"Seni uğursuz köpek!" dedi Jack'in büyükbabası.

Jack, annesinin çok kızacağını biliyordu. O melek süsünü çok severdi annesi. Holly'yi kimse azarlamadı bile.

"Ne yapalım biliyor musun" dedi Jack'in büyükannesi moralleri yüksek tutmaya çalışarak. "Hep beraber şehre inip yeni bir melek seçelim!"

Holly melek süsünün onun yüzünden yenmiş olduğunu görünce hayır diyemedi ama Jack onun aslında gitmek istemediğini anlamıştı. Holly surat asıp koltuğa oturdu ve arkadaşlarına mesaj atmaya koyuldu. Jack yukarı çıkıp montunu giyerken Dom'u da cebine tıktı. Şu an rahatlamaya ihtiyacı vardı.

10

Yeni Melek Süsü

Holly kamburunu çıkarıp arabanın arka koltuğuna, Jack'in yanına oturdu, şehir merkezine varıncaya kadar da mesaj atmaya devam etti.

"Şu kara bakın!" dedi Jack'in büyükannesi neşeyle, lapa lapa kar ön camda birikmeye başlayınca Jack'in büyükbabası silecekleri çalıştırdı. "Bembeyaz bir Noel ne kadar hoş olur, öyle değil mi?"

Ne Jack ne de Holly bir şey söyledi.

Şehrin kaldırımları kahverengi çamura bulanmıştı. Bütün dükkânlarda yılbaşı müzikleri çalıyordu ve hemen köşede kestane satılıyordu. Jack, büyükannesinin elini tuttu, diğer eliyle cebindeki Dom'u tutuyordu. Etraf kalabalıktı, herkes koşturuyor, son dakika alışverişlerini yapıyordu.

Tıklım tıkış bir mağazaya girdiler. Çok fazla yılbaşı süsü kalmamıştı ve olanlar da darmaduman olmuştu çünkü müşteriler süsleri aceleyle seçip beğenmediklerini oraya buraya bırakıyorlardı.

"Bakın burada güzel bir melek süsü var" dedi Jack'in büyükannesi, ilk gördüğünü yakalayarak.

Jack melek süsünü hiç beğenmedi. Onun kendi ağaçlarına göre fazla şatafatlı olduğunu düşündü. Yaldızlı kurdelelerle süslü cart mor renkte bir elbisesi ve kocaman yaldızlı plastik kanatları vardı. Jack, annesinin de bu süsü beğeneceğini hiç sanmıyordu. Annesi tuvalet kâğıdı rulosundan yapılma, yün sakallı melek süsünü tercih ederdi.

"Ne dersin Holly?" diye sordu Jack'in büyükannesi ama Holly kaba bir şekilde omuz silkti ve telefonuna bakmaya devam etti.

Jack'in büyükannesi Jack'e fikrini sormadı. Onları kasaya yönlendirdi ve melek süsünü satın aldı. Sonra buz gibi çamurun ve koşuşturan kalabalığın arasından otoparka döndüler.

Eve dönerken yolda, "Midem bulanıyor" dedi Holly.

"Belki arabadayken mesaj atmayı bırakmalısın canım" dedi Jack'in büyükannesi.

Holly gözlerini devirdi ve camı açmak için düğmeye bastı. Buz gibi rüzgâr arabanın arkasına doldu ve kar taneleri içeri girdi.

"Üşüdüm" dedi Jack.

"Temiz havaya ihtiyacım var" diye çıkıştı Holly.

Otobana çıktılar. Jack şimdi titriyordu. Kendini çaresiz ve öfkeli hissetti. Neden hep Holly'nin istediği oluyordu?

"Büyükanne, üşüdüm."

"Holly, pencereyi biraz kapat lütfen" dedi Jack'in büyükannesi.

Holly pencereyi azıcık kapattı. Sulu kar ve kar taneleri arabanın içine esmeye devam etti.

"Hâlâ tamamen açık" dedi Jack.

Holly alt dudağını dışarı doğru büküp bir bebek suratı yaptı ve Dom'u işaret etti, Jack onu cebinden dışarı çıkarmıştı. Jack'in büyükbabası dikiz aynasında Holly'nin bu yaptığını gördü.

"Bu kadarı yeterli küçükhanım" dedi. "Pencereyi kapa lütfen."

Holly surat astı ve pencereyi azıcık daha kapattı. Sonra Jack'e döndü, alt dudağını yine dışarı doğru büküp gözündeki yaşları silen bir bebek suratı yaptı.

Jack, Holly'nin midesinin gerçekten bulandığına inanmıyordu. Sadece gıcıklık yapıyordu. Noel arifesini mahvediyordu, böyle Jack'e sataşarak kendini ilgi odağı haline getirip muhtemelen Noel gününü de mahvedecekti. Bebek suratı yaparak onu gıcık etmeye devam etti. Jack'in karnında taş gibi katı bir öfke topu gitgide büyüyordu.

"Kaybeden" diye fısıldadı.

Holly birdenbire bebek suratı yapmayı bıraktı.

"Kapa çeneni" diye hırladı.

Onu daha da kızdırıp kızdırmamak Jack'in umurunda değildi artık. O her şeyi mahvediyordu. Annesine, büyükannesine ve büyükbabasına karşı terbiyesizlik ediyordu. Jack onu istemediği halde gelip onlarla kalıyordu. Köpek Toby'nin sakallı melek süsünü yemesi de onun suçuydu. Noel'i mahvettiği için Jack onu cezalandırmak istiyordu ve bunu da nasıl yapacağını çok iyi biliyordu. Holly'nin bu hayatta kaybetmekten, bir ezik olarak yaftalanmaktan daha çok nefret ettiği bir şey yoktu.

Jack "Kaybeden" dedi daha yüksek sesle.

Büyükbabası "Jack" dedi sertçe, "umarım düşündüğüm şeyi söylememişsindir."

Jack yanıt vermedi. Holly'nin gözyaşlarını zar zor tuttuğunu anlamıştı ve bundan çok memnundu. Onun zorbalıklarından bıkıp usanmıştı. Artık onunla iyi geçinmek umurunda bile değildi. Dün akşam Holly yüzünden akşam yemeği yememişti. Onun etrafındayken sürekli diken üstünde olmaktan yorulmuştu.

Holly birden pencereyi açma düğmesine bastı, pencere tamamen açıldı ve buz gibi rüzgâr içeri doldu.

Jack'in büyükannesi "Holly..." dedi.

"Kusacağım!" dedi Holly. Jack onun intikam almak için böyle yaptığını biliyordu. O yüzden o da başka çocukların okulda yaptığını gördüğü bir şey yaptı: Başparmağını aşağı doğru tutarak, "kaybeden" anlamına gelen bir el hareketi yaptı.

El hareketini yapıp Holly'ye dik dik baktı.

Holly hızla öne eğildi, Dom'u Jack'in kucağından kaptığı gibi açık pencereden dışarı fırlattı. Her şey o kadar hızlı olup bitmişti ki onu durdurmanın imkânı olmamıştı. Kısacık bir an için Jack, minik ayakları açılan Dom'un buz gibi havada donup kaldığını ve sonra birdenbire gözden kaybolduğunu gördü.

11

Kayboldu

Jack öyle bir bağırdı ki büyükbabası direksiyonu tehlikeli bir şekilde kırdı.

"Dom'u pencereden dışarı attı!" diye haykırdı Jack. *"Dom'u pencereden dışarı attı!"*

Ama büyükbabası otobanın ortasında duramazdı. Arabayı kenara çekebileceği bir alana gelene kadar yola devam ettiler, yol git git bitmedi sanki. Holly kollarını kavuşturmuştu, suratı buz gibi soğuk ve asıktı. Yaptığı şeyle hiç ilgilenmiyor gibiydi. Durduklarında Jack'in büyükbabası dışarı çıkıp geldikleri yöne koştu, Dom'u kurtarmak için karların arasında kayboldu.

"Büyükbaban onu bulur" dedi Jack'in büyükannesi ama Jack ona inanmadı. Dom'u kendi aramak için arabadan çıkmak istedi ama büyükannesi dışarı çıkmasına izin vermedi. Jack bağırıp ağlamaya başladı. Dom'u geri istiyordu. Dünyada her şeyi bilen tek kişi oydu, her zaman ilgiliydi ve hiç değişmiyordu. Jack'in Dom'a ihtiyacı vardı, onu geri alması şarttı, Dom'un da Jack'e ihtiyacı vardı çünkü birbirlerini sadece onlar anlayabilirdi, şimdiyse Dom otobanda kaybolmuştu, Jack'in onu sonsuza dek terk ettiğini sanacaktı. Jack sürücü koltuğunun arkasını tekmeledi, kudurmuş gibi bağırarak Holly'ye yumruk atmaya çalıştı.

"Jack!" dedi büyükannesi şaşkınlıkla. "Sakin ol! Dom'u bulacağız!"

Bir polis arabası gelip arkalarına yanaştı. Polis memuru dışarı çıkıp neden durduklarını sordu. Jack'in büyükannesi durumu açıkladı ve polis memuru yoluna devam etti. Jack'in büyükbabası henüz geri dönmemişti. Arabalar vızır vızır geçip gidiyordu, kar daha da çok yağdı ve Jack bir yandan hıçkıra hıçkıra ağlayarak arka pencereden bakmaya devam etti. Dom'un arabanın penceresinden dışarı fırladığı an gözünün önünden gitmiyordu, yumuşacık, minik Dom döne döne havada uçuyordu, korkmuştu. Büyükbabası onu bulmak zorundaydı. Zorundaydı işte.

Ama büyükbabası arabaya döndüğünde, Jack'in büyükannesiyle göz göze geldi ve başını hafifçe iki yana salladı, sonra da Jack'e döndü ve şöyle dedi: "Üzgünüm evlat. Sanırım onu kaybettik."

O andan sonra Jack öyle bir bağırıp çağırmaya başladı ve öyle bir ağladı ki kimseyi duyacak halde değildi. Dom'un düştüğü, kaybolduğu, Jack'in neden gelip onu kurtarmadığını şaşkınlıkla merak ettiği yerden uzaklaşmaya dayanamıyordu. Jack yol boyunca arabanın kapısını yumrukladı ve dışarı çıkmasına izin vermeleri için yalvardı, böylelikle geri dönüp Dom'u arayacaktı!

Eve vardığında Jack otobana gitmek için koşarak yola çıkmayı denedi. Büyükbabası onu yakaladı ve yarı sürükleyip yarı taşıyarak eve soktu. İçeri girdiklerinde Jack koşarak odasına çıktı ve eşyalarını fırlatmaya başladı. Raflarda yetişebildiği bütün oyuncakları aldı ve onları odanın öteki ucuna fırlatıp attı. Duvardaki posterleri yırttı. Çekmeceleri dışarı çıkardı. Hatta çalışma masasını bile tepetaklak etti.

Büyükannesi yukarı geldi.

"Jack, dur artık! DUR ARTIK! Normalde ne kadar uslu bir çocuksun halbuki!"

Yanıt olarak Jack çöp kutusunu havaya kaldırdığı gibi pencereye attı. Pencerenin kırılacağını ummuştu ama kırılmadı.

"Bu kadarı yeterli genç adam!" diye bağırdı büyükbabası, kapının eşiğinde Jack'in büyükannesinin arkasında duruyordu. "Hemen şimdi sakin olman lazım!"

Odada fırlatıp kırabileceği pek bir şey kalmamıştı, o da kendini yüzükoyun yatağına attı, kıpırdamayı ve konuşmayı reddetti. En sonunda büyükannesiyle büyükbabası onu yalnız bıraktılar.

Jack hayatı boyunca her yatağına yattığında Dom'a uzanırdı. Sanki Dom orada gibiydi: Yumuşacık minik bedeni, boncuk dolu karnı, yıpranmış ayakları gözyaşlarını silmek için birebirdi. Dom'un o alışık olduğu biraz kötü kokusunu bile alabiliyordu sanki.

Jack, kafası gözyaşlarından ıslanmış yastığına gömülü

halde, "Seni bulacağım Dom" diye yemin etti. "Hepsi uyuduğunda geri geleceğim."

Bir saat geçmişti, Jack ağlayabildiği kadar ağladıktan sonra darmaduman olmuş odasında yatağına yattı ve evdeki sesleri dinledi. Ön kapının açıldığını duymayı umuyordu. Büyükannesi annesini işten arasa ve ona olanları anlatsa, annesi kesin erkenden eve gelirdi. Annesi, Dom'un ne kadar önemli olduğunu biliyordu. Onu aramasına yardım ederdi. Ama ön kapı açılmadı.

Saat birde büyükbabası gelip Jack'in odasının kapısını tıklattı ve öğle yemeği isteyip istemediğini sordu. Jack "Hayır" diye bağırdı. Çok geçmeden büyükannesi kapıya geldi ve yılbaşı ağacının tepesindeki yeni melek süsünü görmek ister mi diye sordu. Jack bu sefer daha da yüksek sesle "Hayır" diye bağırdı. Sonra ön kapının açılıp kapandığını duydu. Bir an için sevinçle, tam da umduğu gibi annesinin erkenden eve geldiğini sandı ama bunun yerine karla kaplı kaldırımda birinin yürüdüğünü duydu. Kim olduğunu ya da nereye gittiğini umursamadı. Artık Noel umurunda bile değildi. Umurunda olan tek şey Dom'du.

12

Noel Domuçu

Bahçe kapısının gıcırtısını ve yoldan gelen ayak seslerini duyduğunda neredeyse çay vakti gelmişti. Annesinin geldiğini umarak yatağından fırladı ve pencereden baktı ama gelenler yalnızca büyükbabası ve Holly'ydi.

Çok geçmeden Jack'in odasının kapısı çaldı ve kapı açıldı.

"Jack" dedi büyükbabası. "Holly sana bir şey vermek istiyor."

Holly'nin suratı şişmişti, gözyaşı izleri belli oluyordu. Jack yatağında doğruldu, Holly'nin elindeki kesekâğıdı rengindeki torbaya baktı. Yaptığı şeyi telafi edebilecek tek bir şey aklına geliyordu. O da otobana geri dönüp Dom'u bulmuş olmalarıydı. Onu bulmuş olmalıydılar.

Bir an için Jack gerçekten de onu bulduklarını sandı çünkü Holly elini torbaya sokunca pelüş oyuncağın karnındaki plastik boncukların şıkırtısını duydu.

Sonra umutları uçup gitti. Holly yepyeni bir oyuncak domuz çıkardı torbadan. Dom'la aynı boyuttaydı ve aynı havlu kumaştandı ama pırıl pırıl somon rengindeki derisi ve minicik böceklere benzeyen parlak siyah gözleriyle fazla pofuduk ve temizdi.

"Bak, tıpatıp aynısı" dedi Jack'in büyükbabası. "Holly çok üzüldü Jack. Oyuncağı senin için kendi cep harçlığıyla aldı."

"Özür dilerim Jack" diye fısıldadı Holly. "Gerçekten, gerçekten özür dilerim."

Jack yanıt vermeyince, büyükbabası şakacıktan neşeli bir ses tonuyla, "Noel Domuçu diye buna denir işte. Öyle değil misin bakalım?" dedi. Oyuncak domuzu Holly'den aldı ve tombik ayağını Jack'e doğru sallar gibi yaptı. "Jack, bak gördün mü? Seni sevdi. O zaman hadi artık bizimle aşağı gel, olur mu? Biraz çay içip film izleriz. Çoraplarımızı beraber doldururuz. Yeni bisikletini unutma Jack! Noel Baba muhtemelen onu kızağına yüklüyordur! Hadi evlat. Aşağı gel, Noel Domuçu'nu da getir de hepimiz arkadaş olalım."

Jack yavaşça yatağından kalktı ve Noel Domuçu'na uzandı. Tam olarak Jack'in tahmin ettiği gibi berbat bir histi: Kaba ve yıpranmış olması gereken kumaş kaymak gibi pürüzsüzdü. Jack onun parlak siyah gözlerinden ve pespembe kulaklarından nefret etti, oysa Dom'un kulakları orantısız ve griydi.

"Aferin oğlum" dedi büyükbabası.

Bu lafı duyunca Jack şimdiye kadarki en felaket öfke nöbetine tutuldu. Yeni bir oyuncak domuzun Dom'la aynı olabileceğini sanmışlardı, bu da onu ne kadar az anladıklarını gösteriyordu. Dom dünyada tekti ve bu yeni oyuncak onun tırnağı bile olamazdı... olamazdı. Jack, Noel Domuçu'nu yere fırlattı ve onun üzerinde tepindi, sonra onu yerden alıp ayağından tuttu ve tekrar tekrar dolabına çarptı, en sonunda kafasından tutup koparmaya çalıştı.

"Jack!" diye bağırdı büyükbabası. "Bu kadarı yeter Jack!"

Holly odadan kaçtı. Jack, Noel Domuçu'nu odanın öteki ucundaki dolaba fırlattı, sonra kendini tekrar yatağına attı, bir yandan feryat ediyor, bir yandan da yastığını yumrukluyordu. Büyükbabası onu aşağı inmeye ikna etmek için ne dediyse, ne yaptıysa başarılı olamadı. Çorabını asmak umurunda bile değildi. İyi bir çocuk olmak istemiyordu. Yeni bir bisiklet istemiyordu. Bu dünyada tek istediği şey Dom'du.

Çok daha sonra aşağıda bir patırtı duydu. Anladığı kadarıyla Köpek Toby yiyebileceği başka çikolata kırıntısı kalmış mı diye yılbaşı ağacını yine devirmişti, belli ki yeni melek süsünü parçalamıştı. Jack buna çok memnun oldu. Bu kadar kızgın ve üzgün olmasa muhtemelen gülerdi. O da Noel'i paramparça edebilmeyi diledi, hem belki o zaman Dom'un otobanda kaybolmasının nasıl hissettirdiğini anlayabilirlerdi.

Büyükannesi yukarı gelip ona pijamalarını giydirdi. Jack büyükannesi onun ne planladığını anlamasın diye sorun çıkarmadı. Odasını mahvetmek için elinden gelen her şeyi yapmıştı, posterler yerlerde sürünüyordu, masanın çekmeceleri hâlâ dışarı sarkıyordu ve Noel Domuçu gardırobun dibindeki bir giysi yığınının tepesinde duruyordu; Jack uyumaya niyetlenmiş gibi yatağına girdi. Sonunda büyükannesi odadan çıktı.

Jack evdeki seslerin kesilmesini beklerken pencereden havanın karardığı, karın lapa lapa yağmaya devam ettiği görülüyordu. Normalde çok heyecanlı olurdu. Annesiyle birlikte çorabını asar ve Noel Baba'nın geyiklerinden Rudolph için bir havuç bırakırdı; bu Noel arifesindeyse öyle yapmadı. Bunların herhangi biri için heyecanlanması Dom'a ihanet etmek demekti, oysa Dom Noel'den çok daha önemliydi.

Herkes uykuya daldığında Jack kalkıp giyinecek, evden sıvışıp otobana dönecek ve en yakın arkadaşını bulacaktı.

13

Mucizeler ve Kaybolan Umutlar Gecesi

Jack uyuyakaldığını anlamıştı çünkü uyandığında ortalık kapkaranlıktı. Odasında konuşan birileri vardı. Büyükannesiyle büyükbabasının iyi mi diye ona bakmaya geldiğini sandı. Gözlerini kapalı tuttu çünkü hâlâ uyuduğunu düşünmelerini istiyordu.

"Böyle bir şey daha önce hiç yapılmadı" dedi endişeli bir ses. "Mümkün olduğunu sanmıyorum."

"Elbette mümkün" dedi ikinci bir ses. "Hepsi çocuğa, yeterince cesur olup olmamasına bağlı."

"Fazlasıyla cesur ama bu çok tehlikeli" dedi üçüncü bir ses. Biraz yaşlı ve kart bir sesti konuşan. "Ben oraya pek çok kez gittim. Neden bahsettiğimi biliyorum."

"Ben de gittim" dedi dördüncü bir ses. "Çoğumuz en az bir kez oraya gittik."

"Ben gitmedim" dedi beşinci bir ses, sakin ve derinden.

"Eh, tabii ki gitmedin" dedi birinci ses. "Sen çok büyüksün. Ben biz küçük Şeyler'den bahsediyorum."

Konuşanların hiçbirinin sesi tanıdık gelmedi. Jack korkmaya başlıyordu. Bunlar da kimdi? Yabancılar onun uyanık olduğunu anlamasın diye gözlerini açmak istemedi.

"Eğer yapılacaksa, bu gece yapılmalı" dedi ikinci ses. "Onu uyandırıyorum."

Bunun üzerine dört bir yandan gelen sesler bu kararı onaylamadıklarını mırıldandı ama Jack yatağının yanından bir şeyin yukarı doğru tırmandığına dair tuhaf bir hisse kapıldı ve gittikçe endişelendi. Bir şeyin battaniyesini çekiştirdiğini hissedebiliyordu: Kedi yavrusu gibi minicikti. Aynı zamanda karnında şakırdayan... plastik boncukların sesini de duyabiliyordu. Sonra daha ne olduğunu anlayamadan bir şey suratını dürttü.

Dehşete düşen Jack yaratığa vurup onu kendinden uzaklaştırdı. Yaratık gardıroba çarpınca bir çatırtı duydu. Sakin ve derinden gelen ses "Ay" dedi, ikinci ses ise "Yeterince darbe aldım!" dedi.

Jack gece lambasının düğmesini aradı ve ışığı açtı. Gözlerini kırpıştırarak odayı taradı. Odada kimse yoktu. Noel Domuçu gardırobun dibinde yerde yatıyordu.

Jack, Noel Domuçu'na vurduğunu biliyordu. Yine de Noel Domuçu'nun ayağa kalkıp ayaklarını beline koyarak şöyle demesine hazır değildi: "Bana bir kez daha vurursan, seni korkunç çocuk, sana yardım etmeyeceğim."

Jack o kadar şaşırdı ve korktu ki kıpırdayamadı. Bir keresinde annesi ona hâlâ rüyada olup olmadığını anlamak için kendini çimdiklemesini söylemişti. Bacağını çimdikledi. Acıdı.

"Konuşabiliyorsun!" diye fısıldadı Jack.

"Ne kadar da zekisin!" dedi Noel Domuçu kızgınlıkla.

"Jack zekidir" dedi kart bir ses; konuşan, bir zamanlar Jack'in babasına ait olan, kibrit kutusundan yapılma eski ve yıpranmış arabaydı. Konuştukça kaputu yukarı aşağı hareket ediyordu, farlarıysa göze dönüşmüştü. "Ona gıcık davranmayı kes. Başından neler geçtiğini bilmiyorsun."

"Ya benim başıma gelenler" dedi Noel Domuçu. "Unuttuysan hatırlatayım, kafamı çekip koparmaya çalıştı. Yine de ona yardım etmeyi öneriyorum – tabii bazı şartlarım var."

Pofuduk bir oyuncak domuz ile bir oyuncak arabanın aralarında konuşmasını izlemek yeterince tuhaf değilmiş gibi, Jack şimdi odadaki bir sürü başka nesnenin de tıpkı oyuncak araba gibi ağızlarının ve gözlerinin ortaya çıktığını fark etmişti. Gardırobun, kapı kulplarının olduğu yerde kocaman kahverengi gözleri, anahtar deliğinin olduğu yerde de ağzı vardı. Çöp kutusunun teneke saplarının üzerinde tıpkı salyangozlarınki gibi iki tane minik gözü vardı. Bazı Şeyler'in kolları da çıkmıştı: Çöp kutusunun kolları çöp gibi incecikti, yerdeki halının kollarıysa yumuşak ve tüylüydü. Gördükleri heyecan verici olsa da çok korkunçtu.

"Bunun ne kadar tehlikeli olduğu konusunda onu uyarman gerek" dedi kibrit kutusundan yapılma araba, Noel Domuçu'na. "Yoksa neye bulaştığını anlayamaz."

Odadaki bütün Şeyler bunu onaylarcasına mırıldandı.

"Bilmiyordum" dedi Jack, sonunda sesi çıkmıştı. "Şeyler'in konuşabildiğini... bilmiyordum."

Aslında demek istediği şuydu: "Hissedebildiğinizi bilmiyordum." O gün o Şeyler'e çok sert davranmıştı, en çok da Noel Domuçu'na.

"Yaşayanların Diyarı'nda sadece bu gece konuşabiliriz, çünkü bu gece özel bir gece" dedi Noel Domuçu. "Bu gecenin hangi gece olduğunu biliyorsun, değil mi?"

"Noel Arifesi" dedi Jack.

"Kesinlikle öyle" dedi Noel Domuçu. "Bu da oyuncağını geri almak için bir şansımız var demektir, ama sadece bu gece için, başka zaman yapamayız."

"Biliyorum" dedi Jack üstündeki battaniyeyi fırlatarak, odasında gözleri oluşmayan ve konuşmayan nadir nesnelerden biriydi battaniye. "Otobana gidiyorum."

"Bu işe yaramaz" dedi Noel Domuçu. "Dom Kaybolanlar Diyarı'nda artık ve onu kurtarmak istiyorsan senin de oraya gitmen, onu bulup eve geri getirmen gerek."

"Kaybolanlar Diyarı diye bir yer yok" dedi Jack ters ters. "Uyduruyorsun."

Bunu duyan odadaki Şeyler'in pek çoğu hep bir ağızdan konuşmaya başladı: Mendil kutusu, terliklerinin her ikisi ve hatta eski odasından getirdiği abajur başlığı bile konuşanlar arasındaydı. İnanılmaz kafa karıştırıcı ve korkutucuydu, üstelik Jack asıl korkutucu olanın hangisi olduğundan emin olamıyordu: Asıl korkutucu olan bu gürültücü Şeyler miydi, yoksa büyükannesiyle büyükbabasının gürültülerden uyanıp Jack'in Dom'u aramak için dışarı çıkmasını engelleme ihtimali miydi?

"Açıklayacağım!" diye konuştu kart sesiyle kibrit kutusundan yapılma araba ve odadaki en küçük nesnelerden biri olmasına rağmen, belki de en yaşlılardan biri olduğu için, diğer Şeyler sessizliğe gömüldü. Araba paslı tekerlekleriyle öne doğru ilerledi ve doğrudan Jack'e hitap etti.

"Kaybolanlar Diyarı, kaybettiğin Şeyler'in gittiği yerdir" dedi. "Tuhaf ve korkunç bir yerdir, kendine özgü kanunları vardır. Ben kendim de pek çok kez oraya gittim çünkü sen de baban da beni hep kaybedip durdunuz."

"Özür dilerim" dedi Jack heyecanla. Küçük arabayla oynadığı zamanlarda onu sık sık bahçede unuttuğu doğruydu, araba o yüzden iyice yıpranmış ve paslanmıştı.

"Nihayetinde beni hep bulabildin" dedi araba, "böylelikle çok şükür ki Kaybeden'in eline düşmedim."

"Kim?" diye sordu Jack.

"Kaybeden" diye tekrar etti araba. "Kaybolanlar Diyarı'nın hükümdarıdır. Sen güvende olduklarını zannederken Şeyler'in cebinden düşmesinin sebebi odur. Kalemini nereye koyduğunu unut diye kafanı karıştıran odur. Kaybeden, insanlara ait olan her bir Şey'i çekip kendi krallığına hapsetmek ister, sonsuza dek. Yaşayanlardan nefret eder, onların Şeyler'inden de öyle; Şeyler'e işkence edip onları yer."

"Kaybeden, Dom'u yiyecek mi?" diye fısıldadı Jack dehşetle.

"Dom Kaybolanlar Diyarı'nın kanunlarına uyduğu sürece hayır" dedi araba. "Kaybeden'in yakalayıp yeme hakkına sahip olduğu Şeyler onun kanunlarına uymayanlardır. Ne yazık ki kanunları koyan kendisi olduğu için bazen hile yapar."

"Dom'u kurtarmam gerek!" dedi Jack birdenbire. "Kaybolanların Diyarı'na nasıl giderim?"

"Gidemezsin – en azından tek başına olmaz" dedi Noel Domuçu. "Sen insansın ve orası Şeyler diyarı. Genelde öyledir yani. Ama Noel Arifesi mucizelerin ve kaybolan umutların gecesidir. Dom'u kendi hayatını tehlikeye atacak kadar çok seviyorsan o zaman seni Kaybolanlar Diyarı'na yanımda götürmeye hazırım, beraber onu eve geri getirmeyi deneyeceğiz."

"Onu yeterince seviyorum" dedi Jack hemen. "Onun için her şeyi göze alırım."

"Tamam o zaman" dedi Noel Domuçu. "Sana tek bir şartla yardım ederim. Dom'u bulup eve geri döndüğümüzde, beni satın alan kıza geri ver beni."

"Neden?" diye sordu Jack.

"Çünkü ondan hoşlandım" dedi Noel Domuçu. "Üzerimde tepinmedi."

Kibrit kutusundan yapılma eski araba bir şey söylemeye niyetlendi ama Noel Domuçu ona kızgın bir bakış fırlattı, araba da sustu.

"Dom'la mutlu olduğunu bilirse beni geri alır" dedi. "O halde anlaştık mı?"

"Anlaştık" dedi Jack anında. Noel Domuçu'ndan hoşlanmamıştı ama ona ihtiyacı olduğunu anlamıştı.

"Pijamanı çıkarıp başka bir şey giy üstüne" dedi Noel Domuçu, "terliklerini de yanına al."

Ama Jack yeni oyuncağın ona patronluk taslamasına izin vermeyecekti, her halükârda ona göz kırpan Şeyler'e ayağını geçirmek çok tuhaf geldiğinden, "Böyle gayet rahatım. Şimdi beni Kaybolanlar Diyarı'na götür" dedi.

14

Küçülme

Ağzından bu kelimeler çıktığı anda Jack mide çukurunda tuhaf bir his duydu. Asansörün hızla aşağı inmesi gibi bir histi. Aynı zamanda altındaki yatak ve örtüler öyle hızla büyümeye başladı ki artık yeri göremez oldu. Panikle ayağa kalkmaya çalıştı ama çarşaftaki bir kırışıklığa takılıp yüzükoyun düştü.

Birkaç saniye sonra Jack yatağın büyümediğini anladı. Kendisi küçülmüştü. Tekrar ayakta durmayı başardığında çarşaftaki kırışıklıkların dev kar yığınlarına benzediğini gördü. Sadece birkaç kelime söyleyerek böyle küçülebilme düşüncesi korkunçtu doğrusu, yine de Jack yatak örtülerinin canlanmamış olmalarına sevindi çünkü isteseler onun boğulmasına sebep olabilirlerdi.

Noel Domuçu'nun sesi yerden onu çağırdı.

"Battaniyenin köşesinden aşağı kay!" dedi. "Hadi, çok kolay!"

Bu doğru değildi; yine de Jack elinden geleni yaptı, korkutucu bir inişten sonra paldır küldür yere düştü ve sonunda Noel Domuçu'nun yanına indi. İkisi de aynı boydaydı: Tam yirmi santimetre.

"O halde hoşça kalın millet" dedi Noel Domuçu ve Jack'in odasının kapısına doğru yürümeye başladı. "Sizlerle tanıştığıma memnun oldum."

Odadaki Şeyler'in bazıları ikisini geri çağırmayı denedi.

"Düşünsene!" dedi Jack'in Denizde Yaşam Merkezi'nden aldığı plastik köpekbalığı yüzgeçlerini yere vurarak. "Ne yaptığını bir düşün Oyuncak Domuz!"

"Düşündüm, teşekkür ederim" dedi Noel Domuçu kapıyı itip açarak.

"Şimdiye kadar Kaybolanlar Diyarı'na hiçbir canlı çocuk girmedi!" diye ağladı minik robot; Jack'in bir keresinde yediği hamburgerin yanında hediye olarak gelmişti, birkaç saat önce de Jack tarafından duvara fırlatılmıştı.

"Her şeyin bir ilki vardır" dedi Noel Domuçu, Jack'le beraber merdiven sahanlığına çıkarlarken.

Jack'in çekmecelerinden düşen bir çift pantolon, "Jack, o sana doğruyu..." diye konuşmaya başlamıştı ki Noel Domuçu ayağını kapının altındaki boşluğa sokup kapıyı geri kapadı.

"Çok sıkıcı Şeylerin varmış" dedi Jack'e. "Hadi."

Jack, Noel Domuçu'nun ne kadar kaba olduğunu, Holly'yle birbirlerine çok yakışacaklarını düşünerek oyuncağı merdivenlerin başına doğru takip etti ve basamaklardan onun gibi aşağı inmeye başladı. Jack şimdi çok küçük olduğundan tırabzanlar gökdelenler kadar yüksekti. Aşağı inerlerken tırabzanların korkunç gölgeleri üzerlerine düşüyordu.

"Merdivenler neden konuşmuyor?" diye sordu Jack, bir basamaktan diğerine inerken. "Battaniyem neden konuşmuyordu?"

"Bazı Şeyler konuşacak kadar uyanık değildir, Noel Arifesi'nde bile" dedi Noel Domuçu. "Battaniyen yeni mi?"

"Evet" dedi Jack.

"O zaman hislerin ona daha geçmemiştir. Şeyler'i uyandıran, hislerdir. Kullanıldıkça insanların hislerini özümserler. Merdivenler ya da duvarlar gibi şeyleri insanlar pek umursamaz, o yüzden de nadiren uyanırlar."

"Ama sen yenisin" dedi Jack. "Ve oldukça uyanıksın."

Hatta fazla uyanık, diye düşündü Jack ama bunu söylemedi.

"Ben istisnayım" dedi Noel Domuçu. Jack onun böbürlendiğini düşündü. Dom olsa böyle yorumlar yapmazdı çünkü o hiç hava atmazdı.

"Şimdi kaybolmak için en iyi yer neresi, onu belirlememiz lazım" dedi Noel Domuçu. "Bilerek yapmaya çalıştığında düşündüğünden çok daha zordur. Fikrin var mı?"

"Oraya gitmek için yapmamız gereken sadece bu mu?" diye sordu Jack. "Kaybolmak mı gerekiyor?"

"Tabii ki, ama kolay olmayacak çünkü sen bu evi çok iyi biliyorsun."

"Bahçede yapabiliriz" dedi Jack. "Şimdi küçüldüğümden daha kolay olur. Arka kapıya bir sandalye çekeriz, kilide tırmanıp açarız."

"İyi fikir" dedi Noel Domuçu. Merdivenin sonuna varmışlardı. "Ne tarafa?"

Jack, Noel Domuçu'nu mutfağa doğru, karanlık koridora yöneltti. Boyun sadece yirmi santimetreyken koridor devasa bir alana benziyordu. İyi olan tek şey mutfak kapısının altındaki büyük boşluktu. Beraber karın üstü yere yatıp sürünerek kapının altından geçtiler.

"Harika" dedi Noel Domuçu. "Şimdi bir de sandalyeyi şuraya..."

Ama cümlesini tamamlayamadı. Dört ayaklı devasa bir hayvan önlerine dikilmişti: Uzun sarı dişli, kabarık kürklü ve gözleri parıl parıl parlayan bir canavar. Canavar gür bir sesle havladı ve Noel Domuçu'nun üzerine atıldı, ayakları muşamba yer döşemesinin üstünde kaydı ve oyuncağı tehlikeli çeneleriyle yakalamasına ramak kaldı.

"Kaç, kaç!" diye bağırdı Noel Domuçu kapıya doğru atılarak. Jack onu takip etti, Köpek Toby'nin kötü kokulu nefesini ensesinde hissediyor, köpeğin patilerinin yere sürünme sesini duyuyordu. Jack ve Noel Domuçu beraber kendilerini karın üstü yere attılar ve kapının altından kayıp tekrar koridora çıktılar.

"Evde köpek olduğunu söylemen gerekirdi!" dedi Noel Domuçu soluk soluğa. Jack'le orada bir süre uzanıp soluklandılar.

"Unuttum!" dedi Jack. "Normalde burada yaşamıyor!"

Köpek Toby sızlanıp mutfak tarafındaki kapıyı tırmalıyor, onlara ulaşmaya çalışıyordu.

"Ön kapıdan çıkmamız gerekecek" dedi Noel Domuçu, ayağa kalkıp üstünü silkeledi. "Hadi."

Ama tam o anda Köpek Toby mutfak kapısına öyle bir abandı ki kapı pat diye açılıverdi.

Jack ve Noel Domuçu koridordan geri koşmaya başladı, Köpek Toby ahşap parke zeminde peşlerinden kayarak koşturuyordu. Onları karanlık oturma odasına kadar kovaladı, Jack ile oyuncak bir koltuğun altına daldılar.

Köpek Toby'nin parlak siyah burnu alttaki boşlukta belirdi, onları nefesiyle çekmeye çalıştı. Gürültüyle inliyordu. Jack orada oldukları sürece Köpek Toby'nin vazgeçmemesinden korkuyordu.

"Sürünerek ağacın arkasına geçersek" diye fısıldadı Noel Domuçu'na, "köpek hâlâ koltuğun altında olduğumuzu sanırken biz de odadan çıkıp mutfak kapısına gidebiliriz."

Noel Domuçu başını olur anlamında salladı. Karnındaki boncuklar ses çıkarmasın diye karnını tutarak Jack'i koltuğun öbür ucundaki boşluğa doğru takip etti, yılbaşı ağacı o taraftaydı. Pırıl pırıl ışıkları odadaki tek ışık kaynağıydı. Jack şimdi çok küçük olduğundan, ağacın altındaki kutular karanlıkta sıkış tıkış evlere benziyordu.

Köpek Toby hâlâ koltuğun öteki ucundaki boşluğu koklayıp patileriyle yokluyordu. Jack yavaş yavaş ve dikkatle dışarı süründü ve hediye kutularına tırmanmaya başladı. İçlerinden biri kırmızı bir kurdeleyle bağlıydı, bu çok iyi denk gelmişti çünkü çıplak ayaklarıyla kurdeleye tutunabilirdi; ama gümüş kar tanesi desenleriyle süslü mavi bir kâğıtla sarılmış bir başka hediyenin paketi Jack tutununca azıcık yırtıldı: İçinde devasa bir Lego kutusu vardı, kesin babasının hediyesiydi. Üstlerinde yanıp sönen ışıklar kocamandı ve gözlerini kamaştırıyordu, halbuki Jack'in annesi onları ağaca takarken minicik görünüyorlardı. Yukarı doğru yavaşça tırmanarak hediye yığınının tepesindeki en büyük pakete ulaştı, paket parlak altın renkteydi. Üzerinden yürüyerek karşıya geçecek, sonra da ağacın altından çıkacaktı, derken ayağı kaydı! Hediye paketi o kadar parlaktı ki Jack'in ayağı kaydı ve tutunacak bir şey bulamayınca bir yarıktan içeri düştü, şimdi sadece yirmi santim boyunda olduğundan kapkara bir uçuruma düşmüştü sanki. Çıkmaya çalıştıysa da kaygan kenarlı devasa hediye paketlerinin arasındaydı artık.

"Neredesin?" diye fısıldadı Noel Domuçu ama hemen ardından o da kaygan altın paketin üzerinden kayarak Jack'in tepesine düşüverdi.

"Ah, olamaz!" dedi Jack, Köpek Toby'nin ağaca doğru seğirttiğini duyunca. "Neden kıpırdandın sanki?"

Köpek Toby'nin hırıltıları gitgide artıyordu. "Mutfak ne tarafta?" diye bağırdı Noel Domuçu.

"Bilmiyorum!" dedi Jack çaresizce. "Kayboldum!"

İKİNCİ BÖLÜM

Kayıp Eşya Bürosu

15

Ağacın Altında

Jack'in "Kayboldum" demesiyle ayağının altındaki her şey yok oldu. Zeminin olması gereken yerden aşağı düşüyordu ya da daha doğrusu yavaşça batıyordu. Göremediği ve hissedemediği katı bir maddeye hapsolmuştu sanki. Ağacın ışıkları görünmez oldu: Etrafı mürekkep gibi zifiri karanlık sarmıştı.

"Noel Domuçu?" diye seslendi Jack telaşla.

Karanlığın içinden "Buradayım" diyen Noel Domuçu'nun sesi geldi. "Endişelenme! Kaybolanlar Diyarı'na böyle gidiliyor! Birazdan etraf aydınlanır!"

Gerçekten de birkaç saniye içinde Jack, Noel Domuçu'nu yeniden görebilmeye başladı. Jack gibi o da aşağı doğru süzülüyordu. Etrafları gitgide aydınlandı ve Jack altın renginde bir ışık sütununun içinden kaydıklarını fark etti. Yukarılarındaki tahta tavanda iki tane yuvarlak delik vardı; Jack oranın –annesinin ve tanıdığı herkesin yaşadığı– geride bıraktıkları kendi dünyasının zemini olduğunu tahmin etti.

Aşağı, aşağı, gitgide aşağı battılar ve Jack, kendisiyle Noel Domuçu'nun kendi ışık sütunları içinden yavaşça batarlarken hiç de yalnız olmadıklarını fark etti. Etraflarında binlerce Şey vardı. Tüy gibi hafif olduğundan Jack kolayca etrafında döndü ve her yönden batmakta olan daha birçok Şey gördü.

Jack'e en yakın olanlar arasında bir çay kaşığı, parlak bir yılbaşı ağacı süsü, bir düdük, bir çift takma diş, bir kukla eldiveni, parlak bir madeni para, uzun bir lame kurdele şeridi, bir fotoğraf makinesi, bir tornavida, bir uçak bileti, birkaç güneş gözlüğü, bir çorap teki, bir pelüş ayı ve geyik desenli bir hediye paketi kâğıdı rulosu vardı.

"Bu nasıl mümkün olabilir diyorsun, değil mi?" diye seslendi paket kâğıdı Jack'e. Kâğıdın üzerindeki geyiklerden biri gözlerini kırpıştırarak konuşuyordu. "Bu akşam beni üçüncü kez kaybetti! Kaloriferin altına yuvarlandım halbuki... İyice telaşlandı şimdi... Hediyeleri paketleme işini her zamanki gibi son dakikaya bıraktı!"

Hediye paketi rulosu bu sözleri söylemesiyle yönünü değiştirip aşağı yerine tavandaki deliklere doğru yukarı çıkmaya başladı. Tam yükselip gözden kaybolduğu sırada, "Yaşasın, beni buldu! İyi şanslar! Umarım yakında sen de Yukarı dönersin!" diye seslendi.

Jack yanıt vermedi çünkü etrafında olan bitenden dolayı iyice afallamıştı, ama esas altındaki zemini görünce şaşkına döndü. İlk başta rengârenk bir halıya baktığını sandı ama biraz daha battığında bunun bir halı değil, milyonlarca

Şey olduğunu fark etti. Korkuyla Kaybeden'e bakındı ama onun neye benzediğini hiç bilmediğinden orada olup olmadığını anlayamadı. Jack aşağı battıkça gürültü arttı: Yerdeki Şeyler aralarında konuşuyor, gıcırdıyor, takırdıyor, hışırdıyor, sağır edici bir gürültü çıkarıyorlardı.

Etrafları aydınlandıkça Jack depoya benzer devasa bir binada olduklarını anladı, kocaman tuğla duvarları ve bir sürü delikle dolu tahta bir tavanı vardı. Şeyler yere indiklerinde lastik toplar ve günlükler, ataşlar ve mezuralar, fotoğraf makineleri, kalemler ve cüzdanların hepsi kendi grupları arasında gevezelik ediyorlardı. Jack gördüğü her şeyden öyle etkilenmişti ki yere indiğine şaşırdı. Çıplak ayakları ılık tahta zemine değdi, Noel Domuçu da onun hemen yanına, şıkırdayan anahtarlar ve bir ordu dolusu hışırdayan şemsiye arasındaki bir patikaya iniş yaptı.

"Bize bilet lazım" dedi Noel Domuçu çabucak. "Hadi."

Noel Domuçu öne geçerek Jack'i bir tarafta anahtarlar, diğer tarafta şemsiyelerin durduğu uzun yoldan geçirdi. Bir bıçak, bir tığ ve uzunca bir örgü şişini geçtiler. Jack onların önemli olduğunu anlamıştı çünkü her biri üzerinde "K" yazan sivri şapkalar takıyordu; sekerek ilerlemelerine karşın şapkaları tuhaf bir şekilde tepelerinde dengede duruyordu. Şapkalı Şeyler yolun sınırlarında devriye geziyor, grupların dağılmamasını ve yürüyüş yolunun yeni gelen Şeyler için boş kalmasını sağlıyorlardı.

"Onlar Kayıp Memurları" diye fısıldadı Noel Domuçu, Jack'e. "Daha önce buraya gelen Şeyler'in onlardan bahsettiğini duymuştum. Onlar Kaybeden'in hizmetkârları. Onun kanunlarını uyguluyorlar, karşılığında da Kaybeden onları yemiyor."

Bir çift uzun pırlanta küpe Jack'le Noel Domuçu'nun önüne inmişti şimdi. Küpeler o kadar parlaktı ki Jack onlara bakarken gözlerini kısmak zorunda kaldı.

"Buranın yetkilisi kim?" diye bağırdı küpelerden biri gür bir sesle.

"Biz çok kıymetliyiz!" diye bağırdı ikizi. "Bize yardımcı olunması gerek!"

"Sakin olun hanımlar" dedi boğuk sesli bir tenis topu, Jack ile Noel Domuçu'nun yanında zıplayarak. Top bir köpek tarafından çiğnenmişe benziyordu ve çok fena kokuyordu. "Daha önce pek çok kez bu yoldan geçtim. Ortalık karışık görünse de buranın bir düzeni var."

Küpeler bu kadar pis bir nesnenin onlarla konuşmasına alınmış gibiydi.

"Yanlış yerdeyiz sanırım!" diye bağırdı ilk küpe, yardımcı olabilecek biri var mı diye bakmak için yerinde dönerken pırıl pırıl parlıyordu.

"*Kıymetli* Şeyler nereye gidiyor?" diye sordu kız kardeşi.

Ama kimse yanıt vermedi. Sağ taraflarında anahtarlar ta tepedeki deliklere bağırıp duruyor, "Öteki paltonda kaldım, seni ahmak!" ya da "Beni yine kilitte unuttun!" gibi şeyler diyorlardı. Şemsiyeler daha sessiz ve üzgün gibiydi. Jack aralarından eski bir tanesinin, "Herhalde bu seferki sondur. Beni trende bıraktı. Muhtemelen yeni bir tane alır..." dediğini duydu.

Şimdi siyah şapkalı bir konserve açacağı yaklaşmaya başlamıştı, metal ayakları üzerinde yürüyordu. Boynunda küçük bir kutu asılıydı ve tutacak kısmının hemen altında ince metal kolları görünüyordu.

"Biletler!" diye bağırdı konserve açacağı. "Yeni gelenler, biletlerinizi buradan alabilirsiniz!"

"Bırak konuşmayı ben yapayım" dedi Noel Domuçu Jack'e ama o daha bilet isteyemeden pırlanta küpeler önüne geçti.

"Yanlış yerdeyiz!" dedi ilk küpe.

"*Önemli* Şeyler nereye gidiyor?" diye sordu ikincisi.

"Mücevherler orada, batı duvarının yanında" dedi konserve açacağı o tarafı işaret ederek. "Ama önce bilet almanız gerek. Alın" diyerek boynunda asılı duran küçük kutudan iki mavi bilet kopardı ve küpelerin her birine bir tane verdi. "Batı duvarı" diye tekrar etti çünkü küpeler kıpırdamamıştı.

"Sanırım anlamadınız" dedi ilk küpe. "Biz *gerçek pırlantayız*."

"Bizi öyle sıradan plastik boncuklarla aynı yere koyamazsın" dedi ikinci küpe. "Değerliler için bir yer vardır mutlaka, değil mi?"

"Kendi bekleme alanınıza gidin" diye kızdı konserve

açacağı. "Pırlanta ya da plastik, burada hepsi aynı. Yakında size Yukarıda ne kadar kıymet verildiğini anlarız."

Alındıkları gayet belli olan küpeler batı duvarına doğru ilerlediler.

Kayıp Memuru tenis topuna da mavi bir bilet verdi. "Köpek oyuncakları şurada, spor ayakkabılarla okul kitaplarının arasında."

Tenis topu zıplayarak uzaklaştı. Konserve açacağı Jack ile Noel Domuçu'na döndü.

"Siz de mi yeni geldiniz?"

"Evet, beraber kaybolduk" dedi Noel Domuçu. "Sahibimizin cebinden düştük."

"Çocuklar!" diye homurdandı konserve açacağı, iki mavi bilet daha koparıp Jack'le Noel Domuçu'na verdi. "Buradaki Şeyler'in yarısı onlar yüzünden burada, umursamaz küçük zalimler. Ortalık durulduğunda Yukarıda ağladıklarını duyabiliyoruz. Kaybeden'in eline düşmesini istemiyorlarsa pelüş oyuncaklarını daha sıkı tutmaları gerek, öyle değil mi?"

"Galiba öyle" dedi Noel Domuçu.

"Güzel işçilik" diye ekledi konserve açacağı, Jack'e bakarak. "Ne kadar ayrıntılı."

"Teşekkür ederim" dedi Jack gergince.

"Çocuk oyuncakları hemen şurada, kuzey duvarının yanında" dedi konserve açacağı. "Birinin sizi bırakması lazım; orası yürüyerek gidemeyeceğiniz kadar uzak."

Kulak tırmalayan düdüğünü çaldı ve eski bir paten

yoldan onlara doğru yaklaştı. Jack ile Noel Domuçu'na kıyasla golf arabası kadar büyük sayılırdı. İçeri tırmandılar, boyları patenin tepesinden etrafı görmeye ancak yetiyordu.

Paten oyuncakların beklediği yere doğru ilerlerken Jack içinde müthiş bir heyecan duydu: Her an Dom'u tekrar görebilirdi!

16

Kayıp Eşya Bürosu

Kayıp iskambil kartlarının, bebek patiklerinin, rujların ve kalem kutularının arasından hızla geçtiler. Bütün bu süre boyunca binlerce, binlerce Şey altın ışık huzmeleri içinde tepedeki deliklerden aşağı doğru süzülüyordu.

Deponun neredeyse ortasına yaklaştıklarında, Jack dört yanında kadranı olan devasa bir saat gördü, saat uzun bir sütunun üzerindeydi, böylelikle kocaman binanın her yerinden görülebiliyordu. Jack en azından bir saat var diye düşündü ama sonra sadece bir kolu olduğunu ve sayıların olmadığını fark etti. Saatin kadranında gökkuşağı renkleri vardı ve tek kolu sarıdan yeşile geçmek üzereydi.

"Kaybolanlar Diyarı'nın korkutucu bir yer olduğunu sanmıştım" dedi Jack, Noel Domuçu'na.

Devasa depo kesinlikle gürültülü ve karmakarışıktı ama Jack korkmamıştı.

"Henüz dışarı çıkmadık" dedi Noel Domuçu.

"Ama dışarı çıkmamıza gerek yok ki" dedi Jack. "Konserve açacağını duydun. Dom da diğer oyuncaklarla birlikte kuzey duvarının ordadır."

"Orada değil" dedi Noel Domuçu. "O uzun süredir kayıp. Beni satın aldıkları dükkândaki anahtarlardan duymuştum. Buraya çok sık gelip gidiyorlarmış. Burası Kayıp Eşya Bürosu. Tam olarak kaybolmayan Şeyler buraya geliyor. Mesela bir insan bir Şey'i bir yere koyup birkaç dakikalığına onu nereye bıraktığını unuttuğunda, diyelim. Şeyler Kaybeden'in alanına nakledilmeden önce bulunmaları için onlara bir şans vermek için Kayıp Eşya Bürosu'nda sadece bir saat kalabilir."

"Dom, Kaybeden'le birlikte dışarıda mı?" dedi Jack, heyecanı bir anda sönmüştü.

"Evet" dedi Noel Domuçu. "Ama merak etme. Kanunlara uyduğu sürece güvende olacaktır."

"Ama Kibrit Kutusu Araba kanunları Kaybeden'in koyduğunu ve hile yaptığını söyledi!"

"Bu doğru, yapabilir" dedi Noel Domuçu, "ama Dom akıllı ve hassas bir oyuncak. Aptalca bir şey yapmayacağına eminim."

"Dom'un akıllı ve hassas biri olduğunu nereden biliyorsun?" dedi Jack.

"Çünkü biz kardeşiz" dedi Noel Domuçu.

"Ama onunla hiç karşılaşmadın bile!"

"Bunun önemi yok. O benim kardeşim, ben de onun kardeşiyim. Biz aynıyız."

Noel Domuçu, Dom'un yerine kendisinin geçebileceğini, artık eve dönebileceklerini teklif edebilir diye, "Siz hiç de aynı falan değilsiniz" dedi Jack.

"Doğru" dedi Noel Domuçu. "Unutmuşum: Bendeki bir şey sende kafamı çekip koparma isteğine yol açıyor."

"Bunun için üzgün olduğumu söylemiştim" dedi Jack.

"Hayır, söylemedin."

"Peki, o zaman özür dilerim" dedi Jack.

Bundan sonra bir süre konuşmadılar. Paten onları geniş bir kütüphane kitapları tarlasından geçirdi, nasıl kaybolduklarıyla ilgili konuşurken sayfaları hışırdıyordu.

"Galiba oyuncakları görebiliyorum!" dedi Jack sonunda.

Önlerinde beş tane futbol sahası büyüklüğünde kocaman bir alan uzanıyordu; bebekler, plastik dinozorlar, model arabalar, atlama ipleri, yoyolar, iskambil kartları, yapboz parçaları ve domino taşları gibi akla hayale gelebilecek her çeşit oyuncakla tıklım tıklım doluydu. Noel Domuçu, Jack'e Dom'un orada olmayacağını söylediyse de Jack, Dom'un sarkık kulaklarını, düğme gözlerini görmeyi ummaktan kendini alamadı ama etrafta ondan tek bir iz dahi yoktu.

"Bize gereken" dedi Noel Domuçu paten yavaşladığında, "bizimle biletlerini değiştirecek bir çift oyuncak bulmak."

"Neden?" diye sordu Jack.

"Çünkü böylelikle bir saat beklemek zorunda kalmadan Kaybolanlar Diyarı'na girebiliriz" diye açıkladı oyuncak. "Zorlanmayız. Sonuçta buradaki herkes olabildiğince burada kalmak ister çünkü Kaybeden onlara Kayıp Eşya Bürosu'nda dokunamaz."

Paten durunca dışarı tırmandılar, paten hızla yeniden fırladı. Durdukları yerin yakınında başı avuçlarında ağlayan iki başlı bir canavar vardı. Canavar kahverengi ve yamru yumruydu, pembe elbiseli plastikten bir prenses ile bir taç onu teselli ediyordu.

"Beni hâlâ bulmamış olmasına inanamıyorum!" diye hıçkırdı canavar. "Herhalde şimdi çoktan uyumuştur, rüyasında yılbaşında ona hediye edilecek yeni oyuncakları görüyordur. Oysa ben – bense Kaybeden'in midesini boylayacağım!"

"Hadi ama, cesur ol" dedi prenses. "Seni bulmasına hâlâ vakit var."

"Şu ikisine biletlerimizi değiştirmeyi teklif et" diye fısıldadı Noel Domuçu Jack'e, "ama sebebini söyleme. Kayıp Eşya Bürosu'ndan gitmek istememizi tuhaf bulurlar. Hadi, tıpkı aksiyon figürlerine benziyorsun, sana güvenirler."

"Onlara bilet değiştirmek için ne demeliyim?" diye sordu Jack endişeyle.

Noel Domuçu epeyce düşündü, düşünürken burnu kırışıyordu.

"Prensese çok güzel göründüğünü söyleyebilirsin" diye önerdi, "onu Kaybeden'e karşı korumak, biraz daha güvende tutmak uğruna biletini değiştirmeye gönüllü olduğunu söylersin."

Jack kıpkırmızı oldu.

"Böyle bir şey demem!"

"O zaman ben yaparım" dedi Noel Domuçu sabırsızca. Jack'in biletini elinden çekip aldı ve prensesle iki başlı canavara doğru ilerledi, yürürken karnındaki boncuklar şakırdıyordu. Jack, Noel Domuçu'nun "Prenses" dediğini duydu, "arkadaşım arkadaşınızın sıkıntılı olduğunu fark etti. Kendisi cesur bir aksiyon figürü olduğundan..."

O anda bir kutu açıldı ve içinden aniden bir oyuncak fırladı, etraftaki bütün oyuncaklar korkuyla çığlık attı. Jack buna memnun olmuştu çünkü böylece Noel Domuçu'nun onunla ilgili plastikten prensese söylediği bütün o utanç verici şeyleri duymak zorunda kalmayacaktı. Çok geçmeden Noel Domuçu mavi yerine iki yeşil biletle geri dönüyordu. Noel Domuçu'nun omzunun üzerinden bakınca iki başlı canavarın ona öpücükler gönderdiğini gördü. Yüzünü ateş bastığını hissetti ve başını çevirdi.

"Prenses korunmaya ihtiyacı olmadığını söyledi, üstelik maceraya atılmayı dört gözle bekliyormuş" dedi Noel Domuçu, "ama canavar onun bizimle biletleri değiştirmesini sağladı. Seni öpmek istedi ama senin çok utangaç olduğunu söyledim."

"İyi" diye mırıldandı Jack, yeni biletini alırken.

"Bu biletlerle her an buradan çıkabiliriz" dedi Noel Domuçu. "İşte!"

Ayağıyla sütunun üzerindeki tuhaf saate işaret etti. Saatin kolu sarıdan yeşile hareket ediyordu. Jack saatin kolu her seferinde yeni bir rengi gösterdiğinde, bileti o renkte olanların Kayıp Eşya Bürosu'nu terk etme vakitlerinin geldiğini anladı.

"Hadi gidelim" dedi Noel Domuçu. Yeşil biletli bir sürü Şey kendi alanlarından çıkıp sürünerek kuzey duvarına doğru ilerliyordu. Hepsi de endişeli görünüyordu.

Noel Domuçu omuzlarını dikleştirdi.

"Asıl şimdi yola çıkıyoruz. Hazır mısın?"

"Hazırım" dedi Jack başıyla onaylayarak.

17

Üç Kapı

Binlerce yeşil bilet sahibi düzensiz kuyruklar oluşturdu. Epeyce itişip kakışma oldu. Pek çok Şey hâlâ özlemle tavandaki deliklere bakıyor, altın bir ışık huzmesine yakalanıp Yaşayanlar Diyarı'na geri dönmeyi umuyordu. Siyah şapkalı Kayıp Memurları onları gaddar kahkahalarla ileri doğru itiyordu.

"Artık çok geç, şimdi Atama zamanı!"

"O da ne demek?" diye mırıldandı Jack, Noel Domuçu'na.

"Emin değilim" dedi Noel Domuçu, "ama galiba Kaybolanlar Diyarı'nın neresine gönderileceğimizle alakalı."

Muhteşem bir safir yüzüğün arkasında sıraya girdiler.

"İnanır mısınız" diyordu yüzük yüksek sesle, birileri onu dinler diye. "Ellerini yıkamak için beni parmağından çıkardı ve *beni lavabonun üzerinde bırakıp gitti!*"

Jack endişeyle kuyruğun önüne doğru baktı. Başta orada ne olduğunu göremedi ama sıra hızla ilerliyordu, çok geçmeden daha da çok Kayıp Eşya Memuru'nun oturduğu upuzun bir masalar sırasına doğru gittiklerini fark etti. Memurların arasında bir fare kapanı, bir tornavida ve bir zımba da vardı. Masaların ardında devasa boyutta üç kapı vardı: İlki tıpkı bir ahır ya da kulübe kapısı gibi düz ahşap bir kapıydı. İkincisi kasa kapısı gibi parlak çeliktendi. Sonuncusuysa parlak altındandı ve üzeri kabartma sarmaşık ve çiçek desenleriyle süslüydü. Kuyruklarda bekleyen pek çok Şey özlem dolu ifadelerle bu üçüncü kapıyı işaret ediyordu.

Kuyrukların başına varan Şeyler masalardan birine oturmak üzere teker teker çağrılıyorlardı. Kayıp Memurları onlara sorular soruyor, görüşme sona erdiğinde biletlerini damgalıyor ve kapılardan birine ilerlemelerini emrediyordu.

"Endişeliyim" dedi Noel Domuçu birden.

"Hangi konuda?" diye sordu Jack.

"Senin insan olduğunu fark ettirmeden Kayıp Memurları'nı nasıl atlatacağımız konusunda" dedi Noel Domuçu.

"Konserve açacağı anlamadı" dedi Jack.

"Ama onun işi seninle ilgili bilgi edinmek ya da seni nereye göndereceğine karar vermek değildi" dedi Noel Domuçu. "Çabuk bir hikâye uydurmamız gerek. Hangi fabrikada üretilmiştin?"

"Ben... bilmiyorum" dedi Jack, fabrika adına benzeyen bir isim düşünmeye çalıştı ama aklına gelmedi.

"Dingledown Fabrikası, Birmingham'da dersin" dedi Noel Domuçu. "Benim üretildiğim yer orasıydı ve oyuncak domuzların yanı sıra aksiyon figürleri de yapıyorlardı. Peki adın ne?"

"Jack."

"Aksiyon figürlerinin adı Jack olmaz! Sana ne diyelim... Diyelim ki sen Pijamalı Çocuk'muşsun, süper güçlerin de uyumak ve rüya görmekmiş."

"Ben Pijamalı Çocuk olmak istemiyorum" dedi Jack. "Kulağa çok aptalca geliyor."

"O zaman adının Jack olduğunu söyle de gör gününü!" diye fısıldadı Noel Domuçu öfkeyle. Kuyruğun başına doğru gittikçe yaklaşıyorlardı. "Peki nasıl kayboldun?"

"Bir çocuğun cebinden düştüm" dedi Jack, tam olarak Noel Domuçu'nun konserve açacağına söylediği gibi.

"O halde şimdi neredesin?" diye sordu Noel Domuçu.

"Burada seninle konuşuyorum" dedi Jack.

Noel Domuçu ayaklarıyla suratını kapadı. "Dosdoğru Kaybeden'e gönderilmezsek şanslıyız demektir." Ayaklarını indirdi ve şöyle dedi: "Bu, Kaybolanlar Diyarı'na çekilen Canlı kısmın. Kayıp Memuru'na plastik vücudunun nerede olduğunu söylemen lazım, anlıyor musun? Yukarıda Yaşayanlar Diyarı'nda nerede olduğunu!"

"Bu senin planındı!" dedi Jack, korkmuş ve biraz da kızmıştı çünkü şimdi kuyruğun başına çok yaklaşmışlardı. "Bana ne söylemem gerektiğini söyle çabucak, hadi!"

Ama tam o anda arkalarında acayip bir patırtı koptu.

18

Mahkûm

İki Kayıp Memuru –bir delgeç ile bir çatal– çamura bulanmış küçük bir Şey'i iki kuyruğun arasında sürüklüyor, Kaybolanlar Diyarı'nda pek çok Şey'de bitivermiş gibi görünen incecik güçlü kollarını kullanıyorlardı. Mahkûm o kadar kirliydi ki, tüylü olmasına karşın ne olduğunu anlamak neredeyse imkânsızdı.

"Lütfen!" diye ciyakladı mahkûm. "Lütfen bana bir bilet verin, bırakın bir saatçik kalayım! Ah lütfen, lütfen bana bir şans verin! Biri beni ister belki... bırakın deneyeyim..."

Kayıp Memurları Jack ve Noel Domuçu ile karşı karşıya geldiklerinde Jack hıçkıra hıçkıra ağlayan mahkûmun ne olduğunu gördü: Mavi renkte, minicik, pofuduk bir tavşandı, gerçi günlerdir, hatta haftalardır çamurun içinde yatmış gibi görünüyordu. Jack, Kayıp Memurları'nın zavallı tavşana neden böyle zorbalık ettiğini anlayamadı. Çatal, hızlı yürüsün diye onu dürtüp duruyordu, tavşan her acıyla inlediğindeyse delgeç kahkaha atıyordu ve açılıp kapandıkça minik yuvarlak kâğıt parçaları konfeti gibi etrafa saçılıyordu. Mahkûmlarını sürükleyerek Kayıp Memurları'nın masasını geçtiler ve yerdeki rögar kapağına benzeyen bir demir kapağa yöneldiler, Jack bu kapağı yeni fark etmişti.

"Sen Kaybeden'e aitsin!" dedi delgeç. "Şimdi Yukarıda sahipleri olan bütün bu saygın Şeyler'in önünde olay çıkarmayı kes artık!"

"Ona niye böyle davranıyorlar?" diye fısıldadı Jack, Noel Domuçu kaskatı kesilmiş halde başını iki yana salladı.

"Kirli diye mi?" diye sordu Jack kendi pasaklı Dom'unu düşünerek. Ya Dom Kayıp Eşya Bürosu'na geldiğinde ona da böyle davrandılarsa?

"Tavşanı boş ver" dedi Noel Domuçu birden kararlılıkla. "Bu senin tek şansın Jack. Sürün hadi."

"Ne?" dedi Jack.

"Herkes tavşanı izlerken sürünerek Kayıp Memurları'nı geçebilirsin, çabuk ol. Seninle öteki tarafta buluşacağım!"

Jack şimdi anlamıştı: Herkes, masalardaki Kayıp Memurları bile mahkûm ve gardiyanlarına odaklanmıştı. Jack dizleri üzerine çöktü, sürünerek safir yüzüğü geçti ve iki masa arasındaki boşluktan geçip tahta kapının önünde bekleyen çoktan Atanmış Şeyler grubuna doğru ilerledi. O Şeyler Jack'in onlara katıldığını fark edemeyecek kadar mahkûmun kaderiyle ilgiliydiler. Jack ayağa kalkıp şimdi tavşana ne olduğuna baktı.

"Lütfen!" diye ciyaklıyordu. "Ah lütfen bana bir şans verin..."

Tavşan mücadele ederken, "Senin gibi Şeyler'in şansı olmaz" diye homurdandı çatal. "Seni kimse istemiyor. Kaybolman kimsenin umurunda değil. Sen Artık'sın."

Delgeç ağır rögar kapağını kenara kaydırınca karanlık bir delik çıktı ortaya. Tavşan korkuyla ciyaklarken çatal onu deliğin kenarına doğru itekliyordu. En sonunda küçük tavşan kayıp düştü. Aşağı düşerken attığı dehşetli çığlıkların sesi, sanki bir bacadan aşağı kayıyormuşçasına gitgide zayıfladı ve delgeç deliğin girişini kapayan demir kapağı çarparak kapayınca tavşanın çığlıkları kesildi.

İki Kayıp Memuru şapkalarını düzeltip zıplayarak gitti, kendilerinden memnun görünüyorlardı. Bu korkunç sahneyi izleyen bütün Şeyler yavaş yavaş tekrar konuşmaya başladı.

Plastik bir tarak, "Korkunç değil miydi?" diye fısıldadı Jack'e.

Tuhaf görünüyordu, iki yanında birer gözü vardı ve dişlerinin arasındaki bir boşluktan konuşuyordu.

"Evet" dedi Jack, "korkunçtu."

En azından birinin tavşanın delikten atılmasını izlemek yerine ona yardım etmesi gerektiğini düşünüyordu. Keşke elinden bir şey gelseydi, ama o zaman gerçek bir çocuk olduğu anlaşılabilir ve daha Dom'u bulamadan Kaybolanlar Diyarı'ndan kovulabilirdi.

"Artıklara davranışları iğrenç" dedi tarağın yanında duran pil, Kayıp Memuru'nun duyma ihtimaline karşılık kısık sesle konuşmuştu.

Noel Domuçu en yakın kuyruğun başına varmıştı. Kayıp Memuru bir tornavidaydı, az önce safir yüzüğü beklesin diye altın kapının yanına göndermişti, gür bir sesi olduğundan domuzla aralarında geçen konuşmayı Jack gayet iyi duyabiliyordu.

"İsim?" diye sordu tornavida.

"Noel Domuçu."

"Üretim yerin neresi?"

"Dingledown Fabrikası, Birmingham'da."

"Canlanma yeri ve tarihi nedir?"

"Bu öğleden sonra" dedi Noel Domuçu, "Pendleton Oyuncak Dükkânı'nda."

"Seni bu kadar çabuk mu kaybettiler? Cık cık" dedi tornavida. Önündeki uzun listeyi inceledi. "Noel, Noel, Noel, Noel... Ah evet, buradasın. Noel Domuçu... Vah vah, pek sevenin olmamış galiba senin, ne diyorsun?"

"Ben bir Yedek'im" dedi Noel Domuçu.

"Yaa" dedi tornavida sandalyesinde dönüp sırıtarak. "Evet, Yedekler bazen işe yarar, bazen yaramaz. Senin durumunda belli ki işe yaramamış. Ama hâlâ yepyenisin, o yüzden seni bulan olursa muhtemelen işe yararsın. Bağış dükkânı uygun olur. Ahşap kapıya."

Böylelikle Noel Domuçu çabucak Jack'in ahşap kapının yanında bekleyen grubuna katıldı ve kapı savrularak açıldı.

19

Ata Benzeyen Şeyler

Dışarı çıktıklarında buz gibi bir rüzgârla karşılaştılar. Yaşayanlar Diyarı'nı terk ettiklerinde çoktan gece olmasına karşın depodan çıktıklarında güneşin daha yeni batıyor olması Jack'i şaşırttı. Oldukça tuhaf görünen gökyüzünden kar yağıyordu, gökyüzü boyanmış ahşap bir tavana benziyordu ama Yaşayanlar Diyarı'ndaki tavanlardan çok ama çok daha yüksekti. Jack ahşap gökyüzünde uzaktan birkaç tane delik görebildi ama Kayıp Eşya Bürosu'nun tavanındaki kadar çok delik yoktu.

Etraflarındaki arazi kasvetli ve ıssızdı: Sadece öbek öbek devedikenlerinin yetiştiği geniş bir alana yayılan, taşlık, boş bir araziydi. Kıraç araziyle lapa lapa yağan karın ortasındaki Jack'in şimdiye kadar görüp görebileceği en sevimsiz yerdi burası.

Omzunun üstünden Kayıp Eşya Bürosu'nun duvarına bakındı ve içinden geçtikleri kapının ortadan kaybolduğunu görünce şaşırdı. Sonra da artık Dom'u bulmadan eve geri dönmesinin mümkün olmadığını fark etti. Kaybolanlar Diyarı'nın ilk düşündüğünden çok daha garip ve karmaşık olmasından korkmaya başlıyordu. Mesela diğer kapılardan geçen Şeyler öteki tarafta ne görmüştü? Ve en önemlisi: Dom hangi kapıdan geçmişti?

Sonra Jack toynak sesleri duydu. Grubunun geri kalanı –bir tarak, bir pil, plastik bir cetvel, panda şeklinde bir silgi, birkaç ayakkabı bağı ve bir çift yemek çubuğu– döndüklerinde birkaç tane at şeklinde Şey'in yaklaştığını gördü. Plastik midilliler, pembe renkte pofuduk bir tekboynuz, çömlekten bir beygir ve grubun en büyükleri olan, eyerinin her iki tarafında plastik meyve sepetleri taşıyan hasırdan kocaman bir eşek vardı. Bu değişik Şeyler'in başında başka bir Kayıp Memuru ilerliyordu: Her iki ucunda da birer siyah şapka takılı bir mutfak makası. Tekerlekleri gıcırdayan ahşap bir ata binmişti, tutma sapları aşağıya bakıyordu.

"Hadi, acele edin!" diye kızdı makas. Jack ve Noel Domuçu iki plastik midilliye yönelmişti ki, "Hayır!" diye ekledi kesin bir dille. "Siz en büyüklerisiniz. Eşeği paylaşabilirsiniz."

Böylelikle Jack ile Noel Domuçu eşeğe bindi, eşek inleyerek, "Hasırıma dikkat edin. Kolayca kopabiliyor" dedi.

Diğer Şeyler atlarına binmekte çok zorlandı. Tarak, pil, cetvel ve yemek çubukları kayıp durunca makas, ayakkabı bağlarını onları bağlı tutmakla görevlendirdi.

Herkes atına binince Kayıp Eşya Bürosu duvarının arkasından acı bir korna sesi duyuldu.

"Eyvah" dedi Makas afallamış halde. "Bu hiç iyi olmadı."

"Bu ne anlama geliyor?" diye sordu tarak panikle.

"Bu şu anlama geliyor" dedi Makas, "bir Şey olmaması gereken bir yerde."

Jack ile Noel Domuçu endişeyle bakıştılar. Jack, Noel Domuçu'nun da onun gibi düşündüğünden emindi: Kayıp Memurları, sorguyu atlatmış olsa da bir şekilde Jack'in orada olduğunu anlamıştı.

"Kaybeden gelecek mi?" diye fısıldadı cetvel tir tir titreyerek.

"Belki gelir" dedi Makas. "Bir Şey kurallara uymazsa Kaybeden onu yakalayıp yemek isteyecektir. Kurallara uymazsan Artık olursun ve Artıklar Kaybeden'in midesini boylar, bu her zaman böyle olmuştur ve böyle olacaktır. Kanun böyle."

Makas at üzerindeki Şeyler grubuna keskin bir bakış attı. "Atamalarınız doğru düzgün bir şekilde yapıldı, öyle değil mi?" diye sordu.

Hepsi de başlarını salladı ve "Evet" dedi.

Makas hızlansın diye ahşap atını tekmeledi. Atın gıcırdayan tekerlekleri dönmeye başladı ve hep birlikte hurdalığın dış mahallerine doğru giden karlı yola koyuldular.

"Eh, yalan söylüyorsanız çok geçmeden anlarız" dedi Makas gaddar bir sesle.

20

Hasır Eşek

Yola koyulduklarında, "Niye hâlâ gündüz?" diye fısıldadı Jack, Noel Domuçu'na; hasır eşek adım attıkça çatırdıyordu. "Odamdan çıktığımızda hava karanlıktı."

"Kaybolanlar Diyarı'nda zaman başka türlü akar" diye fısıltıyla yanıt verdi Noel Domuçu. "Dediklerine göre Yaşayanlar Diyarı'ndaki bir saat Kaybolanlar Diyarı'nda bir güne eşitmiş."

Lapa lapa kar yağıyordu ve çok geçmeden Jack'in pijamasının omuzları ıslanıp buz gibi olmuştu, gerçi bu durum Kaybeden'in her an karanlıkların içinden çıkma ihtimali kadar endişelendirmiyordu onu. Yine de pilin plastik midillisinden azıcık kayması dışında hiçbir şey olmadı, onu midilliye bağlayan ayakkabı bağları da kendilerini biraz daha sıkmak zorunda kaldılar.

Gökyüzü hâlâ tuhaf bir şekilde boyanmış gibi göründüğü halde, grup taşlık hurdalığın sınırı boyunca ilerledikçe hava yavaşça karardı. Çok geçmeden gece oldu. Jack, Makas'ın hâlâ önde olduğunu biliyordu çünkü atının tekerleklerinin gıcırtısını duyabiliyordu. "Sence bizi nereye götürüyorlar?" diye fısıldadı Jack, Noel Domuçu'na.

"Bilmiyorum" dedi Noel Domuçu, "ama şimdilik emirlere itaat edeceğiz. Tanıdığım bütün Şeyler bana, Kaybeden'in kanunlarını çiğnemenin midesini boylamak için en hızlı yol olduğunu söylemiştir. O burada yaşar" diye ekledi, ayaklarının biriyle geniş taşlık araziyi işaret ederek, "burası Yası Tutulmamışlar Hurdalığı" diye ekledi.

"'Yası Tutulmamış' ne demek?" diye sordu Jack.

"Kaybolman hiçbir insanın umurunda olmamış demek" dedi Noel Domuçu etrafındaki kasvetli manzaraya bakarak. "Artıklar oraya gider; sevilmeyen, istenmeyen ve işe yaramayan Şeyler. Onlara sığınacakları bir yer verilmez. Kaybeden onları yakalayana kadarı Hurdalık'ta dolanırlar."

"O zaman Dom *kesinlikle* burada olamaz" dedi Jack. "O buradaki herhangi bir şeyden çok daha fazla sevilmiş ve istenmiştir."

"Hayır, o burada olamaz" diyerek ona katıldığını belirtti Noel Domuçu, başını Hurdalık araziden önlerindeki toprak yola çevirerek. "Şansımız yaver giderse, gittiğimiz yerde olacaktır. Bu grubun haline bakılırsa ucuz Şeyler'in gittiği bir yer olsa gerek."

"Dom ucuz değil" dedi Jack aniden. "O çok değerli."

"O *senin* için değerli olabilir ama biz domuzlar pek pahalı sayılmayız" dedi Noel Domuçu. "Umarım tek yumurta ikizi ortaya çıkınca kimse bunu tuhaf karşılamaz."

"Ah, hiç merak etme" dedi Jack. "Sen Dom'a hiç benzemiyorsun. Bir kere onun rengi farklı. Gözleri düştüğü için gözlerinin yerinde düğmeler var. Hem kulakları sarkık ve çok daha iyi kokuyor."

Hasır eşekleri çatırdadı ve sarsıldı. Pil midillisinin yanından tekrar kayınca sızlandı ve ayakkabı bağları iyice sıktı kendilerini.

"Çok daha iyi kokuyor da ne demek?" diye sordu Noel Domuçu.

"Bilmiyorum. Dom gibi kokuyor işte, o kadar."

"Peki ben nasıl kokuyormuşum?" diye sordu Noel Domuçu.

"Oyuncakçı ve halı gibi" dedi Jack. "Anlamsız bir koku."

"Çok sağ ol" dedi Noel Domuçu.

Makas'ın atının gıcırdayan tekerlekleri, hasır eşeğin çatırdaması, plastik ve çömlekten toynakların takırdamaları haricinde çıt çıkmıyordu. Sonunda Makas bağırdı: "Eve hoş geldiniz!"

Yıpranmış ahşap bir tabela karanlığın arasında belli belirsiz görünüyordu, üzerinde boyası dökülen silik harflerle şöyle yazıyordu:

KULLAN AT'A
HOŞ GELDİNİZ

ÜÇÜNCÜ BÖLÜM

Kullan At

SALON

21

Kullan At

"Ah hayır, hayır, yazıklar olsun!" diye bağırdı Tarak. "Kullanılıp atılan şeylerdenmişiz biz!"

"Şikâyet etmiyorsun ya?" dedi Makas tehditkâr bir sesle. "En azından başınızın üstünde bir çatı olacak. Buna sahip olmayan pek çokları var. Yoksa Artık olmayı mı tercih ederdin, öyleyse hemen ayarlarız!"

"Hayır" diye fısıldadı Tarak dehşete düşmüş halde, "Artık olmayı tercih etmiyorum."

"O zaman mızmızlanmayı kes" diye kızdı Makas.

Vardıkları şehirde alçak ahşap binalar vardı, hepsi de derme çatma, üflesen uçacak türdendi. Birkaç cılız fener ışığı karla kaplı sokağı aydınlatıyordu. Makas, grubu atları bağlayabilecekleri alana götürüp atından indi, sonra atları toparlayıp pili, tarağı, cetveli ve yemek çubuklarını çözdü.

"Selam!" diyen neşeli bir ses duydular arkalarından, dönüp bakınca üzerinde "Salon" yazılı bir binanın çift kanatlı kapılarından hoplayarak çıkan bir okuma gözlüğü gördüler. Gözlük üzerinde "K" harfi işli bir kovboy şapkası takmıştı ve şimdiye kadar gördükleri Kayıp Memurları'na kıyasla çok daha dost canlısı görünüyordu.

"Sizleri gördüğüme sevindim dostlar!" diye bağırdı sevinçle, burun kenarlıkları koca bir bıyık gibi sallanıyordu. "Ben Şerif Gözlük! Makas, baksana, bir saat önce Kayıp Eşya Bürosu'nda korna çaldığını duyduk. Bu doğru mu?"

"Bu tamamen doğru" dedi Makas. "Bazı Şeyler olmaması gereken yerde."

"Menteşelerim aşkına, bu bela demek!" dedi Gözlük endişeyle. Havadan eski püskü bir toz bezi çekip çıkardı ve camlarını sildi, sonra bezi yine sihirli bir şekilde ortadan kaldırdı ve grubu yakından incelemeye koyuldu. "Pekâlâ, herkesi içeri götürüp onlara bilgi vereceğim. Çıkmadan bir bardak makine yağı almaz mıydın Makas?"

"Vaktim yok" dedi Makas.

"Ama dönerken bu soğukta at üstünde donarsın."

"Hımm... işin ucunda donmak varsa" dedi Makas ve Salon'a doğru baktı.

"Senin iki ucun var halbuki!" dedi şerif, kendi şakasına katıla katıla gülmeye başladı. "Çaktınız mı? Çaktınız mı?"

Umutla etrafına bakındı. Kimse gülmemişti. Tarak burnunu çekti.

"O halde beni takip edin millet!" dedi Gözlük ve grubun önüne geçip Salon'a yöneldi. Makas, Jack'in peşinden geliyordu. Keskin uçlarının yere vuruşu Jack'in ense tüylerini diken diken ediyordu.

Salon titrek ışıklı tek bir gaz lambasıyla aydınlatılıyordu. Pencerelerde güve delikli kadife perdeler asılıydı ve zeminde lekeli ahşap parkeler vardı. Eski bir bahçe eldiveni köşedeki oyuncak piyanoda içli bir parça çalıyordu. Tavanda bir bulunma deliği vardı, deliğin hemen altındaysa iki kişilik yer tutan, eskimiş, teneke bir beslenme çantası duruyordu.

"Şurada piyanodaki Parmaklar" dedi Gözlük, eldiven Parmaklar başparmağıyla selam verip hüzünlü parçasını çalmaya devam etti, "hemen şurada bulunma deliğinin altında oturan da Beslenmecik."

Beslenme çantası bir şey demedi ama tavandaki karanlık deliğe bakmaya devam etti, sanki istese kendisini Yaşayanlar Diyarı'na geri götürecek altın bir ışık huzmesi inmesini sağlayabilirdi. Jack bu kasvetli odadan çıkmak istediği için onu suçlayamazdı. Dom karanlık köşelerden birinde oturuyor olabilir mi diye etrafına bakındı. Belki de dışarıda önünden geçtikleri yıkık dökük evlerden birine girip uyuyakalmıştı. Tam Dom'u aramaya gitmek için oradan ne zaman sıvışabileceğini düşünüyordu ki, "Tamam o halde, hadi herkes bir sandalye çekip rahatına baksın, tamam mı?" dedi Gözlük.

Hep birlikte oturdular. Kanatlı kapıların arasından giren rüzgâr buz gibiydi ve Jack artık titrememek için kendisini zor tutuyordu. Keşke Noel Domuçu'nu dinleseydi de odasındayken onun önerdiği gibi bir kapüşonlu eşofman üstüyle ayakkabılarını yanına almış olsaydı; böyle düşündüğünü ona kesinlikle söylemeyecekti tabii.

"O zaman Kullan At'a hoş geldiniz!" dedi şerif. "Bu kasabada pek bir şey yoktur ama neyimiz varsa paylaşırız! Anlaşıldı" diyerek hıçkıra hıçkıra ağlayan tarağa baktı, "belli ki bazılarınız burada olmaktan pek hoşnut değil..."

"Hangi Şey kendini Kullan At'ta bulmaktan hoşnut olabilir ki!" dedi Tarak hıçkırıklara boğularak. "Belli ki sahiplerimizin umurunda bile olmamışız!"

Yemek çubukları bunu duyunca biraz çöktü –Kaybolanlar Diyarı'ndaki Şeyler ağız, gözler ve kollara sahip olmalarının yanında bir de oldukça esnek hale geliyorlardı belli ki– ve plastik panda iç çekti.

"Pekâlâ, bu doğru değil efendim!" dedi Gözlük kesin bir dille. "Sizi kimse umursamamış olsaydı Kayıp Eşya Bürosu'ndan dosdoğru Atık Bacası'na atılırdınız."

Tarak, Gözlük'ü duymazdan geldi, "Ben – ben onun için özel olduğumu sanıyordum!" diye hıçkırdı ve dişleri arasından tek bir siyah saç teli çıkardı. "Yı – yıllardır birlikteydik... Ben o – onun umursadığını sanmıştım!"

"Hadi ama dostum, toparlan" dedi şerif nazikçe. "Biz eski, ucuz Şeyler bunun nasıl bir his olduğunu iyi biliriz. Kaybolduğumuzda kimsenin içi cız etmez. Yerimize hemen bir başkasını koyabilirler. Ama bu bizi değersiz kılmaz, hayır Efendiiim!" diye devam etti Gözlük. "Hâlâ umut var, hem de sürüsüne bereket! Neden derseniz, herhangi biriniz her an bulunabilirsiniz de ondan!"

"Ben hiç kullanılmadım bile" dedi Pil, üzgün görünüyordu. "Bir aile için bundan daha değerli olacağımı sanırdım. Sonuçta yılbaşı zamanı. Küçük kızın uzaktan kumandalı arabasının içinde bir ömür boyu sürecek bir işim olur sanmıştım."

"Eh, artık biliyorsun işte Pil!" diye inledi Tarak. "Onlar için değersizsin! Hepimiz değersiziz!"

"İhtiyacınız olan şey iyi bir uyku çekmek!" dedi şerif ayağa kalkıp Tarak'ı da ayağa kalkmaya davet ederek. "Dinlendiğinde her şey çok daha iyi olacak. On altı numaralı odaya yerleş hemen. Merdivenlerden yukarıda, sağdaki ilk oda. Hadi bakalım, aferin sana."

Tarak itiraz edecekmiş gibi görünüyordu ama tam o anda dışarıda, sokağın hemen aşağısında korkunç bir çığlık yankılandı. Bahçe eldiveni Parmaklar piyano çalmayı kesti. Gözlük, Makas ve hatta Beslenmecik bile hızla Hurdalık'a döndü.

"O da neydi?" diye cırladı Tarak.

"En iyisi Hurdalık'ta olanları duymazdan gelmektir" dedi Makas, Salon'un orada bir bardak makine yağı içiyordu. "Size ne söylenirse yapın, şanslıysanız çığlıkların sebebini asla öğrenmezsiniz."

22

Yeniden Yerleştirme

Tarak yukarı çıkınca, "Parmaklar, birkaç Noel Şarkısı çalmaya ne dersin, neşemizi yerine getirir, öyle değil mi?" dedi Gözlük.

Bahçe eldiveni "Ey Küçük Betlehem Şehri"ni çalmaya başladı ama pek bir faydası olmadı. Jack bütün Şeyler'in tıpkı kendisi gibi hâlâ çığlığı düşündüğünü anlamıştı.

"Şimdi" dedi Gözlük yeni gelenlerin geri kalanına, "burada kurallar gayet basit. Kasabanın sınırlarını aşmayın ve moralinizi yüksek tutun! Sakın unutmayın, her an bulunabilirsiniz ya da Yeniden Yerleştirilebilirsiniz!"

"Yeniden Yerleştirilmek mi?" diye tekrar etti Pil. "O da ne demek?"

"Yukarıdaki değeriniz değişmiştir demek" dedi şerif. "Mesela senin durumunu örnek alalım pil. Şu an kimse sana ihtiyacı olduğunu düşünmüyor. Ama diyelim ki Noel günü küçük kızın uzaktan kumandalı arabasının arkasındaki kapağı açtılar ve sen orada olmadığından pillerin eksik olduğunu fark ettiler! İşte o zaman, artık onlar için çok daha önemli olduğun anlaşılmış olur. Bu yüzden de seni bulmak için daha çok yere bakarlar ve seni aradıkları sırada artık sahiplerin için çok daha önemli olduğun anlaşıldığı için, bir sonraki şehir olan Tüh Kaybolmuş'a yerleştirilirsin. Tüh Kaybolmuş'ta kendi küçük evinde yaşarsın, hatta bahçeli bir evin bile olabilir! Ama sonsuza kadar Kullan At'ta kalırsanız millet, o zaman dilerim ki burayı Kaybolanlar Diyarı'nın en neşeli ve hareketli şehrine dönüştürmek için bana yardımcı olursunuz!"

Jack, Dom'un Tüh Kaybolmuş'ta olduğundan emindi. Bir an önce Kullan At'tan çıkıp oraya doğru yola koyulmalıydılar.

"Pekâlâ, hadi herkes yatağa şimdi" dedi Gözlük. "Korkarım bazılarınızın odasını paylaşması gerekecek çünkü Kullan At şu sıra biraz kalabalık ve sıkışık..."

"Kimse benim kadar sıkışmış olamaz!" dedi yankılanan, hırıltılı bir ses. Herkes kimin konuştuğunu anlamak için etrafına bakındı ama Salon'da onlardan başka kimse yoktu.

"Haley, sen misin?" dedi Gözlük, beslenme çantasına doğru sırıtarak, beslenme çantası çok utanmış görünüyordu.

"Evet!" dedi hırıltılı ses. Jack sesin teneke beslenme çantasının içinden geldiğini fark etmişti artık. "Birazcık dışarı çıksam olmaz mı? *Lütfen?* Burası çok karanlık ve yumurtalı sandviç gibi kokuyor!"

"Olmaz!" diye kızdı Makas Salon'un oradan. "Olduğun yerde kal! Şeyler'in içinde kaybolan Şeyler, kaybolan Şeyler'in içinde kaybolmalı. Kanun böyle!"

Jack, Noel Domuçu'na baktı ama o da Jack'ten daha fazla anlamamıştı doğrusu.

"Ama burası çok fena!" diye inledi ses.

"Sonsuza kadar sürmeyecek!" dedi Beslenme Çantası karnına.

"Öyle mi!" dedi Makas gaddarca gülümseyerek. "Kendini kandırma. Muhtemelen şu an yılbaşı ağacının altında yepyeni bir beslenme çantası sahibini bekliyordur. Kapağında tekboynuz resimleri olan pembe bir tanedir herhalde. Yepyeni, güzel ve plastik bir beslenme çantasına sahip olunca senin gibi eski bir tenekeyi arar mı sanıyorsun?"

Beslenme Çantası hıçkırarak, oturduğu iki sandalyeden kendini attı ve yatak odalarının bulunduğu üst kata doğru merdivenlerden yukarı takır tukur çıkmaya başladı, içindeki hırıltılı ses bir yandan, "Ay! *Ay!* Beni sarsıyorsun!" diyordu.

"Bu yaptığın hiç nazik sayılmazdı Makas" dedi Gözlük sessizce.

"Nazik mi?" diye çıkıştı Makas. "Bu gerçek. Şeyler haddini bilmeli. Beladan ancak böyle uzak kalabiliriz."

Makine yağının son damlalarını onu bir arada tutan vidaların üzerine döktü ve sonra sivri uçları üzerinde Salon'dan ayrılıp dışarı, yağan karın içine doğru yürüdü.

Gözlük iç çekti, sonra her yeni Şey'e o geceyi geçirecekleri oda numaralarını söyledi. Teker teker yukarı çıktılar, geriye sadece Jack ile Noel Domuçu kalmıştı.

Gözlük onları ilk kez fark ediyordu.

Merakla Noel Domuçu'na bakarak, "Kullan At'ta senin gibi yeni şeylerle pek karşılaşmayız" dedi. "Anlat bakalım Domuz, buraya nasıl geldin?"

"Ah, biz beraber kaybolduk" dedi Noel Domuçu. "Bizim çocuğun cebinden birlikte düştük."

"Nasıl bir çocuk sizler gibi güzel oyuncakları aramaz yahu?" diye sordu şerif Noel Domuçu'ndan Jack'e dönerek. "Sen ne tür bir oyuncaksın peki?" diye sordu Jack'in suratına bakarak.

"Ben bir aksiyon figürüyüm" dedi Jack. "Pijamalı Çocuk'um ben, süper güçlerim de uyumak ve rüya görmek. Kendi çizgi filmim de var" diye ekledi, kendisini daha önemliymiş gibi göstermek için.

"Demek çizgi filmin var?" dedi Gözlük, hâlâ Jack'i inceliyordu. "Vay, vay. Ne işçilik ama. İkiniz de sahibinizin cebinden düştünüz, öyle mi?"

"Sahibimiz çok şımarık bir çocuk" dedi Noel Domuçu. "Oyuncakları umurunda bile değil çünkü bir sürü oyuncağı var. Ona göre bir pelüş oyuncağın diğerinden bir farkı yok, bir aksiyon figürünün de bir sonrakinden farkı yok. Hatta sahip olduğu Şeyler'i yerlere atıp üzerlerinde tepinmesiyle tanınıyor" diye ekledi, göz ucuyla somurtan Jack'e bakarak.

"Ne diyorsun, öyle çocukları duymuştum" dedi Gözlük üzüntüyle. "Benim zamanımda çocukların çok daha az oyuncağı olduğundan, oyuncaklarının kıymetini bilirlerdi. Eskiden sizler gibi kaliteli modeller yoktu. Gelin sizi odanıza çıkarayım" diyerek yola koyuldu.

"Odayı paylaşırsınız değil mi, madem tanışıyorsunuz?"

Onları yukarı götürdü, her iki tarafında numaralı kapılar bulunan penceresiz, karanlık koridor boyunca ilerlediler. Yirmi üç numaranın önünden geçerlerken kapı bir çatırtıyla açıldı ve teneke beslenme çantası dışarı baktı.

"Yeniden Yerleştiriliyor muyum?" diye fısıldadı.

"Pek sayılmaz Beslenmecik" dedi Gözlük. "Yeniden Yerleştirmeler'le ilgili haberler günün çok daha erken saatlerinde gelir."

Beslenme çantası iç çekti ve kapısını kapadı.

"Zavallıcık" dedi Gözlük sessizce, koridor boyunca ilerlemeye devam ettiler. "Buraya alışmakta zorlanıyor."

"Şerif Gözlük" dedi Jack birdenbire; Dom'un orada olmadığından emin olması gerektiğinden Noel Domuçu'nun ona attığı uyarıcı bakışları görmezden geldi, "Burada Kullan At'ta başka bir oyuncak domuz gördünüz mü hiç? Bununla hemen hemen aynı boyda ama gözleri yerinde düğmeler var ve kulakları da sarkık."

"Düğme gözlü ve sarkık kulaklı bir domuz mu?" dedi Gözlük, karanlıkta durmuş tekrardan Jack'e bakıyordu. "Hayır evlat, bu tanıma uyan bir domuz gördüğümü söyleyemem doğrusu."

Jack hayal kırıklığına uğramıştı ama pek şaşırmamıştı. Gözlük yirmi numaralı odanın gıcırdayan kapısını itip açtı.

"İyi uykular çocuklar" dedi.

Ama kapıyı arkasından kaparken Jack'e çok şüpheli bir bakış attı.

23

Plan

Gözlük odadan çıktığı anda Noel Domuçu Jack'e çıkıştı. "Ne diye ona Dom'u sordun sanki?"

"Çünkü onun için buradayız, onu bulmak için!" dedi Jack.

"Onun Kullan At'ta olmadığı belli değil mi? Dikkatleri üzerimize çekmeye ne gerek vardı? Hem kendi çizgi filminin olduğu saçmalıkları da nereden çıktı?" diye ekledi Noel Domuçu kızgınlıkla.

"Pijamalı Çocuk çok aptalca bir isim" dedi Jack kızgınlıkla, "bir fabrikanın böyle bir aksiyon figürü üretmesi için bir sebebi olmalı. Niye pijamalı plastik bir çocuk üretsinler ki?"

"Umarım Gözlük pofuduk oyuncak domuzunu kaybetmiş gerçek bir çocuk gibi davranan bir aksiyon figürünün buralarda dolandığını Kaybeden'e ihbar etmez! Kayıp Memurları diğer oyuncaklara daha önce hiç Pijamalı Çocuk oyuncağını ve çizgi filmini duydular mı diye sormaya başlarlarsa başımız cidden belaya girecek. Bir plan yapana kadar şüpheleri üzerimize çekecek *başka hiçbir şey* yapmamamız gerek."

Jack, Noel Domuçu'nun söylediklerine karşılık aklına iyi bir yanıt gelmediği için, yayları gıcırdayan çift kişilik yatağa oturdu ve etrafına bakındı. Oda tek bir mumla aydınlatılıyordu ve duvar kâğıdı dökülüyordu. Tavandaki örümcek ağları bulunma deliği üzerine boylu boyunca gerilmişti. Çok uzun zamandır bu odada kimsenin bulunmadığı anlaşılıyordu. Bu arada Noel Domuçu çatlak pencereye doğru gitti ve karlı sokağı seyretmeye başladı.

Jack, Dom için öyle endişeleniyordu ki gözüne tek damla uyku girmedi, böylelikle o da bir süre sonra kalkıp pencerenin oradaki Noel Domuçu'nun yanına gitti. Kar dışarıdaki karanlık sokağa lapa lapa yağıyordu. Makas ve atlar gitmişti.

"Noel Domuçu?" dedi Jack uzun bir sessizliğin ardından.

"Hımm?" dedi Noel Domuçu.

"'Canlanmak'la ne kastediliyor? Hani bana bahsettiğin uykudan uyanmak gibi mi?"

"Aynen öyle" dedi Noel Domuçu, hâlâ aşağı, karanlık ve karlı sokağa bakıyordu.

"İnsanların hisleri Şeyler'e bulaşınca mı oluyor?"

"Aslında tam bulaşmak da değil" dedi Noel Domuçu. "Hisler içimize dolar. Canlanmak ise bizi kumaş, boncuk, pamuk, teneke, tahta, plastik olmaktan çıkarıp... başka bir şeye dönüştürür. Bir Şey'in tamamen Canlanması için bazen yıllar geçmesi gerekir, bazen de birdenbire olur. Bugün oyuncakçıda bana olduğu gibi. Holly'yle büyükbaban senin için hangi oyuncağı alacaklarını konuşuyorlardı ve beni seçtiklerinde Canlandım. O zaman bir anlamım oldu. Canlanma ne için yapıldığımızı anladığımızda gerçekleşir."

"Bu yüzden mi Holly'nin olmak istiyorsun?" diye sordu Jack. "Seni seçtiği için mi?"

"Evet" dedi Noel Domuçu biraz tereddüt ettikten sonra. "O yüz—"

Derken tam o anda aşağıdaki gürültüler ikisinin de bakışlarını pencereye yöneltti.

"Biri geliyor!" dedi Jack korkuyla. Sokağın sonunda bir sürü siyah şapkayı seçebiliyordu. Yoksa burada olmaması gereken Şey'i bulmaya mı geliyorlardı?

Üç yeni Kayıp Memuru –bir jilet, bir keski ve bir çakı– sokağın aşağısından geliyorlardı, her biri komik görünümlü bir kızak ya da vagon sürüyordu: Kurmalı bir farenin çektiği eski bir terlik, tüylü bir oyuncak köpeğin çektiği bir ayakkabı kutusu ve biri mermer diğeri pirinçten iki süs filinin çektiği, tekerlekli, tahta bir yük arabası. Araçlardaki üç yolcu –bir otobüs bileti, bir anahtar ve bir pasaport– sürücülerin, yani Kayıp Memurları'nın arkalarında oturuyordu. Jack ile Noel Domuçu onları izlerken, araçlar salonun önündeki fenerin altında durdu ve Şerif Gözlük onları karşılamak için telaşla dışarı çıktı.

Noel Domuçu yavaşça ve dikkatlice pencereyi açtı. Pencere azıcık gıcırdadı ama neyse ki yeni gelenler aşağıda o kadar çok gürültü yapıyorlardı ki kimse duymadı, şimdi

Jack ile Noel Domuçu, Gözlük ve Kayıp Memurları'nın söylediklerini duyabiliyordu.

"Selam dostlar!" diye bağırdı Gözlük. "Sizi bir saat önce bekliyordum!"

"Yolda oyalandık, yeni bir kontrol noktası açılmış" dedi Çakı, siyah kürk bir şapka takıyordu. "Duymadın mı? Burada aşağıda, Kaybolanlar Diyarı'nda kesinlikle olmaması gereken bir Şey var diyorlar."

"Vidalarıma kadar ürperdim, ne diyorsun?" dedi Gözlük, soluk soluğa kalmıştı. "Bu en son ne zaman olmuş peki?"

"Daha önce böyle bir şey olduğunu hiç hatırlamıyorum" dedi Çakı. "Tuhaf davranan bir Şey gördün mü Gözlük?"

"Bir bakalım" dedi Gözlük yavaşça. "Şimdi sen böyle deyince aklıma geldi... Daha demin birazcık tuhaf davranan bir çift oyuncakla konuştum aslına bakarsan."

Jack ile Noel Domuçu korkuyla birbirlerine baktılar.

"O halde derhal Yakalayıcılar'a haber versen iyi olur" dedi Çakı ciddiyetle. "Onların burada olmaması gereken Şeyler olduğu anlaşılırsa Kaybeden onlarla beraber seni de yiyecektir. Neyse, işte. Tüh Kaybolmuş'tan Kullan At'a nakledilen üç yeni vatandaşı getirdik. Hey siz, üçünüz!" diye bağırdı araçlarda oturan yolculara kaba bir şekilde. "Dışarı!"

Araçlardan inen otobüs bileti, anahtar ve pasaport birbirlerine sokulmuştu, çaresiz görünüyorlardı. "Bakın şimdi" dedi Gözlük, "sırf Yeniden Yerleştirildiler diye onlara böyle kaba davranmanıza hiç gerek yok."

"Acelem var" diye çıkıştı Çakı. "Bu üçünün hikâyesi bilindik hikâye. Yukarıda yerlerine yenisi kondu, böylelikle neden oldukları dertler sona erdi. Ama seninkilerden üçünü Yeniden Yerleştirmek için emir aldım. İşte..." diyerek Gözlük'e listeyi uzattı.

Gözlük sesli okudu: "Poki. Hımm, onun bizimle uzun süre kalmayacağına dair içimde bir his vardı. Parmaklar – aa tüh" dedi Gözlük üzüntüyle, "onun piyano çalmasını özleyeceğiz. Ve –burun kenarlıklarım aşkına– Beslenmecik de mi yoksa?"

"Annesi küçük kızın kaybolan astım spreyinin onun içinde olduğunu hatırladı" dedi Çakı. "Kızın astımı var. Annesi beslenme çantasını bir an önce bulmak istiyor artık."

Jack birdenbire Noel Domuçu'nun yumuşak kolunu sıktı.

"Ne?" diye fısıldadı oyuncak.

"Beslenme Çantası'nın içine saklanıp bir sonraki şehre gidebiliriz!"

"Peki kontrol noktasında Beslenme Çantası'nı açtırırlarsa ne olacak?" dedi Noel Domuçu.

"Ben... ben bilmiyorum" diye itiraf etti Jack, düşününce korkmuştu, "ama ya Gözlük bizi Yakalayıcılar'a ihbar ederse?"

Noel Domuçu birkaç saniyeliğine düşündü, düşünürken burnu kırıştı ve sonra, "Pekâlâ, ama konuşmayı bana bırak ve *sakın* çizgi filmin olduğundan bahsetme!" dedi. "Yatağın üstündeki battaniyeyi al" diye de ekledi, "dışarısı çok soğuk. Sana kalın bir şeyler giymen gerektiğini söylemiştim."

"Ben iyiyim" diye terslendi Jack ama Noel Domuçu arkasını döner dönmez yatağın üstündeki battaniyeyi aldı ve onu takip etti.

24

Beslenme Çantası

Jack ile Noel Domuçu odalarından gizlice çıktı, oyuncak domuz içindeki boncuklar ses çıkarmasın diye karnını sıkı sıkı tutuyordu, karanlık koridordan yirmi üç numaralı kapıya kadar geriye doğru yürüdüler. Jack hafifçe kapıyı vurunca eski teneke beslenme çantası kapıyı açtı.

"İçeri gelebilir miyiz?" diye sordu Noel Domuçu.

"Tabii, buyurun" dedi Beslenme Çantası nazikçe, biraz şaşırmıştı.

Beslenme Çantası'nın odası tıpkı kendi odaları gibi karanlık ve köhneydi ve daha da küçüktü. Salon'un arka tarafına bakıyordu, karşısında bir sürü alçak ahşap Kullan At evi vardı. Dışarıda hâlâ lapa lapa kar yağıyordu.

"Gözün aydın!" dedi Noel Domuçu, Beslenme Çantası'na. "Yeniden Yerleştirme Ekibi geldi. İçinde bir astım spreyi olduğunu kanıtlayabilirsen seni Kullan At'tan götürecekler!"

"Nee, tabii ki bunu kanıtlayabilirim!" diye bağırdı Beslenme Çantası neşeyle ve kapağını açtı. Gerçekten de içinde asık suratlı bir astım spreyi vardı. "Yeniden Yerleştirilmenizin sebebi bensem, o zaman neden?.." dedi hırıtılı bir sesle.

Ama sorusu yarıda kaldı çünkü Noel Domuçu Beslenme Çantası'nın içine onun hemen yanına atlayıverdi ve ayaklarıyla astım spreyinin ağzını kapadı. Jack de oyuncağın yanına geçti. İçerisi çok sıkışıktı ve yumurtalı sandviç kokusunu alabiliyordu.

"Bu ne kabalık!" dedi Beslenme Çantası şaşkınlıkla. "Davet edilmediğin yere öyle istediğin gibi giremezsin!"

"Kapağını kapa!" dedi Noel Domuçu sertçe. "Yoksa onlara, bizi bir sonraki şehre gizlice sokmayı teklif ettiğini söyleriz ve Artıklar'a yardım ettiğin için seni Hurdalık'a atıverirler!"

"Çıkın! Defolun!" diye bağırdı Beslenme Çantası, içinden çıksınlar diye yukarı aşağı zıplıyordu ama Jack ile Noel Domuçu sımsıkı tutunmuştu. "Onlara içeri atladığınızı ve beni sizi gizlice şehre sokmaya zorladığınızı söyleyeceğim!"

"Bizim sözümüze karşılık senin sözün!" dedi Noel Domuçu. "Dahası, bize yardım etmezsen buradaki aksiyon figürü arkadaşım astım spreyini kırar ve sprey kırılırsa asla *Yeniden Yerleştirilemezsin!* Pijamalı Çocuk'un oldukça hünerli parmakları vardır, anlıyorsun ya! Bir Şeyler'i kırmakta oldukça ustadır!"

Beslenme Çantası'na girme fikri Jack'ten çıkmış olsa da şimdi hem korkmuştu hem de kendini suçlu hissediyordu. Beslenme Çantası için üzülmekten kendini alamadı, üstelik astım spreyini *kesinlikle* kırmak istemiyordu. Noel Domuçu'nun bu zavallı Şeyler'e karşı nasıl da kötü davrandığını görünce çok şaşırmıştı ama henüz bunların hiçbirini söylemeye fırsat bulamadan kapı çaldı.

"Beslenmecik?" diye seslenen ihtiyar Gözlük'ün sesi duyuldu koridordan.

Beslenme Çantası anında kapağını sıkı sıkı kapadı, içerisi tıklım tıkıştı, Jack ve oyuncak domuz karanlıkta astım spreyiyle birlikte içeride sıkışmışlardı.

"Evet?" diyen Beslenme Çantası'nın titreyen sesini duydular.

"Gözün aydın. Yeniden Yerleştiriliyorsun!"

"Ah" diyen Beslenme Çantası'nın boğuk sesi duyuldu. "Hımm... Harika."

"İyi misin canım? Pek memnun olmuşa benzemiyorsun."

"Yok, ben... ben memnun oldum. Sadece... Ben seni özleyeceğim Gözlük."

"Bak sen" dedi şerif, duygulanmıştı. "Ne tatlı! Ama acele etmen gerek! Yeniden Yerleştirme Ekibi geç kalıyor!"

Beslenme Çantası'nın kapağı biraz göçmüştü, aradaki açıklıktan Jack'in nefes alabileceği miktarda hava giriyordu, tabii azıcık da ışık. Karanlık teneke beslenme çantasının içinde sıkışık bir halde duran Jack ile Noel Domuçu merdivenlerden zıplaya zıplaya salona indiklerini anladılar.

Beslenmecik ahşap zemine indiğinde öyle bir gürültü çıktı ki Jack, ayaklarıyla hâlâ astım spreyinin ağzını kapatmakta olan Noel Domuçu'na, "Onu tehdit etmene gerek yoktu!" diye fısıldadı.

"Dom'u bulmak istiyor musun, istemiyor musun?"

"Tabii ki onu bulmak istiyorum" dedi Jack, "ama sen çok kötü davrandın!"

"Kafamı çekip koparmak isteyen çocuğun dediklerine bir bakın!"

"Sürekli şunu hatırlatıp durma artık. Üzgün olduğumu *söylemiştim*!"

Beslenme Çantası zıplamaya devam etti, Çakı'nın sesini yakından duyduklarında Jack sokağa çıktıklarını anladı. "Sen, oradaki, Beslenme Çantası. Sen benimle geliyorsun, en büyükleri sensin. Keski, buraya gel, binmesine yardım et."

"Yok, yok, ben kendi başıma binebilirim!" dedi Beslenme Çantası korkuyla. Görevlilerden birinin, içinde sadece bir astım spreyi olması gerektiği halde şimdi epey ağır olduğunu fark etmesini istemiyordu belli ki. Birkaç kez zıpladı ve sonunda gümbürtüyle ahşap arabanın içine yerleşti.

"Geç kaldığım için özür dilerim!" diyen başka bir ses duyuldu. "Buradan gittiğim için öyle memnunum ki! Yanlış anlaşılma olmasın sakın Gözlük, çok naziktiniz ama Mendil'le aynı odayı paylaşmayı hiç özlemeyeceğim doğrusu. Buraya geldiğinden beri yıkanmamış."

"Zavallıcık" dedi şerif üzüntüyle. "Kendini bıraktı. Bazı Şeyler yıllarca bulunmadıklarında pes eder. O halde sana iyi şanslar Poki! Güle güle Parmaklar! Hoşça kal Beslenmecik! Sizi özleyeceğiz!"

"Görüşmek üzere Gözlük" diye seslendi Çakı. "O oyuncakları Yakalama Ekibi'ne haber ver hemen!"

Ahşap araba hareket etti. Jack iki devasa filin karda gıcırdayan adımlarını, kurmalı farenin cızırtısını ve tüylü köpeğin ara ara havladığını duyabiliyordu.

"Şimdi seni bırakacağım" diye fısıldadı Noel Domuçu, astım spreyine. "Ama çığlık atar da bizi ele verirsen, bizimle beraber Hurdalık'ı boylaman için elimden geleni yaparım!"

Astım spreyi hafifçe fısladı, bu onun oyuncağın dediklerini kabul ettiği anlamına geliyordu. Noel Domuçu onu serbest bıraktı. Astım spreyi uzun, hırıltılı bir soluk aldı, "İkiniz de çok kaba ve edepsizsiniz, yine de bu kutunun içinden başka bir şey görmek güzel, o halde merhaba ve hoş geldiniz" diye fısıldadı.

Üç araç bir saattir yola devam ediyordu sanki, tepelerinden bir ses duyduklarında Jack yumurtalı sandviç kokusundan iyice bunalmaya başlamıştı artık.

"DURUN!"

Ahşap arabayı çeken fil durdu. Jack ile Noel Domuçu birbirlerine baktılar ve Jack oyuncak domuzun minicik siyah plastik gözlerindeki ifadeden onun da korkmuş olduğunu anladı.

"Belgeleriniz!" dedi kulak tırmalayan bir ses.

Kâğıtların hışırtısını duydular.

"Poki, bir Pokémon kartı; sahibi değerli olabileceğini fark etmiş – tamam" dedi gaddar ses. "Parmaklar, bir bahçe eldiveni, sahibi onun kadar rahat yeni bir eldiven bulamamış – tamam. Beslenmecik, beslenme çantası, sahibi içinde bir astım spreyi olduğunu hatırlamış."

Beslenme Çantası'nın yan tarafından güm diye bir ses geldi ve acıyla ciyaklayan bir ses duyuldu.

"Orada mısın astım spreyi?" diye sordu hırıltılı bir ses.

"Evet!" diye seslendi astım spreyi.

"*Tamam*" dedi gaddar ses. "Pekâlâ, devam edebilirsiniz. Yalnız gözlerini dört aç Çakı. Alarm durumundayız. Burada olmaması gereken bir Şey'in burada olduğunu herhalde duymuşsundur, değil mi?"

"Evet. Eşkali belli mi?" diye sordu Çakı.

"Henüz değil" dedi gaddar ses. "Ama Kaybeden'i hiç bu kadar öfkeli görmemiştim."

"Onu gördün mü?" dedi Çakı endişeyle.

"Ah, tabii" dedi gaddar ses. "Bana dedi ki, 'Mucizeler ve kaybolan umutlar gecesi sonsuza dek sürmeyecek. Gece sona erdiğindeyse onları kim bulursa onun olurlar.'"

"O ne demek?" diye sordu Çakı.

"Hiçbir fikrim yok" diye hırladı gaddar ses. "Tuhaf davranan herhangi bir Şey'e karşı gözünü açık tut."

Böylelikle ahşap araç tekrar yola koyuldu.

"Beni yamulttu" diye şikâyet etti Beslenmecik, Çakı'ya.

"Eh, bizim Çekiç işte" dedi Çakı. "Vurduğu yere bakmaz hiç!" Üç yolcusuna seslendi. "Şimdi rahatınıza bakıp uyumaya çalışsanız iyi olur. Yolumuz uzun."

Araç şimdi yokuş yukarı tırmanıyordu. Jack beslenme çantasının en arkasına kaydı, zar zor köşeye ulaşıp kıvrıldı ve Kullan At'tan getirdiği battaniyeye sarındı; suratını Noel Domuçu'nun yumuşak kafasına yaslamıştı. Dom'a sokulmaya benzemiyordu ama buz gibi teneke duvara yaslanmaktan çok daha rahattı.

DÖRDÜNCÜ BÖLÜM

Tüh Kaybolmuş

25

Tüh Kaybolmuş

Jack sarsıntıyla uyandı. Yumuşak bir şey onu dürtüyordu, bunun yine Noel Domuçu'nun ayağı olduğunu fark etti. Araç hâlâ yol alıyordu. Beslenmecik'in kapağındaki bir çentikten parlak ışık giriyordu. Astım spreyi hırıltılı sesler çıkararak uykusuna devam ediyordu.

"Artık dışarı çıkma vakti!" fısıldadı Noel Domuçu, Jack'in kulağına. "Çakı neredeyse Tüh Kaybolmuş'a varmak üzere olduğumuzu söyledi. Beslenmecik'ten gizlice dışarı çıkıp arabanın arkasından atlayacağız."

"Ya bizi fark ederlerse?"

"O zaman koşabildiğimiz kadar hızla kaçarız. Hazır mısın?"

"Tamam" diye fısıldadı Jack, birden çok korkmuştu.

"Beslenmecik?" dedi Noel Domuçu, onu yandan dürterek. "Uyanık mısın?"

"Evet" diye fısıldadı o da.

"Bizi dışarı çıkarır mısın lütfen, bak sakın unutayım deme: Bizi gördüğünü birine söyleyecek olursan bize yardım ettiğini söyleriz!"

Beslenmecik'in kapağı çıt diye açıldı. Noel Domuçu, içindeki boncukların sesi onları ele vermesin diye göbeğini sıkı sıkı tutarak beslenme çantasından parlak günışığına çıktı, Jack de horuldayan astım spreyini geride bırakarak onu takip etti.

Neyse ki ahşap araba konvoydaki son araç olduğundan sürücü Çakı'nın arkası onlara dönüktü, böylelikle Jack ile Noel Domuçu'nun beslenme çantasından çıktığını kimse görmedi.

"Yardım etmek istemediğini biliyorum, yine de teşekkür ederim Beslenmecik!" diye fısıldadı Noel Domuçu ve kapağına nazikçe dokundu.

"Çok kabaydın" diye fısıldayarak yanıt verdi Beslenme Çantası, "ama umarım Kaybeden sizi yakalamaz. İyi şanslar!"

Jack ile Noel Domuçu ahşap arabanın arkasına yavaşça, dikkatle tırmanıp kendilerini yumuşak kara bıraktılar, sonra da yolun yanındaki bir öbek köknarın arkasına doğru hızla koştular.

Jack etrafına bakınca arabanın onları bir dağın tepesine getirdiğini gördü, oradan altlarında uzanan Yası Tutulmamışlar Hurdalığı'nı görebiliyorlardı. Bulundukları yerden Kullan At artık görünmüyordu, Jack Hurdalık'ta hareket eden hiçbir şey göremedi. Kaybeden'in son gelenlerin hepsini yediğini tahmin etti, tabii zavallı Şeyler devedikeni öbekleri arasına saklanmadılarsa.

Yoluna devam eden üç aracı izlemek için dönünce

onların bir dağın tepesine kurulmuş olan şehre girip gözden kaybolduklarını gördü. Jack ile Noel Domuçu'nun saklandıkları yerin yanı başındaki parlak renkli bir tabela gün ışığında parıldadı. Üzerinde şu kelimeler yazılıydı:

TÜH KAYBOLMUŞ'A HOŞ GELDİNİZ.

"Onlar gözden kayboluncaya kadar bekleyelim" dedi Noel Domuçu. "Sonra gizlice şehre girip Dom'u tanıyan bir oyuncak bulmaya çalışırız..."

Araçlar gözden kaybolunca hızla Tüh Kaybolmuş'a giden yola çıktılar.

Yeni şehrin Kullan At ile uzaktan yakından alakası yoktu. Her şey tertemiz ve düzenliydi. Çatıları karla kaplı evlerin hepsi de sanki zencefilli kurabiyeden yapılmış gibi bakımlı, temiz ve güzeldi, her birinin kapısı farklı renklerdeydi. Yollar tertemizdi ve köknarların üzerinde rengârenk yılbaşı ışıkları parıldıyordu.

Jack pijamaları içinde üşümüş ve titremeye başlamış olsa da moralinin yerine gelmeye başladığını hissetti. Dom'un bu minik evlerden birinde yaşadığını hayal edebiliyordu. Burası kesinlikle sevilen Şeyler'in gönderileceği bir yere benziyordu.

"Şurayı deneyelim" dedi Noel Domuçu yandaki bir sokağa işaret ederek.

Gerçekten de Jack'in şimdiye kadar gördüğü en güzel minik şehirdi. Evlerin karlı pencerelerinden içeri şöyle bir göz ucuyla bakınca, harıl harıl yanan şömineler, guguklu saatler, tüylü halılar ve rahat koltuklar gördü. Önünden geçtikleri Şeyler –bir okul kravatı ve birkaç soru kitapçığı, bir dolmakalem ve eski bir düğme– Kullan At'takilerden çok daha neşeli görünüyordu. Bu Şeyler böyle hoş ve samimi bir yerde yaşamaya gönderildiklerine göre Yukarıda Yaşayanlar Diyarı'nda değer gördükleri belliydi ama Jack henüz hiç oyuncak görmemişti.

Sonunda siyah bir satranç taşı gördü, kapağı gül desenli eski tarz büyük bir fihristle sohbet ediyordu.

"Satranç taşına Dom'u görüp görmediğini soralım hadi!" dedi Jack, Noel Domuçu'na.

"Hımm" dedi Noel Domuçu. "Emin değilim. Bir satranç taşı oyuncak sayılmaz."

"Şimdiye kadar gördüğümüz, oyuncağa en çok benzeyen Şey" dedi Jack.

"Peki" dedi Noel Domuçu "Ama sakın..."

"... bir çizgi filmim olduğundan bahsetmeyeceğim, biliyorum, biliyorum!" dedi Jack.

Böylelikle girişe yönelip satranç taşıyla fihristin sohbetlerinin bitmesini beklediler.

"*... beş dakikada,* Bay At öyle değil mi?" dedi Fihrist, bütün sokak boyunca çınlayan bir sesle. *"Çok yaramazsınız* Bay At, tekrar kaçırmanıza izin vermem! Ana Meydan'dan başlıyoruz ve hayır yanıtını kabul etmiyorum. Turumuz Belediye Sarayı'nda son bulacak, belediye başkanımız çömertçe bize etrafı gezdirmeyi kabul etti. Beş dakika Bay At, sakın unutmayın, yoksa darılırım!"

Fihrist neşeyle gülerek satranç taşını geride bıraktı. Fihrist gözden kaybolunca satranç taşı ters yöne doğru zıplayarak ilerlemeye başladı; o kadar hızlı gidiyordu ki, Jack ile Noel Domuçu'nun ona yetişmek için peşinden koşmaları gerekti.

"Affedersiniz?" dedi Jack.

"Evet?" dedi satranç taşı soluk soluğa, durarak. Üst kısmı at başı şeklindeydi.

"Oyuncak bir domuz gördünüz mü?" diye sordu Jack. "Bu domuzla hemen hemen aynı boyda ama rengi gri gibi, kulakları sarkık ve gözlerinde de düğmeler var."

"Hayır, hiç öyle bir domuz görmedim. Tüh Kaybolmuş'ta pek oyuncağa rastlamayız" dedi satranç taşı. "Şimdi izin verirseniz, lütfen, Fihri'nin turlarından birine katılmam gerek yine."

Bu sözleri söylerken hafifçe kişnedi ve sıçrayarak yeniden yola koyuldu, sonra da çatısı karla kaplı bir kulübeye girip gözden kayboldu ve kapıyı arkasından çarparak kapadı.

26

Fihrist Fihri

Jack, Tüh Kaybolmuş'ta çok fazla oyuncak bulunmadığını duyunca hayal kırıklığına uğramıştı. O zaman Dom'u nereye göndermiş olabilirlerdi ki? Ama daha Noel Domuçu'yla birlikte fikir yürütemeden, tiz bir düdük yerlerinde sıçramalarına sebep oldu. Jack düdüğün, Tüh Kaybolmuş sakinlerine orada olmaması gereken bir Şey'in orada olduğunu haber veren bir çeşit alarm olmasından korkmuştu. Neyse ki düdüğün hemen ardından, yaklaşmakta olan bir buharlı trenin tanıdık sesi duyuldu.

"İlginç" dedi Noel Domuçu, burnunu kırıştırarak. "Tren nereden geliyor acaba? Hadi gidip bakalım."

Jack ile Noel Domuçu aceleyle tren sesini duydukları yöne gittiler, tam zamanında varmışlardı, böylelikle trenin şehrin ortasındaki küçük bir istasyona yanaşmakta olduğunu görebildiler. Tren koyu mavi ve altın renklerindeydi, bir buhar bulutu arasında durduğunda kapıları açıldı ve birkaç Şey dışarı çıktı, aralarında altın bir kol saati, gümüş bir bardak ve yıpranmış bir kurdelenin ucundaki bronz bir madalya vardı.

"Bak yine o işte" dedi Noel Domuçu ayağıyla işaret ederek. "Fihrist."

Gerçekten gül desenli kapağıyla orada duruyordu, üzeri el yazısıyla dolu sayfaları hışırdayarak trenin buharını yelpaze gibi dağıtıyordu.

Daha önceki gibi tiz bir sesle konuşuyordu, "Hepinizi görmek ne *güzel*! Şanslı gününüzdesiniz! Fihri'nin meşhur yürüyüş turlarından birine katılmak için *tam* vaktinde geldiniz! Tüh Kaybolmuş'u tanımak için ne *harika* bir yol, değil mi! Beni takip edin, herkes beni takip etsin!"

Jack yeni Şeyler'in, Kayıp Memuru şapkası takmadığı halde Fihri ne derse yapmaları gerektiğini düşündüklerini anlamıştı; gerçekten de hepsi onu takip etmeye başladı.

"Bence biz de onları takip edelim" dedi Noel Domuçu, "hem trenin nereden geldiğini öğrenmeye çalışırız. Ama dikkatli olalım. Bu fihristte hoşuma gitmeyen bir şey var."

Böylelikle Fihri ve trenden daha yeni inmiş Şeyler'i küçük bir meydana kadar takip ettiler, meydanda turun başlamasını bekleyen başka Şeyler'den oluşan bir grup daha vardı. Jack Pokémon kartını, Parmaklar'ı ve Beslenmecik'i onların arasında gördü, hepsi de oldukça neşeli görünüyordu çünkü yaşamak için çok güzel bir yere geldiklerini anlamışlardı.

"Kendimi tanıtmama izin verin!" diye bağırdı Fihri, kalabalığın arasından öne geçmeye çalışıyordu. "Tam adım Fihrist ama siz bana kısaca Fihri diyebilirsiniz! Tüh

Kaybolmuş'un köklü sakinlerinden ve kıymetli belediye başkanımızın *yakın* arkadaşlarından biri olarak, şehrimize gelen herkesi evinde hissettirmek için bu küçük turları düzenliyorum. Lütfen beni izleyin ve sorularınız olursa sormaktan *çekinmeyin*!"

Hızla yeni bir sokağa girdi ve herkes onu takip etti. Jack ile Noel Domuçu kendilerini biraz önce trenden inen altın saatin yanında yürürken buldular.

"Yeni mi geldiniz?" diye sordu saat, kıvrıla kıvrıla ilerliyordu.

"Evet" dedi Noel Domuçu.

"Sizi trende görmedim."

"Yok, göremezdin" dedi Noel Domuçu. "Biz Kullan At'tayken Yeniden Yerleştirildik."

"Ah" dedi Saat. "O zaman anlaşıldı."

Jack kol saatinin arkasında birkaç kelime yazılı olduğunu fark etti: *Bob'a, Betty'den sevgilerle.*

"Yazıya mı bakıyorsun?" diye sordu saat Jack'e.

"Iıı... evet" dedi Jack, bir Şey'in üzerindeki yazıya bakmanın ayıp olmadığını umuyordu.

"Ahhh" diye iç çekti kol saati. "Eh, Betty ile Bob artık birbirlerini sevmiyor, bu kadarını biliyorum. Yeniden Yerleştirileceğimi söylediklerinde 'Ayrılmışlar' diye düşünmüştüm. Gerçek altındanım ben, Bob beni ilk kaybettiğinde çok üzülmüştü. Ama Yukarıda bir şeyler değişti belli ki. Bob artık beni eskisi kadar özlemiyor, yoksa beni göndermezlerdi..."

"Arkada sohbet istemiyorum!" diye bağırdı Fihri. "Yoksa turumdan tam olarak faydalanamazsınız! Şimdi oldukça hoş bir kulübenin önünden geçiyoruz, şehirde en iyi durumda olanlardan biridir ve şansa bakın ki, burası bana ait!" dedi çınlayan bir kahkahayla. "Ve burada sol tarafımızda, gümüş kakmalı bir kitap ayracının oldukça hoş olan evini görüyoruz. İyi yetişmiş, okumuş komşularınızın olması çok önemli! Evin önceki sakini huysuz bir okul takvimiydi!" diye ekledi ürpertiyle. "Yeni gelenler şehre vardıkları anda karşılarında onu görünce çok kötü bir izlenime kapılıyorlardı!

Şimdi, Kayıp Eşya Bürosu'ndan doğruca buraya gelenler" diye devam etti Fihri ve onları bir köşeden döndürdü, "Kaybolanlar Diyarı'nda iki şehir olduğunu açıklamam gerek: Kullan At ve Tüh Kaybolmuş!"

Bu kelimeleri duyunca saat suratındaki ellerini kavuşturdu ve kafası karışmış bir ifade yerleşti yüzüne.

Kalabalığın arkasından, "Hayır hanımefendi" diye seslendi Fihri'ye, "Sanırım siz yanlış biliyorsunuz. Madalya, Kadeh ve ben buraya..."

Fihri aniden durup kalabalığın karşısına geçmek için döndü, "*Kaybolanlar Diyarı'nda sadece iki tane şehir vardır!*" diye bağırdı. Kalabalık öyle ani durmuştu ki bazıları birbirlerine çarptı, gümüş kadeh yere kapaklandı ve bir çift tüylü eldiven kalkması için ona yardım etti.

"İki şehir!" diye tekrar etti Fihri, kalabalığa dik dik bakarak. "Bir tanesi İyi Şeyler için, bir tanesi de Kötü

Şeyler için! Kullan At *değersiz* nesneler içindir, yerine yenileri kolayca konabilecek nesneler, Yaşayanlar Diyarı'nda kaybolduğu neredeyse fark edilmeyenler için! Ama Tüh Kaybolmuş *özel* Şeyler içindir. Tüh Kaybolmuş'taki her Şey kaybolduklarında insanlarımızın başına epey dert açmıştır. Bizler değerliyiz. Bizler *önemliyiz*. Mesela ben" diye devam etti Fihri, "tam elli yıl boyunca Yukarıdaki bir hanımın himayesinde kaldım! Ailesinin, arkadaşlarının isimlerini, adreslerini ve telefon numaralarını içime yazdı. Önemli bilgileri tuttuğu tek yerdim!"

Fihri yaşlı hanımın örümcek ağını andıran yazısını herkes görsün diye sayfalarını kırpıştırdı.

"Beni kaybettiğinde ne kadar sıkıntı yaşadığını bir *hayal edin!*"

Fihri üzüleceğine kahkahalara boğuldu.

"Dom kesinlikle burada değil" diye fısıldadı Jack, Noel Domuçu'na. "Burası sahiplerini üzmekten hoşlanan Şeyler'e göre bir yerse, o burada olamaz!"

Biri Jack'in kulağına fısıldayınca, Jack'in ödü koptu.

"Delikanlı rica ediyorum bizi hemen harcama,
Lütfen bizi kötü niyetli Fihri'yle bir tutma."

Jack etrafına bakındı. Tepesine gözler ve bir ağız çiziktirilmiş yıpranmış bir defter sayfası yürüyüş turuna katılmıştı.

Tekrar yola koyulduklarında Jack, "Kimsin sen?" diye sordu kâğıda.

"Benim adım Şiir. Şu üzerimdeki kargacık burgacık dizeleri görüyorsun ya?"

Onlara üzerine çiziktirilmiş kelimeleri göstermek için hafifçe açıldı.

"Şiir olduğum için kafiyeli konuşurum yalnızca."

"Aaa" dedi Jack. "Sen de mi buraya yeni geldin?"

"Hayır, ben buraya geleli çok oldu ama bugün
Şu yürüyüş turuna bir katılayım diye düşündüm
Tura katılmanın bedelini ödeyeceğim tabii
Çünkü yoktur Fihri'nin benden daha çok nefret ettiği birisi."

"Niye senden nefret ediyor?" diye sordu Jack.

"Çünkü o çok kötü biri, üstelik sinsinin teki,
Bense doğruları söylemekten korkmadığı için yasaklı biri."

Gerçekten de tam o anda, Fihri cilalı ahşaptan çift kanatlı kapıları ve küçük bir saat kulesi olan bir binanın önünde durmuş, tekrar kalabalığa seslenmek için dönmüştü ki Şiir'in arkada saklandığını gördü.

"Şiir!" diye bağırdı. "Burayı hemen terk et canım, belediye başkanı artık yürüyüş turlarıma katılmayacağını sana söylemişti!"

"Ah, davetsiz katıldığım için özür dilerim, aklımdan çıkmış olmalı!" dedi Şiir, Jack'e sırıtarak.

"Hem çok nazik hem de doğru sözlüsün neyse ki. Hoşça kal sevgili Fihri!!"

Şiir oradan uzaklaştı. Fihri çiçekli suratına kocaman bir gülümseme yerleştirdi yeniden. "Yeni gelenlere küçük bir uyarı: Şiir'den uzak durmalısınız; o delidir, hem de çok ciddi bir deli. Üstelik kendisinden çok daha deli biriyle ev arkadaşı! Kullan At'a Yeniden Yerleştirilmeleri için elimden geleni yapıyorum ama henüz başarılı olamadım. Şimdi belediye sarayının kapısını çalacağım, çok şanslı bir günümüzdeysek sevgili belediye başkanımız bize etrafı..."

Ama daha Fihri kapıyı çalamadan kare biçiminde bir peynir rendesi çift kanatlı kapılardan uçarcasına çıktı, neredeyse Fihri'ye çarpıp onu yere düşürecekti. Şık bir siyah belediye başkanı şapkası takmıştı. Her zamankilerden biraz daha farklı görünen bir grup Kayıp Memuru peşinden geldi. Hepsi de siyah kar maskesi takmıştı, maskelerin alın kısmına "K" harfi işlenmişti. Suratlarının büyük kısmı kapalı olmasına karşın ne türden Şeyler oldukları anlaşılıyordu. Biri büyüteç, diğeri bir ağ ve üçüncüsüyse devasa bir kar botuydu.

"Ah, hayır" diye fısıldadı Noel Domuçu. "Bunlar Yakalama Ekibi!"

"Bir sorunumuz var!" diye kükredi belediye başkanı, bir kâğıt parçasını sallıyordu. "Söylentiler gerçek! Burada aşağıda, olmaması gereken Şeyler var! Eşkalleri şimdi geldi: Pofuduk bir oyuncak domuz ile pijamalı bir aksiyon figürü!"

27

Belediye Başkanı Peynir Rendesi

Belediye başkanı tam "pijama" kelimesini söylemişti ki Noel Domuçu, Jack'i kolundan tuttuğu gibi yandaki bir sokağa sürükledi. İçine saklanabilecekleri hiçbir şey yoktu, Noel Domuçu belediye başkanının armasıyla süslü, gümüş renkte, pırıl pırıl bir çöp kutusunun kapağını çekip açtı ve Jack'le beraber içeri atlayıp kapağı üstlerine kapadılar. Jack o kadar korkmuştu ki çöp kutusunun içinin ne kadar temiz ve boş olduğunu hemen fark etmedi: Demek Tüh Kaybolmuş'ta çöp kutularının içi bile düzenli olarak cilalanıp parlatılıyordu.

Belediye başkanının, "Sakin olun, sakin olun!" diye seslendiğini duydular çünkü bu haberle kalabalık hep bir ağızdan bağıra çağıra konuşmaya başlamıştı. Sessizlik sağlanınca belediye başkanı konuşmasına devam etti. "Dinleyin beni! O domuzla aksiyon figürü kanunları çiğnedi ve kanunlara uyulmadığında, Kaybeden'in kanunu yeniden çiğnemesi için bahanesi oluyor! Kaybeden tam on yıl önce bugün ortalığı yıkıp dökerek Tüh Kaybolmuş'a geldi ve kapıları kırıp çatıları uçurdu, ama yoo, bu tekrar yaşanmayacak, ben görev başındayken asla olmaz!"

"Ge-geçen sefer neden gelmiş?" dedi bir ses korkuyla. Jack, Beslenmecik'in sesini tanımıştı.

"Çünkü eski belediye başkanı kanunları çiğnemişti!" diye bağırdı peynir rendesi. "Onun adı Tırtıklı Makas'tı! Artıklar için üzüldüğünden birkaçının Hurdalık'tan gizlice şehrimize girip tavan aralarımızda saklanmasına göz yumdu! Kaybeden onun neyin peşinde olduğunu anladığı anda fırtına gibi şehre daldı ve ortalığı darmaduman etti! Artıklar'ın hepsini yakalayıp onları yedi, üstelik hiçbir suçu olmayan birkaç Şey'i de yutuverdi, son olarak da Tırtıklı Makas'ı yakaladı. Onu kendi inine götürürken Tırtıklı Makas çığlık çığlığa bağırıyordu, o günden sonra da onu ne gören ne de duyan oldu! İşte o gün Belediye Başkanı ben oldum" diye gürledi Peynir Rendesi, "ve o andan beri kanunlara uyuluyor! Şehrimizde olmaması gereken bir Şey olmadığından emin olmak için haftada bir gün Kayıp Memurları'yla birlikte şehri köşe bucak arıyoruz! Pekâlâ, şimdi herkes evine, yolda oyalanmayın! Fihri yeni gelenlere evlerini gösterecek; ben haber verene kadar evlerinizden ayrılmayın!"

Jack ile Noel Domuçu dağılmakta olan kalabalığı duyuyordu, içerisi çok sıkışık olmasına rağmen çöp kutusundan çıkmadılar.

"Ya altın saat onlara bizi gördüğünü söylerse?" diye fısıldadı Jack. "Ya Şiir? Ya da Beslenmecik?"

"O zaman başımız iyice belaya girer" dedi Noel Domuçu fısıldayarak. "Ama onların hepsi de iyi Şeyler'e benziyorlardı. Umarım bir şey demezler."

Birkaç dakika sonra, evlerine dönen Şeyler'in ayak sesleri kesildi. Şimdi sadece belediye başkanıyla Yakalama Ekibi'nin sesleri duyuluyordu.

"Şehir merkezine gelecek kadar aptal olamazlar" dedi belediye başkanı kendinden emin bir halde. "Bence dağılıp şehrin dışından içeri doğru arayalım."

Yakalama Ekibi bu öneriyi kabul etti; Jack ile Noel Domuçu, harekete geçip aramaya yardım etsinler diye diğer Kayıp Memurları'na seslendiklerini duydular. İçlerinde en çok gürültü çıkaran çivili kar botuydu, her adımda tehditkâr bir metalik gümbürtüye neden oluyordu.

"O botun adı Ezici" diye fısıldadı Noel Domuçu, Jack'in kulağına. "Senin çoraplarından biri bana ondan bahsetmişti. Kaybeden'in en sevdiği Şeyler'den biri. Ezici'ye, yakaladığı her Şey'in üstüne basma izni verilmiş. O üzerlerine bastıktan sonra bulunsalar bile işe yaramaz halde oluyorlarmış."

Jack azıcık da olsa Noel Domuçu'nun bunu ona söylememiş olmasını yeğlerdi.

"Fihri onu susturmadan önce saatin dediklerini duydun mu?" diye konuşmasına devam etti Noel Domuçu.

"Evet" dedi Jack. "Üçüncü bir şehirden gelmiş."

"İşte bu mantıklı" dedi Noel Domuçu, "çünkü..."

"Kayıp Eşya Bürosu'nda üç kapı vardı!"

"Aynen öyle" dedi Noel Domuçu.

"Öyleyse Dom sonuncu şehirde olmalı!" dedi Jack.

"Evet, öyle olmalı" dedi Noel Domuçu. "En iyisi şu trene gizlice binip saklanmaya çalışalım, tren bizi sonuncu şehre götürür. Ama hava kararana kadar bekleyelim. Şu an çıkarsak başaramayız."

Böylece akşamın çökmesini beklediler.

Nihayet havanın yeterince karardığına emin olduklarında çöp kutusundan dışarı çıkmayı denediler ama bir şekilde oraya iyice sıkışmışlardı. Epeyce bir uğraştıktan sonra Jack güçlükle dışarı tırmanmayı başardı ve sonra bütün gücüyle Noel Domuçu'nu ayaklarından çekip onu dışarı çıkardı, birlikte paldır küldür bir kar yığınının üzerine düştüler; Noel Domuçu, Jack'in üstüne düşmüştü.

"Teşekkürler" dedi Noel Domuçu soluk soluğa. "Kusura bakma. İçimdeki boncuklar yerleşmişti de."

"Önemli değil" dedi Jack, üşümüştü ve yine sırılsıklam olmuştu. Ayağa kalktı, üstündeki karı silkeledi ve beraber istasyona doğru gizlice ilerlediler, gölgelerin arasından gitmeye dikkat ediyorlardı.

Daha çok az mesafe katetmişlerdi ki birdenbire her bir köşedeki hoparlörlerden belediye başkanının gürleyen sesini duydular. "Bütün Şeyler'in dikkatine! Bütün Şeyler'in dikkatine! Artık domuz ve Artık aksiyon figürünün havanın kararmasını fırsat bilip şehir merkezine yöneldiklerine inanıyoruz! Kapılarınızı kilitleyin! Pencerelerinizi kapayın! Artıklar'a her kim yardım ederse, onlar da Kaybeden'e teslim edilecektir!"

Jack ile Noel Domuçu dört bir yanlarındaki yüzlerce evin kilitlerinin sürgülendiğini, pencerelerde mücevher gibi parlayan ışıkların karardığını gördüler. Belediye başkanı Peynir Rendesi uyarıyı ikinci kez yaptığında Tüh Kaybolmuş şehri üzerine tam bir sessizlik çöktü. Birdenbire, orada yaşayan Şeyler kendi evlerindeyken bile konuşmaya korkmuş gibiydiler.

Jack ile Noel Domuçu gitgide istasyona yaklaşıyorlardı, buz gibi havada Jack'in nefesi adeta bir buhar bulutu oluşturuyordu. Tir tir titrediği sırada battaniyesini belediye başkanının çöp kutusunda unuttuğunu fark etti ama şu an umurunda olan tek şey Tüh Kaybolmuş'tan bir an önce çıkıp gitmekti, bu şehrin artık samimi ve misafirperver bir yer olduğunu düşünmüyordu.

Yolun karşısında istasyonu görmüşlerdi ki, ileriden kart bir ses duydular. Noel Domuçu, Jack'i karanlık bir kapı eşiğine çekti ve ağzından çıkan buhar bulutu onları ele vermesin diye Jack nefesini tuttu.

"Siz dördünüz Büyüteç'i batı kanadına doğru takip edin. Siz Ağ ile devam edin ve doğu yönünü arayın. Geri kalanlar beni takip etsin."

Jack, Kayıp Memurları'nın farklı yönlere doğru yola koyulduklarını duydu, yine içlerinde en gürültülü olan Şey, güm güm ses çıkaran Ezici adındaki dev kar botuydu.

Bir kez daha sonuncu ses de kesildiğinde Jack ile Noel Domuçu saklandıkları yerden çıkıp istasyona yöneldiler.

Ama Jack'in bütün umutları sönmüştü: Oyuncak tren çoktan gitmişti.

"Hayır olamaz, şimdi ne yapacağız?" diye fısıldadı Jack, zangır zangır titreyen dişlerinin arasından.

"Şimdi" dedi arkalarından tehditkâr bir ses, *"ezilme zamanı."*

28

Ezici

Jack ile Noel Domuçu hızla arkalarını döndü ve döndükleri anda Jack, Ezici adlı kar botunun onları kandırdığını anladı: Gittiğini düşünsünler diye olduğu yerde yürür gibi yapmıştı. Bot hoplayarak onlara yaklaştı, çok geçmeden Jack'in iki ayakkabı bağı deliğinin nasıl da zalim küçük gözlere dönüştüğünü görebileceği kadar yakınlarına varmıştı bile. Tabanındaki çiviler ay ışığında parlarken Jack'in aklına birden annesi geldi. Ezici onun üstüne basıp ona zarar verirse, annesini bir daha asla göremezdi. Jack farkında olmadan Noel Domuçu'nun ayağına uzandı.

"Bekle!" diye yalvardı Noel Domuçu, Ezici'ye. Jack'in elini tutmuştu.

"Nedenmiş?" diye alay etti bot gitgide onlara yaklaşarak.

"Çünkü... birazdan olacak şey yüzünden!" dedi Noel Domuçu.

"Ne olacakmış?" diye hırladı Ezici.

"Şey olacak" dedi Noel Domuçu, "her şeyi değiştirecek olan şey! Bu ânı kaçırmak istemezsin! Bekle, birazcık bekle..."

Birden yukarıdaki karanlık gökyüzünden aşağı altın bir ışık huzmesi düştü ve Ezici ışığın altında kalakaldı, Jack buna gerçekten çok şaşırdı. Bot donakalmıştı, ışıktan kaçmaya çalıştıysa da işe yaramadı: Altın ışık huzmesi onu Yaşayanlar Diyarı'na çekmeye başlamıştı bile.

"Bunu nasıl yaptın?" dedi Jack. Noel Domuçu soluk soluğa kalmıştı.

"Ben yapmadım!" dedi oyuncak domuz, o da Jack kadar şaşkındı. "Ama bazen beklemek işe yarıyor!"

Yan sokaktan bir Kayıp Memuru'nun "Ezici bulundu!" diye haykırdığını duydular.

"Buradalar!" diye bağırdı Bot, onu gitgide yukarı doğru, karla kaplı çatıların ötesine taşıyan ışık huzmesinden kaçmak için öfkeyle mücadele ediyordu. "Buradalar, şeyin hemen yanında, istas—"

Ama sesi öteki Kayıp Memurları'nın neşeli haykırışları arasında kayboldu; eski dostlarına tebriklerini sunuyorlardı hepsi.

"Aferin Ezici!"

"Seni özleyeceğiz eski dostum!"

"Güzel bir başlangıç olsun kanka!"

"Şu içli vedalaşmayı kesin!" diye bağırdı belediye başkanının kart sesi. "Aramaya devam edin, yakalamamız gereken Artıklar var!"

Jack ile Noel Domuçu tam en yakındaki karanlık sokağa doğru koşmaya başlamışlardı ki sol taraflarında hafif bir ışık belirdi. Bir kapı ardına kadar açılmıştı, telaşlı bir ses şöyle dedi:

"Çabuk olun! İçeri gelin, teşekkürlerinizi sonraya bırakın! Sizi o korkunç..."

29

Şiir ve Numaracı

Sese kulak vermenin iyi bir fikir olup olmadığını durup düşünmeden, Jack ile Noel Domuçu hızla açık kapıdan içeri girdi ve kapı arkalarından kapandı.

"... peynir rendesinden saklayabiliriz, hadi kımıldayın!" diye sözünü tamamladı Şiir.

Evin girişi loştu. Şiir'in üzerine karalanmış dizeler zar zor görülüyordu.

"Bizi Kaybeden'e vermeyeceksin, değil mi?" diye fısıldadı Jack.

"Sen beni ne tür bir hain sandın?

Yardıma ihtiyacınız var diye size kapımı açtım!"

"Özür dilerim" dedi Jack, "Öyle demek iste—"

"Çok teşekkür ederiz" dedi Noel Domuçu, Şiir'i inandırmaya çalışarak.

Şiir gülümsedi.

"Zararı yok canlarım. Şüphe duymak sağduyulu sayılır aslında.

Hadi gelin oturma odasına..."

Şiir'in peşinden gittiler.

"... gelin de tanışın Numaracı'yla."

Şöminenin yanındaki koltukta Jack'in şimdiye kadar Kaybolanlar Diyarı'nda gördüğü en tuhaf Şey vardı. Aslında onun bir Şey mi, yoksa bir kişi ya da bir hayalet mi olduğunu kestiremiyordu. Şekli ve dış görünüşü genç bir erkek çocuğa benziyordu (gerçi Jack ve Noel Domuçu gibi o da küçülmüştü) ve şeffaftı. Boynunda altın madalyalar asılıydı ve yanağında da rujlu bir dudak izi vardı, adeta bir rock yıldızı gibi giyinmişti, üzerinde siyah deri ceket ve sivri uçlu çizmeleri vardı. Jack ile Noel Domuçu'nu görünce bu tuhaf Şey yerinden fırlayıp konuştu. "Merhaba! Eski okulumdaki arkadaşlarım bana Asi derdi. Kız arkadaşım başka bir şehirde yaşıyor. O çok güzel. Sürekli öpüşüyoruz. Bunlar benim karate turnuvalarında kazandığım madalyalar. İstesem sizi çıplak ellerimle..."

"Şimdi sırası değil Numaracı! Yalanlarını şimdilik kendine sakla!" dedi Şiir sertçe.

"Bu Şeyler, Kaybeden'in casuslarından saklanıyor, şunu bir anla!"

Numaracı kaşlarını çattı. "Ben yalan söylüyormuşum! Sen baştan sona uydurmasın!"

"Büyük şiirler doğruları söyler, senin palavralarınsa sanat değil!" dedi Şiir ağır ağır. Jack ile Noel Domuçu'na dönerek ekledi:

"Yalan söyleyip duruyor ama altın gibi bir kalbi vardır aslında, n'apalım elinde değil!"

Numaracı ters ters baktı ve halının kenarını tekmeledi. "İstesem birini çıplak ellerimle öldürebilirim" diye mırıldandı somurtarak. "Yapabilirim."

"Lütfen şöminenin yanına oturun, ısınıp güzelce kurulanın" dedi Şiir Jack ile Noel Domuçu'na, ev arkadaşını duymazdan gelerek.

"Sonra Numaracı'yla beraber size yardım etmenin bir yolunu bulalım."

"Çok naziksin" dedi Noel Domuçu.

"Evet, gerçekten öylesin" dedi Jack. "Teşekkürler."

Şömineye en yakın tekli koltuğa geçti ve donmuş elleriyle ayaklarını ateşe uzattı. Kâğıttan olduğu için Şiir şömineden epeyce uzakta duruyordu ama Numaracı sandalyesinde ileri geri sallanarak, "Şiir bana siz ikinizle Fihri'nin yürüyüş turlarından birinde tanıştığını anlattı" dedi. "O fihristten nefret ediyorum. Benden bile daha fena bir yalancı!"

"Bu belki de şimdiye kadar söylediğin en doğru sözdü Numaracı" dedi Şiir onu onaylayarak.

"Onu duyan, bu diyarda bir tek Kullan At ve Tüh Kaybolmuş var sanır, tam palavracı.

Çok utanç verici, sürekli böyle söyleyip durması!"

"O halde Kullan At ve Tüh Kaybolmuş'tan başka bir şehir daha var, öyle mi?" diye sordu Jack.

"Tabii ki var! Altın kapının ardında!

Fihri'nin orayı bildiğinden emin ol, sakın kanma.

Ama Fihri adeta bir kraliçeymiş gibi davranır,

Kendini buralardaki en önemli Şey sanır!

O yüzden de kendi kendine öyle bir yerin var olamayacağını söyler,

Özlenenler Şehri adındaki o harika şehir aslında yok der."

Jack ile Noel Domuçu heyecanla bakıştılar.

"Özlenenler Şehri mi dedin?" diye sordu Noel Domuçu.

"Aynen öyle dedim. Numaracı'yla ben orayı iyi biliriz,

Ne de olsa bir zamanlar evimizdi, aklımıza geldikçe hüzünleniriz."

Gerçekten hüzünlenmişçesine, Şiir'in gözünden bir gözyaşı süzüldü ve sayfasında mürekkepli bir iz bıraktı.

"Neden hâlâ orada değilsiniz?" diye sordu Jack.

Şiir şömineye biraz daha yaklaştı ve kendini düzleştirip bedenindeki bir sürü üstü çizili ve düzeltilmiş yeri gösterdi.

"Gördüğünüz gibi ben sadece bir taslağım,

Şairimin zanaatının kusurlu bir denemesiyim!

Beni kaybettiğinde öyle üzüldü ve öfkelendi ki!

'Onu geri istiyorum' diye ortalığı kasıp kavurdu, 'o sayfa çok önemli!'

Beni kaybederse bir daha tek kelime yazamayacağına yemin etti!

Böylelikle beni altın kapıdan gönderdiler

Masmavi bir trene bindirdiler

Ne kadar çok özlendiğimi anladılar

O yüzden bana çok nazik davrandılar.

Ama çok geçmeden işler değişti
Şairim tekrar tekrar denedi, yazdıklarını düzeltti
Benim kelimelerim, kafiyelerim, ölçülerimdi hepsi
Derken benden çok daha iyi bir şiir yazdığını anladı.
Kayıp Memurları geldi ve beni buraya getirdi
Burada sonsuza kadar kalacağım söylendi
Artık sıradan bir antikadan farkım kalmadı,
Şairimin de benim için dökecek tek gözyaşı kalmadı."

Şiir mürekkepli gözlerini silerken Numaracı iç çekti ve dedi ki, "Şiir ve ben Özlenenler Şehri'nde tanıştığımızdan beri arkadaşız. *Benim* sahibimse bir ergendi. Eski dostlarından kilometrelerce uzakta yeni bir okula gitmesi gerekti. Kendisini yalnız hissediyordu, Kyle Mason adındaki o zorbadan korktuğu için beni uydurdu. Karate biliyormuş ve sanki eski okulunda havalı bir lakabı ile bir kız arkadaşı varmış gibi numara yaptı ama diğer ergen çocuklar foyamı ortaya çıkardılar. Sahibim beni kaybetmek istemedi ama mecbur kaldı. Beni kaybedince başta o da kendini kaybolmuş hissetti. Beni çok özledi, böylelikle ben de Kayıp Eşya Bürosu'ndaki altın kapıdan gönderildim, tıpkı Şiir gibi.

Ama sonra zaman geçtikçe sahibim beni gitgide daha az özlemeye başladı. Yavaş yavaş doğruları söylemenin ve insanların onu olduğu gibi sevmelerinin çok daha iyi olduğunu anladı. O zaman ben de Yeniden Yerleştirildim ve Tüh Kaybolmuş'a gönderildim. Sanırım bir gün benim varlığımdan iyice utanacak ve işte o zaman beni gönderecekler ama bu kez Hur—"

"O da neydi?" dedi Noel Domuçu, Numaracı sustu. İlerideki birkaç kulübeden bağırışlar ve paldır küldür sesler geliyordu.

"Eyvah" dedi Numaracı. "Sokağı arıyorlar."

30

Tünel

"Özlenenler Şehri'ne gitmemiz lazım!" dedi Jack. "Çünkü..."

"Bize sebebini açıklama, böylesi çok daha güvenli" dedi Şiir. *"Ne kadar az bilirsek, o kadar iyi."*

"Tren yakında geri dönecek mi?" diye sordu Noel Domuçu.

"Saatler sonra" dedi Numaracı. "En iyisi Yası Tutulmamışlar Hurdalığı'nı yürüyerek geçmeniz ama bu çok tehlikeli olur. Kaybeden'in İni Hurdalık'ın tam ortasında ve o geceleri Artık avına çıkar. Tabii ki" diye ekledi üstüne basa basa, "sizinle gelseydim karate yapıp onun işini bitirebilirdim..."

"Şimdi sırası değil Numaracı, vakitleri hiç kalmadı" dedi Şiir. Yeniden Jack ile Noel Domuçu'na dönerek şöyle dedi:

"Tek umudunuz, benim gizli bir dostum, o size yardım edebilir,

Kafadan çatlak olduğunu söyleyenler olsa da o çok sadık ve cesur biridir,

Bir sürü Şey'i kurtarmak için onlara hep yardım etmiştir.
Şimdi içeride güvendeyiz, size bir itirafta bulunabilirim,
Saklanmasına yardım ettiğimiz tek Artıklar siz değilsiniz şunu bir söyleyeyim.
Bazen Hurdalık'tan gelen Şeyler'e sığınak oluruz
Sürekli kaçıp durmaya bir ara versinler diye onlara yuva buluruz!
Bazı Şeyler'in kaçmasına yardım ettiğimiz de oldu tabii
Avcıdan kaçan Şey Tüh Kaybolmuş'ta nasıl kalacaktı?
Halkı korkutarak yöneten, adalet nedir bilmeyen başkandan nasıl kurtulacaktı?
Size tavsiyem ikiniz de dostuma güvenin,
Çünkü o güvenebileceğiniz bir Şey'dir, siz beni dinleyin."

"Arkadaşının 'kafadan çatlak' olduğunu söylerken ne demek..." diye endişeyle konuşmaya başladı Jack.

"Biz ona biraz çılgın diyelim, ama siz rehbersiz yapamazsınız.
Pek çokları denedi ama o olmadan gideceğiniz yere varamazsınız."

"O halde lütfen bizi arkadaşınla tanıştır" dedi Noel Domuçu, Kayıp Memurları'nın gürültüleri gitgide yaklaşıyor ve yükseliyordu.

Şiir, Jack ile Noel Domuçu'na onu takip etmeleri için işaret etti.

Numaracı da hemen yerinden fırladı ve peşlerinden Şiir'in yatak odasına doğru onları takip etti. "Ben de sizinle gelseydim aslında, kız arkadaşım da yardım ederdi!"

"Şu halıyı kaydır da gizli kapıyı aç hadi" dedi Şiir, Numaracı'ya sert bir şekilde.

"Biz gidince de arkamızdan kapat e mi?
Sonra da hemen planı uygulamaya geçiyorsun:
Kapı çalınca en sevdiğin şeyi yapıyorsun!
Bu aranan Şeyler'i hiç görmemişsin gibi bir numara çekiyorsun!"

Numaracı halının altındaki gizli kapıyı açtı. Şiir aşağıdaki deliğe düştü –çok hafif olduğundan hiçbir yeri incinmedi– Jack ile Noel Domuçu ise içerideki merdivenden aşağı indi.

"İyi şanslar!" diye seslendi Numaracı peşlerinden. "Ayrıca benim gerçekten bir kız arkadaşım var, üstelik Kyle Mason'ın kız arkadaşından çok daha güzel!"

Gizli kapı sertçe kapandı. Jack, Noel Domuçu ve Şiir dimdik aşağı inen daracık bir tünelden ilerlemeye koyuldu; tünel biraz önce ahşap arabayla tırmandıkları dağın altına gidiyordu.

"Bu tüneli kim yaptı Şiir?" diye sordu Noel Domuçu.

"Söylenene göre kararlı bir kaşık ya da onun gibi bir Şey'miş" dedi Şiir,

"Çok uzun zaman önce, benim zamanımdan bile önceymiş.
Şu küçük şehir çok aşağıda demiş.
Geceleri ta en dibe kadar kazmış da kazmış.
Arkadaşlarının uyarılarını hep duymazdan gelmiş,
Tek amacı Özlenenler Şehri'ne bir an önce varmakmış.
Hiç anlamamış Kaybolanlar krallığında asıl önemli olan neymiş,

Kendine verdiğin değer meğer hiç önemli değilmiş.
En önemlisi birinin kalbine dokunduğun o anmış aslında
Gittiğinde bıraktığın hüzünmüş ardında."

"Peki kaşık Özlenenler Şehri'ne varmış mı?" diye sormuş Jack umutla.

"Yası Tutulmamışlar Hurdalığı'na varmış,
Kaşığın saçma planı çok geçmeden sarpa sarmış.
Karşısına arazide ava çıkan Kaybeden çıkmış.
O günden sonra da gümüş kaşığı bir daha gören olmamış."

Üçü birlikte uzun bir süre boyunca dimdik, kaygan tünelden sessizce aşağı devam ettiler, sonra kayaya oyulmuş bir kapıyla karşı karşıya geldiler, kapının yanında kalın bir halat asılıydı.

"Şimdi zili çalalım. İhtiyar Pusula hiç geç kalmaz,
Ziyaretimi dört gözle bekler, beni kapıda hiç bekletmez."

Noel Domuçu ipi çekti ve kapının öte yanında bir zil çınladı. Birkaç dakika sonra demir bir dişlinin kaya üzerinde dönme sesine benzer bir ses duydular. Noel Domuçu kapıyı azıcık açtı ve Jack samimi bir sesin, "Başka kaçaklar mı getirdin yoksa Şiir?" dediğini duydu.

"Lütfen eski dostum, onların Hurdalık'ı geçmesine yardım et.
Senin yardımın olmadan kaçınılmaz sonları olacak bir felaket."

"Yardım ederim tabii, ne sandınız!" dedi neşeli ses. "Maceralara bayılırım, bildin mi! Özlenenler Şehri'ne gitmek isteniyor, ha? Şeyler'in hepsi de oraya gitmek istiyor zannımca. En güzel şehir diyorlar, öyle değil mi?"

"Evet, oraya gitmek istiyoruz" dedi Noel Domuçu.

"İyi madem, ben sizi şehrin ta kapılarına kadar götürürüm" dedi ses, "ama sizi içeri sokamam. Kabul mü?"

"Evet, bu harika olur" dedi Jack.

O ve Noel Domuçu karanlık tünelden ayrıldılar ve dağın eteklerinde başlayan Yası Tutulmamışlar Hurdalığı'na adım attılar. Kar şiddetlenmişti.

Jack, Şiir'e döndü. "Teşekkürler Şiir."

O da son birkaç şey fısıldamak için Jack'in kulağına eğildi.

"Kaybeden, Noel Arifesi'nin gücünden nefret eder.
Saat gece yarısını vurdu mu, seni asla bırakmamaya ant içer."

"Ne?" dedi Jack şaşkınlıkla.

Ama Şiir kapıyı çoktan kapatmıştı bile.

BEŞİNCİ BÖLÜM

Yası Tutulmamışlar Hurdalığı

31

Pusula

Pirinç kenarı üzerinde dengede duran pusula, Jack ile Noel Domuçu'nun sadece yarı boyundaydı. Camı çatlamıştı ve iğnesi kuzeyi göstereceğine hafif çarpık bir halde sarkıyordu.

Şiir'in biraz önce söyledikleri Jack'i o kadar endişelendirmişti ki pusulaya "Merhaba" diyeceğine Noel Domuçu'na dönüp, "Şiir dedi ki, Yukarıda saat gece yarısını geçerse Kaybolanlar Diyarı'ndan asla gidemezmişim!" dedi.

"Evet, o söylenti benim de kulağıma geldiydi" dedi Pusula, Noel Domuçu daha ağzını açamadan. "Gece yarısına kadar sizi bulan çıkıvermezse, Kaybeden sizi sonsuza kadar kendine saklarmış. Neden bilmem, çünkü genelde böyle olmaz. Kayıpsan kayıpsındır, bulunursan da bulunursun, işte o kadar, ne zaman olduğunun bir önemi de yoktur."

Ama Jack, Kaybeden'in buna neden inandığını bildiğine dair korkunç bir hisse kapıldı ve Noel Domuçu'nun suratına bakınca onun da tıpkı kendisi gibi hissettiğini anladı. Noel Arifesi bir yılda canlı bir çocuğun Kaybolanlar Diyarı'na gidebileceği tek geceyse, pekâlâ bir çocuğun Yaşayanlar Diyarı'na dönebileceği tek gece de olabilirdi, değil mi? Ama Jack Pusula'ya aslında bir insan olduğunu çaktırmadan bunların hiçbirini sesli söyleyemezdi, o da sessizliğini korudu.

"Peki adlarınız nedir?" diye sordu Pusula ikisini de süzerek.

"Benim adım Noel Domuçu, bu da Pijamalı Çocuk. O bir aksiyon figürü."

"Süper güçlerimse uyumak ve rüya görmek" dedi Jack.

"Hımm" diye iç çekti Pusula. "Bu gece ikisini de unut. Uyursan başına bela alırsın, benden demesi. Hadi yola koyulalım!"

Ve zaman kaybetmeden hızla yola koyuldu, o kadar hızlıydı ki Jack ile Noel Domuçu'nun ona yetişmek için koşmaları gerekti, Hurdalık'ın kaygan ve karlı taşları arasında bata çıka ilerlediler. Çok geçmeden Jack'in çıplak ayakları sivri ve buzlu taşlar üzerinde koşturmaktan acımaya başlamıştı.

"Bana bakın, burada Hurdalık'ta çok acayip Şeyler var, ona göre" diyerek onlara seslendi Pusula. "Bazıları neredeyse Kaybeden kadar kötü hem de!"

"Gerçekten mi?" dedi Jack endişeyle.

"Ah, tabii ya. Baksana, Şeyler'in başına gelenler kimin umurunda, hatta bazıları bilerek kaybedilmiş, eh sahiplerini suçlayamam doğrusu! Bazı Şeyler gerçekten de tutmaya değmez!"

Birdenbire durdu ve kaşlarını çatıp onlara baktı. "Şıkırdayan kim bakayım?"

"Ah, ben" dedi Noel Domuçu, her zamanki gibi içindeki boncuklar kıpırdamasın diye sıkı sıkı karnını tutuyordu. "Karnımda boncuklar var da."

"İyi madem, onları sıkıca tutuver de ses çıkarma, e mi?"

"Denerim" dedi Noel Domuçu, karnını daha da sıkı kavrayarak.

Yeniden hızla koşmaya başladılar. Pusula'nın metal kenarı taşlı zeminde o kadar çok gürültü çıkarıyordu ki Jack onun, karnındaki boncuklardan dolayı Noel Domuçu'nu azarlamasının haksızlık olduğunu düşündü. Jack'in aklını okumuşçasına Pusula tekrardan onlara seslendi. "Pirinçten yapılmış olmak ideal sayılmaz çünkü Kaybeden'in kulakları çok keskindir ama onu bir anda karşında bulmanın da heyecanı bir başka oluyor bak, demedi demeyin! Ama endişelenmeyin canım" diye ekledi Jack'in korkuyla Noel Domuçu'na baktığını görünce, "şimdiye kadar yanımdaki hiç kimse Kaybeden'e yem olmadı! Kaybeden'i kandırıveririm ben. Benden çok fena nefret eder, iyi bilirim."

"Sen nasıl kayboldun Pusula?" diye sordu Noel Domuçu soluk soluğa.

"Bir sırt çantalı düşürdüydü beni" dedi Pusula neşeyle. "Aslına bakarsanız bu beni ikinci düşürüşüydü ama neyse. İlk seferinde camım çatlayıverdi, iğnem de yerinden çıktığı için o günden sonra pek işlevim kalmadıydı, öyle olunca da beni ikinci kez bir ormanda kaybettiğinde aramaya bile uğraşmadı. Şimdiyse bir muz ağacının dibinde paslanıyorum, eh beni bulan olmaz artık. Kırık bir pusulayı kim n'apsın?"

"Ama Özlenenler Şehri'ne giden yolu biliyorsun değil mi?" diye sordu Jack, soluk soluğa kalmıştı. Çok hızlı koştuğundan karnının yan tarafı acımaya başlamıştı.

"Evet tabii, hiç merak etme" dedi Pusula gayet neşeli bir halde, "yolumuz biraz zikzaklı ama böyle daha zevkli oluyor, bak demedi deme. Neyse, Hurdalık'a geldiğimden beri Şeyler'e rehberlik etmenin yeni yollarını buldum. Sizce neler yapıyorum dersiniz, hadi bir tahminde bulunun, hadi?"

"Hayır" dedi Noel Domuçu, kısa bacaklarının onu taşıyabildiği kadar hızla ilerlemeye çalışıyordu.

"Hikâyeler uyduruveriyorum, hikâyelerimde hep çıkaracak bir ders oluyor, bir de özlü sözler icat ediyorum. Özlü sözlerimden birini söyleyivereyim mi?"

"Evet, lütfen" dedi Jack nefes nefese çünkü Pusula'nın ondan bunu demesini beklediğini anlamıştı.

"Yoktur kuzey kuzeybatıdan iyisi ama en akıllıları sadece yanlara gider" dedi Pusula gururla.

Jack hiçbir şey anlamadığından, Noel Domuçu "Çok doğru" deyince içi rahatladı.

"Öyle değil mi?" dedi Pusula, gayet memnundu.

"Size ders çıkaracağınız bir hikâye anlatayım mı, tabii isterseniz."

"Ah, evet lütfen" dedi Noel Domuçu nefesi kesilerek.

"Bir zamanlar üç tane pusula varmış" dedi Pusula, "biri büyük, biri orta boyda ve biri de minicikmiş. Büyük olanı bir dağa doğru yola koyuluvermiş de, orta boyda olanı bir tekneyle denize açılıvermiş ve minik olanı da bir sebze bahçesine düşürülüvermiş. Bu hikâyeden çıkarılacak ders ne derseniz, 'Bir turpla asla arkadaşlık etmeyin.'"

Jack ile Noel Domuçu ilgilenmiş ve etkilenmiş gibi sesler çıkardılar, Pusula memnun olmuş gibiydi, sonra karlı kayalıkları ve gevşek taşları aştılar ve Jack'in karnının yan tarafı daha da fazla acımaya başladı.

Soğuk karanlığın içinde ilerlemeye devam ettiler, sanki saatler geçmişti.

Ara sıra Jack ya da Noel Domuçu tökezliyor ve birbirlerinin kalkmasına yardım ediyorlardı. Beslenme Çantası'nın içinde uyudukları zaman çok gerilerde kalmış gibiydi ama Jack yorulmaya korkuyordu. Ara sıra karanlığın içinde beliren şekilleri Kaybeden ya da Pusula'nın onları uyardığı tuhaf Şeyler'den biri sanıp endişeleniyorlardı ama yaklaştıklarında hep devedikeni öbekleri çıkıyordu karşılarına.

"Battaniyen nerde?" diye sordu Noel Domuçu, Jack'in pijamaları içinde tir tir titrediğini fark edince.

"Yanlışlıkla çöp kutusunda bıraktım" dedi Jack soluk soluğa. "İyiyim."

Keşke Kaybeden'e yem olmadan Hurdalık'ı sağ salim aşıp Dom'u bulabilselerdi. Buz gibi hava ve acıyan ayaklarına rağmen Domuç'un yumuşacık bedenine sarılıp onun tanıdık kokusunu içine çekme düşüncesi Jack'e güç veriyordu.

Sonra Hurdalık boyunca korkunç bir kükreme yankılandı.

"Bu Kaybeden miydi?" dedi Jack panikle, nefesi kesilmişti. "Geliyor mu? Saklanalım mı?"

"Hayır" dedi Pusula, hâlâ yuvarlanarak ilerliyordu. "Bu bir Acı'nın sesi."

"Neyin sesi?" dedi Jack.

"Bir Acı" diye tekrar etti Pusula. "İnsanların çektiği Acılar'dan biri. Tabii ki sahipleri Acılar'dan kurtulduğuna memnun olur, Acılarsa kendilerini Hurdalık'ta buluverir, sürü halinde dolanır, uluyup dururlar. Onlara içim acıyor doğrusu. Hiç de eğlenceliye benzemiyor..."

Pusula birdenbire yeniden durdu. Tam karşılarında yollarını kesen iki karanlık şekil belirmişti.

32

Kırık Melek Süsü

Şekiller dışarıdan bakıldığında Jack'e bir anne ile çocuğunu anımsatmıştı ama artık duyularına pek güvenmediğinden Noel Domuçu'na iyice sokuldu.

"Kimsin?" diye bağırdı Pusula.

"Asıl sen kimsin?" diye seslendi bir hanım korkuyla.

Karanlıktan bir Noel meleği süsü çıkageldi. Kanatlarından biri epey yamulmuştu ve yaldızlı mor renkteki elbisesi yırtılmıştı, üstelik sol eliyle yüzünü saklıyordu. Kayıp Eşya Bürosu'nun orada delikten atılan küçük mavi tavşancık ona rehberlik ediyordu. Daha da pislenmişti şimdi, kürkü toz toprak içinde kalmıştı.

Pusula, "Ne diye yüzünü sakladın?" diye sordu melek süsüne şüpheyle.

"Çünkü gösterirsem benden kaçıp gidersin" dedi Melek. "Yüzümü gören her Şey tüydü, Mavi Tavşancık hariç."

"Şimdi saklanmanın sırası mı canım" dedi Pusula sertçe. "Senin Kaybeden'in casuslarından biri olmadığın ne belli?"

Melek elini indirdi. Kafası çatlamıştı, yüzünde kırıklar vardı. Gözlerinden biri çıkmıştı. Yanağında kocaman bir delik vardı. Jack'in nefesinin kesildiğini duyunca gözünden bir damla yaş süzüldü. Yüzünü tekrar örtüp ağlamaya başladı.

"Biliyorum, çirkinim ben!" diye hıçkırdı. "Bir köpek beni bu hale getirdi!"

Ama Jack'in nefesi onun suratından hoşlanmadığı için kesilmemişti. Jack onu tanımıştı. O yaldızlı mor elbiseyi, kıvrımları, simli plastik kanatları... Bu onların melek süsüydü, büyükannesinin seçtiği, Köpek Toby'nin yediği süstü. Jack onun neden burada, Kaybolanlar Diyarı'nda olduğunu anlayamamıştı çünkü Köpek Toby onu parçalamıştı...

"Kırılmak Hurdalık'a gönderilmek için yeterli bir sebep sayılmaz" dedi Pusula daha da şüpheli bir ses tonuyla. "Sahiplerinin gözlerinin önünden ayırmak istemeyeceği bir sürü çatlamış, kırılmış kıymetli Şey var sonuçta!"

"Aile bana hiç kıymet vermedi ki!" dedi Kırık Melek Süsü, gözyaşlarını durdurmaya çalışarak. "Beni sevdikleri başka bir meleğin yerine aldılar! Dükkânlar çok kalabalık olduğundan aceleyle satın aldılar beni; satın aldıkları sırada bile hiç hoşlanmadılar benden, o zaman bile anlamıştım!"

Jack acayip suçluluk duyuyordu. Neyse ki meleğin eli geriye kalan gözünü kapatıyordu, böylelikle onu tanımazdı.

"Beni ağacın tepesine astılar ama diğer süslerin hiçbiri samimi değildi" diye hıçkırdı. "Hepsi de eski meleğin yasını tutuyordu, eski melek onların arkadaşı ve liderleriymiş! Hem sonra – sonra..."

"Köpek ağacı devirdi" dedi Jack düşünmeden.

"Evet!" dedi Kırık Melek Süsü şaşkınlıkla. "Nereden bildin?"

"Tahmin ettim" dedi Jack çabucak.

"Ağaç düşünce ben de düştüm. Dallara dolandım. Köpek beni dışarı sürüklemeye çalıştı ama sıkışmıştım, o da erişebildiği yerlerimi çiğnedi. Aile üyeleri ağacın yere devrildiğini fark edip elbisemin ve yüzümün parçalarını yerde gördüklerinde köpeğin tıpkı eski melek gibi beni de yediğini düşündüler. Arkada baş aşağı asılı kaldığımı fark etmediler. Ağacı kaldırdılar, ben de orada gözden uzakta dallar arasında kayboldum.

Beni ne özleyen ne de umursayan var" dedi Melek, sonra da yeniden ağlamaya başladı. "Ağacı atacakları zaman beni de atacaklar!"

Noel Domuçu öne çıktı ve bir ayağını meleğin omzuna koydu, küçük tavşansa onun sağlam elini okşuyordu. "Ben de bir Yedek'im" dedi Noel Domuçu ona. "Yine de her şey düzelebilir. Seni onarmanın bir yolunu bulabilirler!"

"Yola koyulmamız lazım" dedi Pusula, ağlayan melek yanıt veremeden. "İsterseniz peşimizden gelin" diye ekledi melekle mavi tavşancığa. "Ne kadar kalabalık olursak o kadar iyidir ama bize ayak uydurmanız lazım, demedi demeyin."

33

Mavi Tavşancık'ın Hikâyesi

Böylelikle kaçmaya devam ettiler. Bir süre sonra Jack, küçük mavi tavşancığın onun yanında zıp zıp ilerlediğini fark etti, tavşan ona hayranlıkla bakıyordu.

"Bakıp durduğum için özür dilerim" dedi Mavi Tavşancık sıkılarak, "ama öyle yeni ve ayrıntılısın ki! Epey pahalı olmalısın! Hurdalık'ta senin gibi kaliteli bir Şey'e hiç rastlamadım da."

Mavi Tavşancık kötü yapılmış küçük bir oyuncaktı, sarkık gözleri ve tuhaf açılarla dikilmiş kolları vardı.

"Kabalık etmek istemem ama sen nesin?" diye sordu oyuncak şimdi.

"Bir aksiyon figürüyüm" dedi Jack. "Pijamalı Çocuk, süper güçlerim de uyumak ve rüya görmek. Kendi çizgi filmim bile var" diye de ekledi, nasılsa Noel Domuçu, Kırık Melek Süsü'yle konuştuğundan onu duyamazdı.

"Ne güzel" diye iç çekti Mavi Tavşancık, kapkara gözleri ışıldıyordu. "İyi de Hurdalık'ta ne işin var? Sahibin seni her yerde arıyordur herhalde?"

"O çok şımarık biri" dedi Jack, Noel Domuçu'nun Gözlük'e söylediklerini tekrar ederek. "Bir sürü oyuncağı var. Bizi kaybettiğinin farkına varmaz bile."

"Bu çok fena" dedi küçük tavşan üzüntüyle. "Senin gibi bir oyuncağa böyle kötü davranacaklarını hiç sanmazdım. Benim gibilerinin pek bir beklentileri olmaz ama sen farklısın. Kendi çizgi filmin bile varmış baksana! Ünlüsün demek!"

"Sahibin seni sevmedi mi?" diye sordu Jack, çizgi filmiyle ilgili daha fazla soru duymak istemiyordu. Uyumakla ilgili pek macera gelmiyordu aklına.

"Hayır" diye iç çekti Mavi Tavşancık. "Beni lunaparkta bir çekilişte kazandı. Her bilet bir ödül kazandı. Sahibim futbol topu istiyordu ama onun yerine ben çıktım şansına. Beni ona uzattıklarında homurdandı, sonra beni cebine tıkıp evine götürdü. Benimle hiç oynamadı. Bir gün arkadaşları onu ziyarete gelene dek rafta durdum. Arkadaşı şaka olsun diye beni pencereden dışarı, çiçek bahçesine fırlatıp attı." Tavşanın sesi çatallanmıştı. "Kimse beni aramadı. Kimse umursamadı. Haftalarca çiçek bahçesinde yattım. Yağmur yağdı. Çok soğuktu, çok ıslaktı ama orada çamurda yatıp beklemekten başka şansım yoktu."

"Anlamadım" dedi Jack.

"İki dünya arasında sıkışmıştım" dedi Mavi Tavşancık. "Özellikle atıldın mı, yoksa kayıp mı oldun belli olmadığında bazen böyle olur. Ben hiçbir yere ait olmadığımdan sahibimin beni hatırlamasını umarak, donmuş ve pis bir halde orada kalakalmıştım. Beni attığına inanmış olsa artık var olmazdım. Kaybolduğumu düşünse Kaybolanlar Diyarı'na nakledilirdim. Noel Arifesi'nde" diye devam etti Mavi Tavşancık, "çocuk büyükannesiyle büyükbabasına giderken pofuduk bir oyuncağı çantasına koyuyordu ki birden beni kaybettiğini hatırladı ama umursamadı veya beni aramayı düşünmedi bile. O anda kaderim çizilmişti. Doğrudan buraya düştüm ve Kayıp Memurları beni yakaladı. Beni Hurdalık'ın tam ortasına çıkan atık bacasından attılar. Yalnızdım ve korkmuştum ama bir süre sonra Kırık Melek Süsü'yle karşılaştım. O zamandan beri beraberce Hurdalık'ta dolanıyoruz. Nasıl hissettiğimi anlayan biriyle birlikte olmak güzel bir şey. Senin gibi bir Şey'e bu saçma gelebilir tabii..."

"Hayır, hiç de değil" dedi Jack. "Benim de beni her zaman anlayan bir arkadaşım vardı ama sonra onu kaybettim ve her şey mahvoldu..."

Noel Domuçu Jack'e bir bakış attı, yüzünde tuhaf bir ifade vardı. Noel Domuçu'nun Dom'dan bahsettiği için onu azarlamasından çekindiğinden Jack konuyu değiştirdi.

"Belki seni başkası bulur" dedi Jack mavi tavşancığa. Lapa lapa yağan karlar arasından yıldızların parlamadığı kara lekeleri görebiliyordu, onların Yaşayanlar Diyarı'na çıkan delikler olduğuna emindi.

"Hayır, sanmam" diye iç çekti Mavi Tavşancık. "Bedenim hâlâ bahçede, çamurla kaplı, neredeyse görünmez halde. Aile Noel tatiline çıktı. Artık beni bulabilecek kimse yok. Ben Kaybeden'e aitim ama Kırık Melek Süsü'yle sonumuzu beraber göğüslemek için anlaştık, bu da biraz teselli ediyor beni."

Jack çok üzüldü ve küçük mavi tavşancığı kendi odasına götürebilmeyi diledi ama Kaybolanlar Diyarı'nın kanunlarını öğrenmeye başlamıştı ve bunun mümkün olmayacağından emindi.

Sonra, kimse başka tek kelime edemeden onları çevreleyen karanlığın içinde acayip bir patırtı koptu.

"Tehlike!" diye bağırdı Pusula, onlara doğru yuvarlanarak. "Bir arada kalın ve sıkı tutunun. Kötü Alışkanlıklar çetesi geliyor, demedi demeyin!"

34

Kötü Alışkanlıklar

Pusula, Jack, Noel Domuçu, Kırık Melek Süsü ve Mavi Tavşancık sırt sırta birbirlerine sokuldular, karanlık gölgeler ve kor gibi parlak kırmızı noktalar etraflarını sarıyordu. Karanlıktan uğultular yükseldi ve birden havayı kötü bir duman kokusu kapladı.

"Bunlar ne?" diye sordu Jack, çok korkmuştu. Bir sürü Şey var gibiydi: Kor gibi parlak kırmızı noktalar tıpkı gözlere benziyordu ve hırıltılarıyla uğultuları duyuluyordu.

"Dedimdi ya: Kötü Alışkanlıklar!" dedi Pusula. "Dikkat edin çünkü genelde bir şeyler fır—"

Şap! Yıvışık devasa bir şey çarptı ona.

"O da neydi?" diye ciyakladı Mavi Tavşancık.

"Sümük!" dedi Pusula öfkeyle, yerinde yuvarlanarak sümüğü üzerinden sıyırmaya çalıştı. "Karıştırıcı, sensin, bildim işte!"

Etraflarını saran Şeyler katıla katıla güldü ve birkaç tane daha devasa sümük fırlattılar, Jack ile diğerleri sümüklerden kaçmaya çalıştılar. *Şap, şap, şap* diye çarptı sümükler.

Sonra sert ve keskin bir şey Jack'in suratına isabet etti ve Jack acıyla inledi.

"Ne oldu?" diye sordu Noel Domuçu.

"Bana sivri bir şey fırlattılar" dedi Jack, aşağı bakınca bumeranga benzeyen sivri sarı bir nesne gördü. "Nedir bu?"

"Tırnakyiyen'in tırnağının bir kısmı!" dedi Pusula. *"Artık şunu keser misiniz!"* diye bağırdı onları çevreleyen şamatacı çeteye. "Yoksa Kaybeden hepimizi yiyiverir sonra, demedi demeyin!"

"Pusula, yoksa sen misin?" dedi kulak tırmalayan bir ses. "Bu kez kimi kaçırıyorsun bakalım?"

Etraflarındaki şeyler iyice yaklaşmıştı şimdi. Jack neredeyse oldukları yerde kalıp kendilerini göstermemelerini diliyordu. Numaracı'dan daha tuhaf, hatta çok daha korkunçtular.

İnsan parçalarını andırıyorlardı. Bazıları ağız şeklindeydi: Ağızlardan biri cak cak sakız çiğniyordu, diğerleriyse kokuşuk sigaralar tüttürüyordu, karanlıkta görünen parlak kırmızı noktalarla havayı kaplayan pis kokunun kaynağı belli ki onlardı. Burunlar, kulaklar, tırnağı kanayana kadar yenmiş bir parmak, Jack'in bakmaya dayanamadığı birkaç iltihaplı sivilce ve her an kavga başlatmaya hazır, tehditkâr biçimde yeri yumruklayan birkaç tane de yumruk vardı.

"Hâlâ orada mısın Şekertıkınır?" dedi Pusula ağızların en kocamanına. "Noel'de eve döneceğine yemin ediyordun hani, n'oldu? Sahibin seni geri istemedi mi yoksam?"

"Ona biraz zaman tanı, biraz zaman tanı" dedi ağız, kapkara çürük dişlerini göstererek. "Şimdi nereye baksa çikolata ve şeker görecek. Kendini tutamaz o, çok geçmeden tıkınmaya başlar yine."

"Bir saniye" dedi bir ses Jack'in hemen arkasından, ses tuhaf bir şekilde tanıdık geliyordu kulağa. "Siz ikinizi tanıyor muyum yoksa?"

Jack'in ödü koptu. Ona kızgın olmasına, Dom'u pencereden fırlatıp atmış olmasına karşın sesini duyduğuna öyle sevindi ki. O eve ve Yaşayanlar Diyarı'na aitti; o anda Jack'in tek hatırlayabildiği, o kendini çaresiz ve kayıp hissettiği bir zamanda onun Jack'e karşı ne kadar da nazik biri olduğuydu.

"Holly!" diye bağırıp arkasını döndü.

Ama Holly ortalıkta görünmüyordu. Onun yerine karşısında kendisi kadar büyük bir yumruk duruyordu.

"Bu çok tuhaf" dedi yumruk Holly'nin sesiyle.

"Tuhaf olan ne Zorbapatron?" diye sordu dev kulak, sinsi bir sesle. Yaklaştı. "Tuhaf şeyleri dinlemeye *bayılırım.*"

"Tıpkı şunun gibi oyuncak bir domuzu arabanın penceresinden dışarı fırlattığım için buradayım" dedi Zorbapatron, sesi tıpkı Holly'nin sesi gibiydi. "Hem sen de biraz tanıdık geliyorsun bana..."

"O bir aksiyon figürü!" dedi Noel Domuçu çabucak. "Pijamalı Çocuk, süper güçleri de uyumak ve rüya görmek!"

"Kendi çizgi filmi bile var!" diye söze girdi Mavi Tavşancık.

Kötü Alışkanlıklar kahkahalarla güldü.

"Saçma sapan bir şeydir eminim" dedi Şekertıkınır.

"Kaybolmasını neden kimsenin umursamadığı belli" diyerek dudak büktü Oynanmış Sivilce.

"Sizlerle konuşmak güzeldi!" dedi Noel Domuçu. "Sahipleriniz sizlerden kurtulduğuna *memnun* olmuştur!"

"Benim sahibim her an bana geri dönebilir" diye homurdandı Zorbapatron. "Ben onun arkadaşıyım. Bana ihtiyacı var."

"Neden ihtiyacı var sana?" diye sordu Jack.

"Çünkü seni *şapşal*" dedi Zorbapatron, "ben ona kendisini iyi hissettiriyorum. Annesi onun Olimpiyatlar'a katılmasını istiyor. Holly ise artık jimnastikten hoşlanmıyor. O müzikle uğraşmak istiyor. Babasının onu anlayacağını düşünüyor ama onun da bütün zamanını yeni üvey kardeşi çalıyor. Ben de o üvey kardeşe bunun hesabını ödetiyorum, anladın ya? Onun her şeyi var: Nazik bir annesi var, Holly'nin babası var, kimse onu madalyalar kazanmaya zorlamıyor ve kazanamadığında azarlamıyor... Onun cezalandırılması gerek... O yüzden ben de onun o aptal oyuncak domuzunu arabanın penceresinden dışarı fırlattım..."

Jack çok şaşırmıştı. Holly'nin onun şanslı olduğunu düşüneceğine hiç ihtimal vermezdi.

"Yalnız Holly şimdi kendisini suçlu hissediyor... O yüzden benden kurtuldu ve bir daha çocuğa zorbalık etmeyeceğine yemin etti ama yine yapacak..."

"Tabii yapacak, tabii, tabii" dedi kulak, edepsiz ve sinsi bir ses tonuyla. "Benim sahibim de aynı. Kız kardeşinin günlüğünü okurken yakalandı ve bir daha etrafı kurcalayıp kimseyi gizli gizli dinlemeyeceğine yemin etti. Ama şimdi sırları nasıl keşfedecek? Sırlar eğlencelidir. Sırlar benim en sevdiğim şeydir. Bugün duyduğum müthiş bir sırrı kim duymak ister, Tüh Kaybolmuş'un etrafında dolanırken duydum bugün."

Kötü Alışkanlıklar'ın hepsi sırrı duymak için bağrışmaya başladılar.

"Hurdalık'ın sınırındaki bir çalılıkta oturuyordum" dedi kulak. "Bir şeyleri duymak için çok iyi bir yer orası çünkü Kayıp Memurları, Artıklar Hurdalık'tan sıvışıp dağa çıkmasın diye orada devriye gezer."

"Sadede gel artık!" diye söylendi Zorbapatron.

"Pekâlâ, kaçan birkaç Şey'le ilgili konuşuyorlardı" dedi Sinsi. "Burada, Kaybolanlar Diyarı'nda kesinlikle olmaması gereken Şeyler. O Şeyler neymiş biliyor musunuz?"

"Neymiş?" diye sordu birkaç ağız birden.

"Pofuduk bir oyuncak domuz ile bir aksiyon figürü!" dedi kulak. "*Tıpkı şu—*"

Ama tam o anda kulakları sağır eden bir BOM sesi Hurdalık'ta yankılandı. Yer sarsıldı ve bütün Kötü Alışkanlıklar çığlık attı.

"Avcı yolda!" diye bağırdı Pusula neşeyle. "Bu Kaybeden! Siz dördünüz benimle kalın! Hadi KAÇIN!"

35

Kaybeden

Pusula hızla yuvarlandı, Kötü Alışkanlıklar çığlık çığlığa dağılıp karanlığa karıştı, Kırık Melek Süsü ile Mavi Tavşancık da aynı onlar gibi kaçtı ama Jack o kadar korkmuştu ki birkaç saniye boyunca yerinden kımıldayamadı bile.

Beyaz renkte iki devasa projeksiyon ışığı Hurdalık'ın üzerinde uzanan gökyüzü boyunca hareket ediyordu. İkili ışınlar yeri tarıyor, Kaybeden'den apar topar kaçışan Şeyler'i aydınlatıyordu. Işıklar Kaybeden'in gözleriydi ve Kaybeden devasa kafasını oraya buraya çevirdikçe karlarla kaplı Hurdalık'ı gözleriyle taramış oluyordu. Kaybeden'in boyu o kadar uzundu ki kör edici gözleri yeri tararken Jack onun kafasının yüksek ahşap gökyüzünün tepesine sürtündüğünü duyabiliyordu.

Onun dev bir adam mı yoksa bir robot mu olduğunu anlamak güçtü. Ayakları üzerinde yürümüyordu, iki ayaklı bir örümcek gibi sivri uçlar üzerinde yürüyordu. Bedeni, kolları ve bacakları milyonlarca kırık Şey'le kaplıydı, öyle ki bedeni üzerinde dişliler, saplar, antenler, düğmeler, kapaklar ve yemeden önce parçaladığı bütün bedenlerden parçalar seçilebiliyordu.

Kaybeden korkunç bir feryat kopardı, çığlığıyla yer sarsıldı, kayalar titredi. Öfkeli ama aynı zamanda bir daha asla geri alamayacağı çok sevdiği bir şeyi kaybetmişçesine acılı bir feryattı.

Sonra saldırdı.

Parmakları çelik direkler gibi olan devasa bir el Hurdalık boyunca ilerleyerek kaçışan Şeyler'i yakalıyordu. Jack, kaçışan Şeyler'in çığlıklarını duyuyordu, Kaybeden onları yakalayıp havaya kaldırıyor ve acımasız gözlerinin ışığında onları inceliyordu.

"Jack, KIMILDA!" diye bağırdı Noel Domuçu, Kaybeden yeniden harekete geçtiğinde Jack'in elini yakalayıp onu çekiştirdi. Çelikten devasa parmaklar onları bir kez daha ıskaladı, Jack'in durduğu yerin o kadar yakınından geçmişti ki Jack onun cam ve çelikle kaplı çentikli parmak uçlarını gördü.

Jack, Noel Domuçu'nun onu sürüklemesine izin verdi ama bacakları korkudan uyuştuğundan tökezleyip duruyordu. Kaybeden'in gözlerinden çıkan ışınlar ok gibi yere inerek etraflarını aydınlatıp durduğundan Jack'in başı döndü, midesi bulandı ve yön duygusunu tamamen yitirdi. Gitgide yaklaşan Kaybeden'in demir pençesini her an hissedeceğinden ve pençenin onu da havaya kaldıracağından emindi.

"Pusula nerede?" diye bağırdı, Noel Domuçu onu çekiştirirken.

"Bilmiyorum" diye bağırdı Noel Domuçu. "Hadi kaçalım, saklanacak bir yer bulmamız gerek!"

Kaybeden tekrar haykırdı ve gözlerinden çıkan spot ışığı Jack'in dirseğini sıyırıp üzerlerinden geçti. Jack karanlığın içinde bir yerden Holly'nin sesini duydu.

"Lütfen hayır – lütfen hayır – ahhhhh!"

"Jack, hadi!" diye bağırdı Noel Domuçu, çünkü Jack durmuş, onun elini bırakmaya çalışıyordu.

"Holly!" dedi Jack. "Holly'yi yakaladı!"

"O Holly değil, onun Holly olmadığını biliyorsun!" dedi Noel Domuçu, Jack'i her iki ayağıyla birlikte ileri doğru sürükleyerek. "O Holly'nin kötü alışkanlığıydı, hem ondan kurtulduğu için memnun olman gerek!"

Ama Jack, Holly'nin çaresiz ve korkmuş sesini duyunca o kadar kötü olmuştu ki, ancak canını kurtarmak için kaçan Kırık Melek Süsü'nü görünce dikkati dağıldı. Kırık Melek Süsü yırtık elbisesine takılıp duruyordu ve kalan gözüyle doğru düzgün önünü göremiyordu.

"Elimi tut!" diye ona seslendi Jack.

"Ah, teşekkür ederim!" diye bağırdı Kırık Melek Süsü.

Ama sağlam kolunu Jack'e doğru uzatınca Kaybeden'in gözlerinden çıkan ışınlar onu buldu. Kırık Melek Süsü'nün ayağı takıldı ve Kaybeden saldırıya geçti. Pırıl pırıl parlayan devasa yumruğu onu yakalayıp havaya kaldırdı.

"Yapabileceğimiz bir şey yok!" dedi Noel Domuçu kızgınlıkla, Jack onu geri çekmeye çalışırken. "Koş Jack, koş, yoksa sıra bize gelecek!"

36

Devedikenleri

"Yere yat!" dedi Noel Domuçu. Jack'i büyükçe bir öbek devedikeninin arkasına çekti, böylelikle gölgede saklı kaldılar. Karla kaplı zeminde birbirlerine sokulup dikenli yaprakların arasında etrafı gözlediler. Kaybeden'in kolları Şeyler'le doluydu ve onlardan gitgide uzaklaşmaya başlamıştı, her adımında yer sarsılıyordu.

"Melek, zavallı melek!" dedi Jack kıpırtısız dudakları arasından soluk soluğa. Onun elini tutmakta biraz daha hızlı davransaydı belki de Kaybeden'in eline düşmeyecekti! "Başlarına ne gelecek? Onlara ne yapacak? Belki onları kurtarabiliriz!"

"Kurtaramayız" dedi Noel Domuçu sessizce. "Onları inine götürüyor. Orada onları parçalara ayırıyor ve Canlı kısımlarını emiyor. Sonra bedenleri hoşuna gittiyse onları zırhına ekliyor."

"Peki ya şimdi Yukarıda bulunurlarsa?" dedi Jack.

"Bu onları kurtarır" dedi Noel Domuçu, "ama onları kimse aramıyor Jack. Kaybolmaları kimsenin umurunda değil, hatta insanlar onlardan kurtulduklarına memnunlar.

Hangi insan kırık dökük bir melek süsü ister ki? Kim iğrenç bir burun karıştırma alışkanlığı olsun ister?"

"Ama Kaybeden onların Canlı kısmını emip parçalara ayırdıktan ve onları kendi bedenine ekledikten sonra Yukarıdaki Şey'e ne oluyor?" diye sordu Jack. "Melek süsü hâlâ ağaca asılı kalıyor, öyle değil mi?"

"Uzun süreliğine değil" dedi Noel Domuçu. "Kaybeden Canlı kısmını emdiğinde, Şey'in Yukarıdaki bedeni kaybolur. Kaybeden'in midesini boylarsan bunun geri dönüşü yoktur. Sonsuza dek yok olursun. İnsanlar buna ölüm der."

Jack çok üşümüş, korkmuş ve yorulmuştu; bir an önce Dom'a kavuşmak istiyordu, ayrıca meleğin başına gelenler yüzünden kendini suçlu hissediyordu, gözyaşlarını daha fazla tutamadı. Kendini bıraktı. Ses çıkarmamaya çalıştı ama Noel Domuçu'nu kandırmasına imkân yoktu, o da ayaklarını Jack'in boynuna sardı ve onu kendisine çekti.

"Sarılmazsak donarız" dedi domuz fısıltıyla. "Burada kalalım, belki birkaç saat uyuruz, sonra hava aydınlanınca da Özlenenler Şehri'ne gitmenin bir yolunu buluruz."

"İyi de yanımızda Pusula olmadan yolumuzu nasıl bulacağız?" diye sordu Jack.

"Henüz bilmiyorum" diye itiraf etti Noel Domuçu, "ama bir yolunu bulacağız."

Böylelikle Jack, Noel Domuçu'nun yanına kıvrıldı, oyuncak da Jack'e sokuldu ve onu yavaş yavaş ısıttı. Jack hâlâ korkmuş ve çaresiz haldeydi ama en azından biraz olsun ısınmıştı.

"Teşekkür ederim Noel Domuçu" dedi bir süre sonra.

"Rica ederim" dedi Noel Domuçu, sesi şaşırmış gibi çıkmıştı.

Kısa bir sessizlikten sonra Jack, "Bu çok saçma bir ad" dedi.

"Hangisi?"

"'Noel Domuçu'" dedi Jack. "Çok uzun bir ad bir kere. Benim olsan sana bu adı koymazdım. Üstelik pek öyle sık rastlanan bir ad sayılmaz."

"Sen olsan adımı ne koyardın peki?" diye sordu Noel Domuçu.

Jack biraz düşündü.

"Belki 'Nodo' diyebilirdim sana" dedi. "'Noel Domuçu' anlamında."

"'Nodo'" dedi, Noel Domuçu. "Hoşuma gitti."

"Holly'den sana bu adı koymasını isteyebilirim, sen istersen tabii" dedi Jack esneyerek.

"Ne demek istiyorsun?"

"Seni ona verdiğimde demek istiyorum" dedi Jack.

"Anlamıyorum."

"Kaybolanlar Diyarı'ndan geri döndüğümüzde seni Holly'ye vereceğime dair bana söz verdirtmiştin ya. Hatırlıyor musun?"

"Ah" dedi Noel Domuçu. "Evet, hatırlıyorum."

Bir süre konuşmadan uzandılar ama Jack onun uyumadığının farkındaydı.

"Birbirimizi tekrar göreceğiz" dedi Jack, iyice uyku bastırmıştı şimdi, "eve döndüğümüzde yani. Hatta hep beraber oynayabiliriz. Dom'u seversin."

"Seveceğime eminim" dedi Noel Domuçu. "Sonuçta kardeşiz biz."

"Evet" dedi Jack. "Başta pek öyle gelmemişti ama aslında birbirinize çok benziyorsunuz. Sence..." diyerek esnedi Jack. "Sence Dom'u yakında bulur muyuz?"

"Bulacağımıza eminim" dedi Noel Domuçu. "Onu sonsuza dek özleyeceksin, bu durumda Özlenenler Şehri'nde olmalı. Bakmadığımız bir tek orası kaldı."

"Evet" dedi Jack. Her an uyuyacak gibiydi artık ve neredeyse yanındakinin Dom olduğunu hayal edebiliyordu. Noel Domuçu artık yeni kokmuyordu: Kötü kokan beslenme çantasında saklanmaktan ve Hurdalık'a çıkan çamurlu tüneldeki uzun yürüyüşlerinden dolayı artık pis kokmaya başlamıştı.

"Dom'u görmek için sabırsızlanıyorum. Bunca yolu onu kurtarmak için geldiğimi görünce şaşıracak mı dersin?" dedi Jack.

"Şaşkınlığa uğrayacak" dedi Noel Domuçu. "Dünya tarihinde şimdiye kadar hiçbir çocuğun bir oyuncak için böyle bir şey yaptığı görülmedi."

Jack, Noel Domuçu'nun karnındaki boncukların şıkırdadığını yeniden duyduğunda hemen hemen uyumak üzereydi.

"Kaybeden mi geliyor?" diye fısıldadı.

"Hayır" dedi Noel Domuçu. "Merak etme. Uyu hadi."

Jack birinin burnunu çektiğini duyduğunu sandı.

"Nodo, iyi misin?"

"Tabii ki iyiyim."

Jack bunu duyduğuna sevinmişti çünkü bir an için onun ağladığını sanmıştı.

37

Tren Rayları

Güneş, Kaybolanlar Diyarı'nda, ahşap tavandan gökyüzünün tepelerine yükseliyordu. Sadece boyanmış olmasına karşın Hurdalık'ta devedikenlerinin arkasında kıvrılmış uyumakta olan Jack'i uyandıracak kadar parlaktı.

Kar durmuştu ama hava hâlâ çok soğuktu. Göz alabildiğine her yöne uzanan Yası Tutulmamışlar Hurdalığı kara teslim olmuştu, devedikeni öbekleri buz gibi rüzgârla ara ara sallanıyordu. Herhangi bir Şey'e ait tek bir iz dahi yoktu, oyuncak domuz bile ortalıkta görünmüyordu.

Jack telaşla ayağa kalkmaya çalıştı.

"Nodo?" diye seslendi. "Nodo, neredesin?"

"Merak etme, buradayım!" dedi Noel Domuçu hemen o tarafa yönelerek. "Bir şey buldum, buraya gel!"

Jack'i biraz öteye götürüp işaret etti.

"Bak, tren yolu rayları."

"Özlenenler Şehri'ne çıkıyor olmalı!"

"Kesinlikle" dedi Noel Domuçu. "Sorun şu ki, Pusula olmadan hangi yöne gideceğimizi kestiremiyorum."

Rayların ilerisine ve gerisine baktılar ama hangi tarafın Tüh Kaybolmuş'a, hangi tarafın Özlenenler Şehri'ne çıktığına dair bir işaret yoktu.

Arkalarında kopan patırtı ödlerini kopardı. Dönüp baktıklarında mavi tavşancığı gördüler, daha da pislenmişti, gerçi gözyaşları çamurlu kürkünde temiz şeritler oluşmasına yol açmıştı.

"Siz!" dedi soluk soluğa. "Ah, Kaybeden'in sizi yakalayamamasına çok sevindim!" Önce Jack'e, sonra da Noel Domuçu'na sarıldı, ikisinin de üstü başı çamur oldu.

"Biz de seni yakalayamamasına sevindik" dedi Jack.

"Pusula nerede?" diye sordu Mavi Tavşancık.

"Bilmiyoruz" dedi Noel Domuçu. "Fırlayıp karanlığa karıştı, biz ona yetişecek kadar hızlı değildik."

"Ah" diye inledi Mavi Tavşancık. "Umarım yakalanmamıştır. Kırık Melek Süsü için çok endişeliyim. Bana hızla koşmamı söyledi ama geriye dönüp baktığımda onu göremedim. Onu bütün gece aradım. O benim en yakın arkadaşımdı. Siz onu gördünüz mü?"

"Hayır" dedi Noel Domuçu, Jack'e onu uyarmak istermişçesine bakarak. "Mavi Tavşancık, bu rayların nereye gittiğini biliyor olabilir misin?"

"Maalesef hayır" dedi Mavi Tavşancık, tren raylarına bakıp düşünerek. "Ama size tuhaf bir şey söyleyeyim. Tren şu tarafa giderken" diyerek hâlâ karanlık olan ufuk çizgisine işaret etti, "trendeki Şeyler üzgün görünür. Ama tren şu tarafa gittiğindeyse" dedi, kızıl renkte ve altın gibi parlayan ufuk çizgisini işaret ettiği yerde boyanmış güneş doğmuştu, "trendeki Şeyler mutlu görünür."

Jack, Noel Domuçu'na baktı ve onun kendi aklından geçen şeyi düşündüğünü anladı: Bu demek oluyordu ki boyanmış güneşin doğduğu tarafa, doğuya giden Şeyler Tüh Kaybolmuş'a değil, Özlenenler Şehri'ne gidiyordu.

"Galiba şu tarafa doğru yürüyeceğiz" dedi Noel Domuçu ve aydınlanan ufuk çizgisine doğru uzanan tren rayları boyunca yola koyuldu.

"Sizinle gelmemin sakıncası var mı?" diye sordu Mavi Tavşancık.

"Tabii ki yok" dedi Jack nazikçe, böylelikle tavşancık peşlerine takıldı.

38

Şehir Kapıları

Ufka doğru uzanan tren rayları boyunca saatlerce yürüdüler. Önlerinde daha da öteye uzanan tren raylarıyla daha da çok karla kaplı arazi haricinde hiçbir şey görmediler. Jack boyalı gökyüzüne bakıp duruyordu. Noel Domuçu orada geçirdikleri bir günün Yaşayanlar Diyarı'nda bir saate eşit olduğunu söylemişti ve Jack, Şiir'in uyarısını düşünmeden edemiyordu: Kaybolanlar Diyarı'nı Noel Arifesi günü sona ermeden terk etmek zorundaydılar. Oraya sonsuza dek hapsolup Kaybeden'in onları yakalamasını bekleme fikri korkunçtu. Ama Jack, Dom'u bulduğunda, Dom'un her zaman yaptığı gibi her şeyi yoluna koyacağına inandığı için Noel Domuçu'nun peşinden tren rayları boyunca yürüyebildiği kadar hızla yürüdü.

Tepelerindeki boyanmış güneş, ahşap gökyüzünde yavaşça kaydı ve karanlık bir bulutun içine girdi. Yeniden kar yağmaya başlamıştı.

Sonunda Noel Domuçu durdu, ayağını küçük siyah gözlerine siper etti.

"Jack, sen de görebiliyor musun şunu?" diye fısıldadı. "Parlak... bir şey var sanki?"

Jack ufka doğru baktı. Gerçekten de uzakta parıldayan bir şey görebiliyordu. "Deniz mi?" diye sordu.

Biraz daha yürüdüler ve çok geçmeden çok güzel duvarlarla çevrili bir şehrin puslu silueti belirmeye başladı. İrili ufaklı kuleler ile saraya benzeyen bir yapının altın çatısını görebildiler.

Sonunda şehir duvarının dışındaki altın kapıları seçebilecek kadar yakına geldiler. Üzerlerine tıpkı Kayıp Eşya Bürosu'ndaki altın kapılar gibi asma ve çiçek kabartmaları oyulmuştu. Şimdi tren raylarına başka bir yönden gelen bir çift ray daha eklenmişti. Jack ikinci rayların doğrudan Kayıp Eşya Bürosu'ndan geldiğini tahmin etti, altın kapıdan geçen Şeyler bu yoldan geliyor olmalıydı.

Noel Domuçu ayağıyla uyarı anlamında bir işaret yaptı. "Kayıp Memurları!" diye fısıldadı.

Gerçekten de bir hançer, bir tırnak törpüsü ve öfkeli görünen bir fındıkkıran kapıların önünde ileri geri yürüyordu. Bu Kayıp Memurları Jack'in şimdiye kadar gördüğü en havalı şapkaları takmıştı: Uzun miğferlerinden upuzun siyah tüyler çıkıyordu, şapkaların üzerindeki "K" harfleriyse altındandı.

Jack, Noel Domuçu ve Mavi Tavşancık gözden uzaktaki bir başka devedikeni öbeğinin arkasına çöktüler, bir plan yapmaya çalışıp kapılara bakarken başlarının ve omuzlarının üzerinde kar birikiyordu.

"Belki" diye fısıldadı Jack, "treni beklersek, arkasına atlayabiliriz, ne dersiniz?"

"Tren çok hızlı gidiyor olacak" dedi Noel Domuçu. "Yaralanabilirsin."

"Bir dakika, içeri girmeye mi çalışıyorsunuz?" diye sordu Mavi Tavşancık şaşkınlıkla. Jack başını evet anlamında salladı.

"Size asla izin vermezler!" dedi Mavi Tavşancık. "Biz Artıklarız! Böyle havalı yerlere ait değiliz! Gerçekten özlenen Şeyler'in gittiği yer burası!"

"O kapıların çok özel bir yanı yok" dedi Noel Domuçu, mavi tavşancığı duymazdan gelerek. "Gayet sıradan görünüyorlar. Asıl sorun Kayıp Memurları. Kendimizi gösterdiğimiz anda bizi enseleyip Kaybeden'e verirler. Keşke yem olarak kullanabileceğimiz bir şey olsaydı."

"Güzel evlerde mi yaşamak istiyorsunuz?" diye sordu Mavi Tavşancık. "Yoksa içeri girmek istemenizin başka bir sebebi mi var?"

"Evet" dedi Jack, Noel Domuçu onu durdurmaya fırsat bulamadan. "İhtiyacım olan biri burada. Adı Dom ve o benim en sevdiğim pofuduk oyuncağım."

Uzunca bir süre boyunca Jack ile Mavi Tavşancık birbirlerinin gözlerinin içine baktılar, sonra Mavi Tavşancık hayretle uzun uzun iç çekti.

"Sen bir çocuksun" diye fısıldadı. "Sen gerçeksin."

"O gerçek değil" dedi Noel Domuçu panikleyerek. "O bir aksiyon figürü, adı da..."

"Sorun yok Domuzcuk" dedi Mavi Tavşancık. "Kimseye söylemem, söz. Kaybolanlar Diyarı'na onca yolu en sevdiğin oyuncağı bulmak için mi geldin?" diye sordu Jack'e, o da başını evet anlamında salladı.

"O halde ben yem olurum" dedi Mavi Tavşancık. "Bu benim için bir onurdur."

Jack ya da Noel Domuçu onu durdurmaya fırsat bulamadan, Mavi Tavşancık saklandıkları yerden çıkıp dosdoğru Kayıp Memurları'nın üzerine doğru zıplayarak ilerlemeye koyuldu, bir yukarı bir aşağı yürüyen Kayıp Memurları durup ona dik dik baktılar.

"Merhaba!" dedi Mavi Tavşancık. "Ben de gelip sizin şehrinizde yaşayabilir miyim lütfen?"

"Saçmalama" diye hırladı hançer, tavşancığı tehdit ederek. Mavi Tavşancık azıcık geriye kaçtı ve tekrar denedi.

"Lütfen beni içeri alın! Müthiş numaralarım var!"

Sonra bir takla atmaya çalıştı ama kafa üstü düştü ve kulakları ezildi. Kayıp Memurları kahkahalarla güldüler ama onu kovalamaya uğraşmadılar bile.

Tam o anda başları üzerinde patırtılar duydular. Herkes –Jack, Noel Domuçu, Mavi Tavşancık ve Kayıp Memurları– yukarı baktı. Devasa bir top boyanmış yüksek tavanda sekiyormuş gibiydi ses. Jack ilk kez Yaşayanlar Diyarı'ndan bir ses duyuyordu. Yası Tutulmamışlar Hurdalığı üzerinde çok az delik vardı ama şansa bir tanesi tam üstlerindeydi.

Sonra çok, hem de çok uzaklardan küçük bir kızın sesi duyuldu. Jack kızın nereli olduğunu aksanından tam çıkaramamıştı.

"Topum çitin öteki tarafına düştü! Komşu evin bahçesine düştü!"

"Aradan içeri gir Jeanie" dedi bir kadın sesi.

Jack, Noel Domuçu, Kayıp Memurları ve Mavi Tavşancık ahşap gökyüzündeki büyük deliğe bakmaya devam ettiler, ahşap gökyüzü boyunca ayak sesleri yankılanıyordu. Sonra küçük kızın sesini yeniden duydular, bu kez ses daha net ve daha yüksekti.

"Çiçek bahçesine düşmüş! İyi ki evde değiller."

Sonra altın renginde bir ışık huzmesi belirdi ve minik tavşancığa isabet etti, tavşancık ağzı açık halde, kapkara gözleri umutla parlayarak, hipnotize olmuş gibi kalakaldı.

"Anne!" dedi kızın sesi. "Bir tavşancık buldum! Çiçek bahçesinde mavi bir tavşancık buldum!"

Pis mavi tavşancık yerden birkaç santim yükseldi, altın renkli ışıkla yukarı çekilmeye başladı. Şaşkınlıkla etrafına bakındı, olan bitene inanamadığı belliydi.

"Bulduğun yerde bırak Jeanie!" dedi çok yukarılardaki kızın annesi. "Çocuklardan birinindir!"

"Çok uzun zamandır burada gibi!" dedi küçük kızın sesi. "Çamura bulanmış!"

Mavi Tavşancık altın ışık huzmesi içinde biraz daha yükseldi. Şimdi havada asılı kalmıştı. Üç Kayıp Memuru kapıları korumaları gerektiği halde gördüklerinden o kadar afallamışlardı ki, tepelerindeki bulunma deliğini daha iyi görebilmek için öne doğru yürüdüler; çamura bulanmış mavi tavşancıktan hoşlanan kızı bir an için bile olsa görmeye çalışıyorlardı, bu çok nadir bir durumdu.

"Anne, onu burada haftalarca bırakmışlar, umurlarında bile değil! Lütfen benim ol—"

"Jeanie, olmaz, ya çocuklardan birine aitse" dedi annenin sesi.

Fındıkkıran, tırnak törpüsü ve hançer şimdi havada asılı duran tavşancığın tam altında duruyordu, bu kadar pis ve uyduruk bir Şey'in bulunma şansının olmasına belli ki çok şaşırmışlardı.

"Jack, şimdi" diye fısıldadı Noel Domuçu. "Koş."

"Ama..."

"Bu tek şansın!" dedi domuzcuk. "Onlar tavşancığı izlerken kapılardan geçebiliriz!"

Böylelikle Jack yavaşça ayağa kalktı ve pırıl pırıl parlayan kapılara doğru fırladı, Noel Domuçu peşinden geldi, bir yandan karnını tutuyordu.

Tavşancık hâlâ havada, altın ışık huzmesinin içinde, Yaşayanlar Diyarı ile Kaybolanlar Diyarı arasında asılı haldeydi ve Kayıp Memurları ağızları bir karış açık halde yukarı bakıyorlardı.

"Anne, lütfen" dedi küçük kızın sesi. "Lütfen benim olsun. Onu yıkayıp çocuklara gösteririz, geri isterlerse veririm."

"Beni geri istemeyecekler!" diye haykırdı Mavi Tavşancık çaresizlikle. "Ah, beni al, beni al lütfen, senin olayım!"

Ama tabii ki ne kız ne de annesi tavşancığı duyabildi.

"Şu tatlı surata bir baksana anne!" dedi kız.

Jack arkasında minicik bir çıt sesi duydu. Noel Domuçu altın kapıları itip açmıştı. Jack kapıdan kayarak geçti, omzu üzerinden arkasına, tavşancığa doğru baktı.

"Ah, pekâlâ" diyen annenin biraz neşeli, biraz da bıkkın sesi duyuldu. "Umarım çamaşır makinesini tıkamaz!"

Ve Mavi Tavşancık vın diye delikten, Kaybolanlar Diyarı'ndan yukarı çekildi ama son anda, yüzünde neşeli ve şaşkın bir ifadeyle çamurlu patisini Jack'e salladı.

ALTINCI BÖLÜM

Özlenenler Şehri

39

Özlenenler Şehri

Kapının diğer tarafında sokaklar yoktu: Balkonları süslü ferforjeden yüksek binalarla çevrili tek bir kanal vardı. Suda birkaç boş gondol yüzüyordu, gondollar yeşil suyun içinden dışarı çıkan, üzeri şerit desenli bir direğe bağlıydı. Kar teknelerin üzerinde öbek öbek birikmişti ve kar taneleri suyun üzerinde bile görülüyordu. En yakındaki gondolun oturma bölmesi üzerinde lacivert renkte kadife bir battaniye vardı.

"Önce sen!" diye fısıldadı Noel Domuçu, Jack'e. "Tekneye bin ve battaniyenin altına saklan!"

Jack söyleneni yaptı, teknenin tabanına uzandı ve kalın kadife battaniyeyi üzerine çekip sarındı; battaniye belli ki yolcular üşümesin diye oraya konmuştu. Jack, Noel Domuçu binerken gondolun yalpaladığını hissetti, domuzcuk battaniyenin altına, Jack'in yanına kıvrıldı. Kadife battaniyenin altından fark edilmeyeceklerini umarak birbirlerine sokuldular.

Kayıp Memurları'ndan birinin "Vay canına" dediğini duydu Jack.

"Mümkünmüş demek" dedi bir diğer ses.

"Onun gibi küçük, pis bir tavşancık bile bulundu baksana!" dedi bir üçüncü.

"En son ne zaman bir Artık'ın kurtarıldığını gördün?"

"Yıllardan beri böyle şey görmedim."

"Eh, daha önce de söylemiştim, yine söyleyeyim" dedi ilk ses. "Çocuklar tuhaf doğrusu. O küçük kızın haftalardır çiçek bahçesinde öylece duran o çamur topağından hoşlanması olacak şey mi yahu!"

Uzaktan gelen bir düdük sessizliği bozdu.

"İşte geliyor, tam zamanında" diye devam etti ses. "Kayıp Eşya Bürosu'ndan gelen tren."

Jack, Noel Domuçu'nun yanına kıvrılmış, trenin gitgide yaklaşan çuf çuf seslerini dinleyerek hiç kıpırdamadan yatmaya devam ediyordu. Çok geçmeden ses sağır edici bir hal aldı. Sonra gürültülü bir tıslama ve tiz bir fren sesiyle tren durdu. Önce trenin, sonra da şehrin kapılarının açıldığını, ardından onları şehir merkezine götürecek olan o güzel gondolları gören bir sürü Şey'e ait "Oooo", "Aaaaa" nidalarını duydular.

"Hoş geldiniz, hoş geldiniz!" diye bağırıyordu Kayıp Memurları. "Buradan, efendim... Adımınıza dikkat edin Haşmetlim... Belki de gondola tek binmek istersiniz Majesteleri..."

Jack şimdiye dek Kayıp Memurları'nın kaybolan Şeyler'e böyle saygıyla davrandığını hiç duymamıştı. Sonra Jack gondolun yalpaladığını hissetti, bir Şey gondola binip oturmuştu. Birden kadife örtüde müthiş bir sıcaklık hissettiler, sanki gondoldaki Şey tutuşmuş gibiydi. Jack ne olduğunu kestiremedi.

"Hoşunuza gitti mi Majesteleri?" dedi fındıkkıranın sesi Jack'in kafasının üzerinden. Jack ve Noel Domuçu dehşetle birbirlerine kenetlendiler, kadife örtüyü üzerlerinden çekip kaldıracaklarını sanmışlardı.

"Hayır, teşekkür ederim, ben hiç üşümem" dedi bir hanımefendinin sesi.

Gondolların gıcırtıları ve birkaç kez daha "Aman dikkat Kıymetlimiz" diyen sesler duyuldu, sonra da Jack'in en ön gondoldaki Kayıp Memuru'na ait olduğunu sandığı bir ses çınladı.

"Majesteleri, Haşmetlilerimiz, Kıymetlilerimiz, Lordlarım, Leydilerim ve Beyefendiler, Özlenenler Şehri'ne hoş geldiniz! Lütfen bu kısa yolculuğumuz süresince yerinizden kalkmayın, vardığımızda size yeni evlerinizi takdim edeceğiz!"

Gondol hareket etmeye başladığında Noel Domuçu burnunu Jack'in yanağına dayayıp "Şehre varınca bu tekneden çıkmanın bir yolunu bulmamız lazım" diye fısıldadı.

"Kimse görmeden koşsak olmaz mı?" diye fısıldadı Jack.

"Peki gondolda bizimle birlikte oturan bu Şey ne olacak? Ya bizi görüp dikkatleri üzerimize çekerse?"

"Her neyse acayip sıcak" diye fısıldadı Jack.

"Biliyorum" dedi Noel Domuçu. "Kömür gibi yanıyor sanki. Neredeyse tekneyi—"

Sonra birdenbire biri üzerlerindeki kadife örtüyü çekip kaldırdı. Dehşete düştükleri bir an için Jack hiçbir şey göremedi çünkü gondol göz kamaştırıcı bir altın ışıkla dolup taşmıştı. Sanki yanlarında oturan şey güneşin ta kendisiydi.

"Ben yanan bir kömür değilim" dedi aynı hanımefendinin sesi, ses pırıl pırıl parlayan ışığın ortasında bir yerden geliyordu. O kadar parlaktı ki Jack bir an için gözlerini kapamak zorunda kaldı ama gözkapaklarının altından bile o Şey'i görebiliyordu. "Ben Mutluluğum."

"Mutluluk mu?" diye tekrar etti Jack.

"Evet" dedi, "şimdi kalkın da şu manzaranın tadını çıkarın. Burası çok güzel bir şehir!"

"Biz ayağa kalkamayız" diye fısıldadı Jack, Mutluluk'a bakmaya çalışırken gözleri dolmuştu. "Biz – bizim burada olmamamız gerek."

"Ben de öyle tahmin ettim" dedi Mutluluk, "ama çok parlak olduğumdan yanımdayken sizi kimse göremez. Oturun hadi, bu yolculuğun tadını beraberce çıkaralım!"

Jack ve Noel Domuçu kendilerini yukarı çekip Mutluluk'un karşısına oturdular. Karlı hurdalıkta geçirdikleri saatlerden sonra ondan yayılan sıcaklık o kadar rahatlatıcı gelmişti ki, ona doğrudan bakmadıkları sürece etraflarını görebiliyorlardı.

Özlenenler Şehri şimdiye kadar Kaybolanlar Diyarı'nda gördükleri hiçbir şeye benzemiyordu. Kanalın her iki tarafında bulunan villaların merdivenleri suyun içine doğru iniyordu. Hava kararmaya başlamıştı, başlarının üzerinde gümüş iplere asılı yılbaşı ışıkları uzanıyordu. Uzaktan bir koronun yılbaşı şarkıları söylediği duyuluyordu. Özlenenler Şehri'nin üzerinde, Yası Tutulmamışlar Hurdalığı'ndakinden çok daha fazla bulunma deliği vardı, Jack delikleri gördüğüne sevinmişti. Dom'u bulduklarında kolaylıkla Yaşayanlar Diyarı'na gidebilecekler demekti bu.

Gondollar adeta ayın yeryüzüne düşen yansıması gibi parlayan koskocaman gümüş bir cep saatinin bulunduğu tarafa doğru, taş bir köprünün altından karşıya geçti. Işıl ışıl zümrüt bir kolye yukarıdaki bir pencereden kopçalarını yeni gelenlere salladı, kapının eşiğinde duran altın bir sikke de parıl parıl parlıyordu. Jack boynunu uzatıp dört bir yana baktı ama Dom'un izine rastlayamadı. Etraflarında en az Mutluluk kadar muhteşem ve tuhaf başka Şeyler de vardı.

"Onlar nedir?" diye sordu Jack Noel Domuçu'na, gondol yanlarından geçip diğer yöne doğru ilerlemeye devam ediyordu. Gördüğü şey rulo gibi sarılmış upuzun kâğıtlardı, birinin üzerinde bir sürü rakam, diğerinin üzerinde de altın bir taç sembolü vardı. Bu iki tuhaf Şey sessizce aralarında konuşuyorlardı.

"Şu kâğıt kaybedilen Servet" dedi Mutluluk dönüp bakınca. "Yukarıdaki bazı zengin insanlar bütün paralarını kaybetti. Servet kayıp bir Krallık'la konuşuyor. Çok uzun bir zaman önce Yaşayanlar Diyarı'ndaki bir hükümdar tahtını kaybetmiş."

Jack'in gözleri Mutluluk'tan yayılan inanılmaz parlaklığa alışmaya başlamıştı, üstelik ona yandan bakınca göz kamaştıran ışığın tam ortasında gülümseyen bir kadın silueti olduğunu fark etti.

"Sen nasıl kayboldun?" diye sordu utanarak.

"İhmalkârlık yüzünden" diye iç çekti Mutluluk. "Sahibim bir aktristir. Aslında çok hoş ve yetenekli biri ama önemsediği insanlara karşı yeterince nazik davranmadı, üstelik işini sevmesine rağmen pek çalışkan sayılmazdı. Yetenekleri başta ona arkadaşlar ve başarı getirdi ama sonra tembellik ve bencillikten ötürü bunlar elinden uçup gitti ve şimdi maalesef beni de kaybetti."

"Seni tekrar nasıl bulacak?" diye sordu Noel Domuçu.

"Kolay olmayacak" dedi Mutluluk, "çünkü beni hep yanlış yerlerde arıyor; hata ettiğini itiraf etmeye hiç alışık olmadığından muhtemelen epey uzun bir süre Özlenenler Şehri'nde kalacağım ben... Belki de sonsuza dek. Burada ne aradığınızı bana söyleyecek misiniz?" diye devam etti Mutluluk. "Yoksa bu bir sır mı?"

"Bu bir sır" dedi Noel Domuçu, Jack henüz cevap vermeye fırsat bulamadan.

"Ben de öyle tahmin etmiştim. O halde" dedi Mutluluk sesini alçaltarak, "buradan bir an önce gitseniz iyi olur. Görünüşe göre yavaşlıyoruz ama ben daha da çok parlayacağım, böylelikle sizi göremezler."

Jack ile Noel Domuçu etraflarına bakındı. Mutluluk çok haklıydı: Gondollar kesinlikle yavaşlıyordu.

"Hadi" diye fısıldadı Jack Noel Domuçu'na, buzlu suya girmek için kendini hazırladı, "öteki tarafa geçeceğiz."

"İyi şanslar!" dedi Mutluluk.

Jack ile Noel Domuçu gondolun yanından dikkatle tırmandı ve dondurucu suya girip tekneyi bıraktılar; tekne uzaklaşmaya başladı ve Mutluluk daha da parlak bir ışık saçtığından onları kimse görmedi.

Buz gibi soğuk suda nefesi kesilen Jack kanalın kıyısına çıkan birkaç basamağa doğru yüzmeyi başardı. Yalnız arkasına dönüp baktığında Noel Domuçu'nun suda bir görünüp bir kaybolan burnundan başka bir şey göremedi. Noel Domuçu boğuluyordu.

40

Takip

Jack tam zamanında yetişti ve domuzcuğun sonsuza dek kanalın dibini boylamasına engel oldu. Sadece bir kolunu kullanarak ve ayaklarını hızla çırparak, suyla iyice şişmiş olan oyuncağı taş basamaklara götürmeyi başardı.

"Teşekkür ederim Jack" dedi Noel Domuçu, havlu kumaştan bedeni sudan dolayı yeşile dönmüştü şimdi. "Çok iyi bir yüzücüsün! Bense yüzmekten hiç hoşlanmam" diye itiraf etti bir yandan kendini sıkarken; şimdi küçük bir su birikintisinin içinde kalmıştı.

"Yüzme bilmediğini neden söylemedin?" diye sordu Jack, sudan çıkmıştı ve yağan karın altında tir tir titriyordu.

"Batmaya başladığımda yüzme bilmediğimi anladım" dedi Noel Domuçu, "ama ağzıma su girdiği için sana söyleyemedim." Kulaklarının suyunu sıkınca kulakları sarkmıştı biraz. "Hadi. Gidip Dom'u bulalım" dedi.

Kanala girmenin tek iyi yanı Noel Domuçu'nun karnındaki boncukların artık eskisi kadar ses çıkarmaması olmuştu çünkü ıslanınca boncuklar birbirine yapışmıştı.

O ve Jack Özlenenler Şehri'nin dar sokaklarında yola koyuldular.

Parke taşlarıyla döşeli muhteşem villaların yan yana sıralandığı sokaklar da en az kanallar kadar güzeldi. Kapılarda pırıltılı yılbaşı çelenkleri asılıydı ve mumla aydınlatılmış yılbaşı ağaçları pencerelerde ışıldıyordu. Karanlık çökerken Jack ile Noel Domuçu karla kaplı meydanlarda birkaç Şey'in yanından geçtiler ama hiçbiri onlarla ilgilenmedi. Tekboynuz şeklinde harikulade bir elmas broş villasına giden yolda onları görünce nazikçe eğildi ve yaldız kabartmalı güzel bir kitap yanlarından geçerken sayfalarını gayet olağan bir şekilde selam verirmişçesine salladı ama tıpkı Tüh Kaybolmuş'taki gibi burada da pek oyuncak olmaması Jack'i tedirgin etti.

"Sence pofuduk hayvanlar şehrin başka bir yerinde midir?" diye sordu Noel Domuçu'na.

"Olabilir" dedi Noel Domuçu. "Burası öteki şehirlerden çok daha büyük görünüyor. Sanırım şarkı söyledikleri yere gitgide yaklaşıyoruz, gerçi..."

"Evet" dedi Jack, kanalın buz gibi suyuna girip çıktığından hâlâ tir tir titriyordu. "Sence parti mi var?"

"Olabilir" dedi Noel Domuçu. Omzunun üzerinden gözlerini kısıp baktı, bir şey diyecekmiş de sonradan fikrini değiştirmiş gibiydi. "Hadi o zaman, bakalım oyuncakların yerini bulabilecek miyiz?"

Yürümeye devam ettiler ama ilerledikçe Jack'in içinde yalnız olmadıklarına dair bir his uyandı. İki kez arkasına baktı ama hiçbir şey göremedi, üçüncü kez arkasına baktığındaysa göz ucuyla kara bir şey gördüğünü sandı, köşeyi geçince gördüğü şey gözden kaybolmuştu.

"Nodo, sen de gördün mü?" diye fısıldadı Jack.

"Evet" dedi Noel Domuçu, Jack'le aynı anda arkasına bakarak. "Birinin bizi takip ettiğini sandım. Kalabalığa karışmamız daha güvenli olur... Hadi şarkıcılara doğru ilerleyelim. Hadi, çabuk ol."

41

Sanatçılar

Şarkıların söylendiği alana doğru aceleyle ilerlediler ve birkaç dakika sonra kendilerini geniş ve güzel bir meydana çıkan kemerli bir geçitte buldular, tıpkı kanallardaki gibi ışıl ışıl, gümüş renkte yılbaşı ışıkları asılıydı burada. Enstrümanlardan oluşan bir koro meydanın bir köşesinde şarkı söylüyordu. Hepsinin de sesi –kornolardan kemanlara, flütlerden tubalara– insan sesi gibiydi ve Jack şimdiye kadar yılbaşı şarkılarının bu kadar güzel söylendiğini hiç duymamıştı. Sadece birkaç saniyeliğine, sırılsıklam pijamaları içinde ne kadar üşüdüğünü unuttu ve etrafındaki harika manzarayla seslere kapıldı.

Meydan kocaman beyaz bir sarayın önünde uzanıyordu, sarayın altın bir çatısı ve kemerli pencereleri vardı. Saray kapılarının her iki yanında iki Kayıp Memuru duruyordu, bir kalemtıraş ile bir tokmak, onlar da tıpkı diğer Kayıp Memurları gibi şehrin kapılarını koruyorlardı, uzun kapkara tüylü siyah şapkaları vardı.

Saray boyunca bir balkon uzanıyordu ve Jack insan şekilli Şeyler'in orada durmuş enstrüman korosunu dinlediklerini görebiliyordu. Tıpkı Mutluluk gibi her biri ışık saçıyordu. Biri kırmızı, diğeri yeşildi ve birkaç tanesi de parlak maviydi. Jack renkli ışıkların ortasındaki kişilerin neye benzediklerini göremeyecek kadar uzaktaydı ama onların altın çatılı sarayda yaşayabilecek kadar önemli olduklarını anlamıştı. O sırada Jack ile Noel Domuçu'nun durdukları yerin tam önünde, lapa lapa yağan karın altında duran bir grup Şey'den oluşan bir kalabalık vardı; güneş batıyor, Şeyler'in gölgeleri gitgide uzuyordu. Tam ortalarında yer alan bir gösteriyi izliyor gibilerdi.

"Hadi şu kalabalığın arasına saklanalım" diye fısıldadı Noel Domuçu, yeniden omzunun üzerinden arkasına bakarak. "Dom'u görebilmek için gözlerini dört aç!"

Böylelikle meydana doğru ilerlediler, Jack'in donmuş çıplak ayakları yerde ayak izleri bırakıyordu, Noel Domuçu'nun ayakları da karın üzerinde yuvarlak ıslak benekler bırakıyordu, kara pelerinli bir siluetin mermer bir sütunun ardından çıkıp onları izlemeye koyulduğunu ikisi de fark etmemişti.

Kalabalığa karıştıkları sırada orada duran hiçbir Şey, Jack ile Noel Domuçu'na ilgi göstermedi. Sonunda kalabalığın neyi izlediğini görebildiklerinde Jack ile Noel Domuçu da durup bakakaldılar.

Müzisyenlerin hepsi de şeffaftı ve tıpkı Numaracı gibi insan şeklindeydiler. Bir soytarı jonglörlük yapıp perendeler atıyordu, uzun bıyıklı ufak tefek bir adamsa uzun direkler üzerinde tabaklar çeviriyordu. Bir şef krepleri havada çevirip her seferinde yakalıyordu, bu arada bir balerinse parmak uçlarında durmadan dönüp duruyordu. İhtiyar bir adam uzunca bir halata karmaşık düğümler atıyor, bir başkası da kart numaraları sergiliyordu.

"Onlar da ne?" diye merak etti Jack. Sesli düşünmüş, yanındaki yepyeni akıllı telefona sormuş gibi olmuştu.

"Kaybolan Beceriler" dedi telefon. "İnsanların yapabildiği ufak tefek numaralar esasen, ama zaman geçtikçe, kazalar sonucu, zayıflayan hafızalarından ötürü ya da yeterince pratik yapmadıklarından dolayı bu becerilerini kaybediyorlar."

"Onları geri kazanamazlar mı?" diye sordu Jack.

"Bazen" dedi telefon. "Dün çok zekice bir sihir numarası gözümüzün önünde hop diye Yaşayanlar Diyarı'na çekildi. Çok moral bozucuydu çünkü daha gösterisini tamamlamamıştı. Becerileri kaybettiğimize hep üzülürüz çünkü gösterileri her akşam aynı saattedir – ama Beceriler sadece ısınma turu. Asıl bugünün Yeteneğini görene kadar bekleyin!"

Gerçekten de Kaybolan Beceriler sonunda alkışlar karşısında eğilerek selam verdiler ve taklalar, perendeler atıp döne döne koşarak meydandan uzaklaştılar.

Şimdi kocaman şeffaf bir hanım meydana gelmişti, üzerinde taşlı bir elbise vardı. Seyircilerden bazıları tezahürat yaptı ama telefon homurdandı.

"Şansınıza küsün. Hikâyeler'den biri olur diye umuyordum –onlar çok eğlencelidir işte– ama bu bir Ses."

Ses derin bir nefes aldı ve Jack'in bilmediği bir dilde şarkı söylemeye başladı. Şarkısı taş kemerlerden ve sarayın duvarlarından yankılanarak Jack'in kulağının çınlamasına neden oluyordu. Mücevherlerle nadir kitapların hayranlıkla iç geçirdiğini görünce Jack, Ses'in muhtemelen çok yetenekli olduğu sonucuna vardı ama telefon ona doğru eğilip, "Yukarıda bir opera sanatçısı kaybetmiş onu. Ben pek opera sevmem. Galiba eve döneceğim" dedi.

Telefon hoplayarak uzaklaştı. Jack onun peşinden gitmeyi tercih ederdi çünkü Ses'in şarkısı kulaklarını tırmalıyordu ama tam o anda bir Şey kulağına fısıldadı. "Affedersiniz. Oyuncak domuzu arayanlar sizler misiniz?"

42

Kral'ın Daveti

Jack hızla arkasını dönünce karşısına kadın olduğu anlaşılan bir Şey çıktı. Tepeden tırnağa siyah bir pelerinin ardına saklanmıştı, yine de kapüşonundan ve eteğinin altından mor bir ışık sızıyordu. Jack'in arkasına döndüğünü fark eden Noel Domuçu da arkasına döndü, pelerinli silueti görünce ayaklarını kulaklarından çekti ve her an kaçmaya hazır halde Jack'in kolunu tuttu.

"Telaşlanmayın" dedi kadının sesi pelerinin altından. "İyi niyetli biri tarafından sizi götürmek için gönderildim."

"Mutluluk mu gönderdi seni?" diye sordu Jack.

"Evet, Mutluluk gönderdi" dedi kadın, "ama onun başının belaya girmesini istemiyorsanız sessiz olun. Siz ikinize yardım eden Şey, Kaybeden'in midesini boylayabilir. Başımıza epey bir dert açtınız. Beni takip edin, açıklayacağım."

Noel Domuçu hâlâ şüpheli görünüyordu, yine de gizemli kişiyi Ses'ten ve kalabalıktan uzağa, kemerli bir geçidin altına, gölgelerin içine doğru takip ettiler. Burada gizemli kişi kapüşonunu indirdi. Tıpkı Mutluluk'tan yayılan altın ışık gibi ondan da mor bir ışık yayılıyordu ama bu ışık sıcak değildi. Yüzü Mutluluk'tan daha yaşlıydı, üstelik onun kadar iyi kalpli görünmüyordu.

"Dom'un yerini biliyor musun?" diye sordu Jack.

"Maalesef hayır" dedi kadın, "ama kral biliyor. Majesteleri ikinizi de saraya akşam yemeğine davet ediyor, orada her şey açıklanacak."

"Hangi kralmış bu?" diye sordu Noel Domuçu şüpheyle. "Buranın hükümdarı Kaybeden. Bunu herkes bilir."

"Bu diyar Kaybeden'in yönetiminde" dedi mor kadın, "ama burada, Özlenenler Şehri'nde bir kraliyet ailemiz var. Ben Majesteleri'nin elçisiyim. Oyuncak domuzcuğunu gerçekten bulmak istiyorsan sana ancak kral yardım edebilir... En azından sığınacak bir yer bulduğunuza sevinirsiniz sanmıştım" diye ekledi çünkü Jack'in dişleri hâlâ takır takır takırdıyordu ve Noel Domuçu'nun üzerinden hâlâ şıp şıp yeşil su damlıyordu.

"Isınmak güzel olurdu" diye itiraf etti Jack ama Noel Domuçu henüz ikna olmamıştı.

"Bize bir saniye izin verebilir misin?" dedi mor kadına.

"Elbette" diye cevap verdi kadın, bu durumdan pek memnun olmuşa benzemiyordu.

Ondan biraz uzaklaştıklarında, "Pek arkadaş canlısı görünmüyor ama onu Mutluluk gönderdiyse iyi biri olmalı" diye mırıldandı Jack, Noel Domuçu'nun kulağına. Sesini duyurmakta zorlandı çünkü Ses hâlâ meydanda yankılanıyordu, yine de en azından mor kadın onun söylediklerini duyamayacaktı. "Dom sarayda olabilir! Onu çok sevdiğim için belki orada yaşamasına izin vermişlerdir! Belki de artık kraliyete katılmıştır!"

"Buna inanmıyorum" dedi Noel Domuçu, ıslak burnu akşam ayazında yavaş yavaş donmaya başlamıştı. "Burada Kaybeden haricinde bir kral olduğunu hiç duymadım. Ayrıca o kadın bizim kimi aradığımızı nereden biliyor? Mutluluk'a Dom'u aradığımızı hiç söylemedik ki!"

"Galiba haber yayılmış" dedi Jack. "Ben Şerif Gözlük'e ve satranç taşına onu sormuştum ya."

"Bu yine de hoşuma gitmedi" dedi domuz. "Bence bu bir tuzak olabilir."

"İlk kez biri bize Dom'un yerini bildiğini söylüyor!" dedi Jack, artık kızmaya başlıyordu. "Şiir'in dediklerini duydun! Noel Arifesi sona ermeden bunu başarmamız lazım, yoksa sonsuza kadar burada kalacağız ve Dom'u asla eve geri götüremeyeceğim! Çok zamanımız kalmamış olmalı!"

Noel Domuçu yanıt vermeyince, "Peki o zaman, gelme ama ben gidiyorum!" dedi Jack.

Sonra da arkasını döndü ve mor kadına doğru hızla yürüdü; kadın loş kemerli geçitte mor bir alev gibi yanıyordu. Jack arkadan Noel Domuçu'nun karnındaki plastik boncukların şıkırtısını duydu ve onu takip ettiğini anladı.

43

Saray

Mor kadın onu takip edecekleri haberini hafif bir tebessümle karşıladı; gülümseyince sivri dişleri ortaya çıkmıştı, sonra öne geçti ve saraya doğru yola koyuldular; mor kadın yürürken siyah pelerini arkasından rüzgârda dalgalanıyordu.

"Kayıp Memurları'nı nasıl atlatacağız?" diye sordu Jack, sarayın altın kapılarına yaklaşmışlardı.

"Ah, onları merak etmeyin" dedi mor kadın, küstahça gülümseyerek. "Kayıp Memurları burada Özlenenler Şehri'nde Kral'ın boyunduruğu altındadır ve ben de Majestelerini temsil ediyorum. İyi akşamlar!" dedi bir kalemtıraş ile tokmağa etkileyici bir biçimde, ikisi de eğildi ve her biri bir kapıyı açtı. Tokmağın kafası o kadar ağırdı ki neredeyse tepetaklak düşecekti, neyse ki kapının kulpunu tutarak kendini düşmekten kurtardı.

"İyi akşamlar, Ekselansları" dediler hep bir ağızdan.

Sarayın eşiğinden içeri adım attıkları anda Jack ile Noel Domuçu'nu müthiş bir sıcaklık karşıladı. Jack'in yaralı bereli donmuş ayakları, yumuşacık uzanan kırmızı halının üzerinde duruyorlardı şimdi. Altın tırabzanlı görkemli bir merdivenin her iki tarafında bulunan mermer şömineler harıl harıl yanıyordu. Merdivenin altında Jack'in Özlenenler Şehri'nde gördüğü pırlanta küpelerin tıpatıp aynıları duruyordu. Orada hizmetçi olarak çalışıyorlardı sanki, çünkü mor kadının siyah pelerinini alıp ona eğilerek selam verdiler ve sonra da kıvrıla kıvrıla ilerleyip yandaki bir kapıdan çıktılar.

"Buradan" dedi mor kadın Jack ile Noel Domuçu'na ve merdivenleri çıkmaya başladı.

"Adınızı öğrenebilir miyiz acaba, Ekselansları?" dedi Noel Domuçu onu takip ederlerken, Kayıp Memurları'nın söylediği unvanı tekrar etmişti. Pelerinini çıkarınca bütün koridor mor ışıkla dolmuştu. Uzun, incecik bir kadın, aşağı doğru onlara baktı ve "Benim adım Hırs" dedi.

"Biri hırsını nasıl kaybeder ki?" diye merak etti Jack, sesli düşünmüştü.

"Bir ahmak olmakla" dedi Hırs soğukça. "Sahibim olan hanımefendiyle çok büyük işler başardık. O bir politikacı – ya da öyleydi. Küçük bir yenilgi yaşadı –önemsiz bir oy kaybıydı– o kadar umursamamalıydı!" diye bağırdı Hırs birdenbire durarak, Jack neredeyse ona çarpacaktı. Gözlerinden kıvılcımlar çıkıyordu, bir an için Jack onu çok korkutucu buldu. "O engeli birlikte aşabilir, birlikte zirveye çıkabilirdik! Ama yok... O beni kaybetti, zayıf iradeli ahmak!" diye bağırdı Hırs, yumruğunu yukarıdaki deliğe doğru sallayarak.

Mermer duvarlardan yankılanan sesi Hırs'ı kendine getirmiş gibiydi. Birkaç kez derin nefes aldı. "Çok özür dilerim" dedi sertçe. "Burada sarayda yaşamaya başlayalı birkaç yıl oldu artık ama ben hâlâ onun beni bulmasını bekliyorum. Bazen beni hiçbir zaman bulamayacağından korkuyorum... Ama tabii bütün bunlar senin domuzcuğunu bulmana yardımcı olacak şeyler değil."

Yeniden merdivenleri çıkmaya koyuldu. Jack ve Noel Domuçu aralarında bakıştılar, sonra onun peşinden çıkmaya devam ettiler. Jack, Noel Domuçu'nun artık Hırs'tan iyice şüphelendiğini anlamıştı, aslında Hırs, Jack'i de oldukça tedirgin etmişti. Yine de geri dönmek istemediğinden neşeli ve sakin görünmeye çalıştı.

Merdivenlerin başına geldiklerinde başka çift kanatlı kapılarla karşılaştılar, kapıları bir çift altın balık bıçağı açmıştı.

Hırs en sondaki odaya girerken, "Ekselansları" diye mırıldandılar saygıyla. Jack ve Noel Domuçu onun peşinden gitti, ışıldayan bıçaklar merakla onları izliyordu.

44

Kraliyet Ailesi

İçeri girdikleri oda koridordan çok daha görkemliydi, odada altın kaplama sütunlar ve aynalar vardı. Kubbeli tavana Kaybolanlar Diyarı'ndaki üç şehrin resimleri boyanmıştı: Alçak ahşap evlerden oluşan Kullan At, çatıları karla kaplı sıra sıra kulübelerden oluşan Tüh Kaybolmuş ve villalarla kanallardan oluşan Özlenenler Şehri. Boyalı tavanın altında, üzerinde mumlar yanan uzun bir masa vardı, masaya on beş Şey'e yetecek kadar altın tabak ve kristal kadeh yerleştirilmişti. Masanın başında koçaman altından bir taht vardı ama taht boştu.

Zümrüt yeşili bir ışık topu içinde oldukça yakışıklı genç bir adam, ateşin önünde ayakta duruyor, şömine rafının üstündeki aynada kendisine bakıyordu. Aynada gördüğü hoşuna gitmişe benziyordu.

"İyi akşamlar" dedi gözlerini aynadaki aksinden ayırmadan ama yandan nasıl göründüğüne iyice bakabilmek için başını çevirmişti.

"O Güzellik" dedi Hırs, yeşil adama işaret ederek, "ve şu da İyimserlik" dedi turuncu bir ışık topunu göstererek; ışığın ortasında tombul, güler yüzlü genç bir adam duruyordu. "Ben Majestelerine geldiğinizi haber verirken onlar da sizinle ilgilenecek."

Hırs hızla odadan çıktı, Jack ile Noel Domuçu endişeliydi ve bütün bu debdebenin içinde kendilerini çok kılıksız hissediyorlardı. Sonra altın balık bıçakları Hırs'ın arkasından kapıları kapadıkları anda İyimserlik baştan aşağı ışıklar saçarak hoplaya zıplaya onların yanına geldi. Yuvarlak, masum gözleri vardı ve tıpkı Mutluluk gibi rahatlatıcı bir ısı yayıyordu etrafına. Jack'in elini yakalayıp sıktı, sonra Noel Domuçu'nun da ayağını sıktı ve şöyle bağırdı: "Sizlerle tanıştığıma öyle sevindim ki! Ne harika Şeylersiniz siz öyle! Sanki sizi yıllardır tanıyor gibi hissediyorum doğrusu! Hadi en iyi arkadaşlar olalım!"

"Merhaba" dedi Jack utanarak.

"Eski bir oyuncak domuzcuğu aradığınızı duydum, öyle mi?" dedi İyimserlik, parmak uçlarında heyecanla zıplayıp duruyordu.

"Evet" dedi Jack.

"Pekâlâ, eminim onu bulursunuz! Her şey harikulade bir şekilde yoluna girecek! Hem kralımızı da çok seveceksiniz! O çok iyi bir Şey'dir..." Bir an için İyimserlik'in suratı düştü ama sonra, öncekinden daha da şiddetli bir biçimde ışık yaymaya başladı, "... özünde yani!"

"Bana *kimse* hayran olmayacak mı?" diye sordu Güzellik kızgınlıkla, Jack'le Noel Domuçu'na bakmak için aynadan kafasını çevirmişti.

"Ah – ee – evet" dedi Noel Domuçu. "Çok yakışıklısın."

"Sizin için pek öyle diyemeyiz tabii" dedi Güzellik sırıtarak, artık kulakları sarkmış, üstü başı çamura batmış haldeki Noel Domuçu ile Jack'in pis çıplak ayaklarına ve çamurlu pijamalarına bakarak. "Sizin Güzelliğiniz de buralarda bir yerlerde olmalı! Ya da belki de kaybedecek bir Güzelliğiniz hiç olmamıştır, öyle mi?"

Bu kaba yorumu dile getirdikten sonra tekrar aynasına geri döndü. Sonra odanın en uç tarafındaki bir kapı açıldı. Çivit mavisi bir ışık topu içeri girdi. Jack bir an için onun kral olduğunu sandı ama ışık yaklaşınca ışığın ortasında ayaklarını sürüyerek ilerleyen çok yaşlı bir hanım gördü. "İyi akşamlar" dedi hanım yüksek, tiz bir sesle.

"İyi akşamlar" dedi Noel Domuçu.

"Bu Hafıza" dedi İyimserlik.

Hafıza bir an için Noel Domuçu'na baktı ve şöyle dedi: "Seksen beş yıl önce sahibimin bir domuzcuğu vardı ama onunki porselendi; porselen bir kumbaraydı. Yanları minik mavi çiçek desenleriyle süslüydü ve sahibem cep harçlıklarını onun içinde biriktirirdi. Seksen dört yıl önce bir pazar günü, öğleden sonraydı, sahibemin küçük kız kardeşi Amelia Louise..."

"Hafıza" dedi Güzellik esneyerek, "kimsenin ilgisini çekmiyor. Kimsenin umurunda değil."

"Ah, müthiş bir hikâye olduğuna eminim!" dedi İyimserlik, hâlâ ışıklar saçıyordu. Jack gülümsemekten suratının nasıl olup da acımadığını düşündü.

"... minik mavi çiçek desenleriyle süslü domuz kumbarasını kırdı..."

"Bu hikâyeyi en az bin kere duymuşuzdur" diye homurdandı Güzellik, Hafıza ise mırıldanmaya devam ediyordu.

Odanın en ucundaki kapı yeniden açıldı. Altı tane parlak mavi ışık topu odaya girdi, içlerinde tıpatıp aynı adamlar vardı, hepsi de ufak tefek, düzgün ve ciddi görünümlüydü. Bunlar kral olamaz, diye düşündü Jack, her geçen saniye kafası daha da karışıyordu.

"İyi akşamlar" dedi altı mavi adam, tek bir kişinin sesiyle tek bir ağızdan konuşuyorlardı ve ses hâlâ domuz kumbarası hikâyesini mırıldanmaya devam eden Hafıza'nın sesini bastırıyordu. "Bizler İlkeler'iz."

Hep birlikte eğilip Jack'e selam verdiler, Jack de ne yapacağını bilemediğinden o da eğilip onlara selam verdi, Noel Domuçu da onu taklit etti, karnındaki plastik boncuklar şömineden yayılan sıcaklık sayesinde kuruduğundan çatırtılı bir ses çıkarmıştı.

"Kralın size odanızda kalmanızı söylediğini sanıyordum, öyle değil mi?" diye sordu Güzellik, İlkeler'in aynadaki akislerine kaşlarını çatarak.

"Majestelerinin emrini dikkatle değerlendirdikten sonra" dedi İlkeler, önceki gibi tek bir ağızdan konuşarak, "odamızda kalmanın kendimize karşı gelmek anlamına geleceğine karar verdik."

"İlkeler nedir?" diye fısıldadı Jack, Noel Domuçu'na.

İlkeler onu duymuşa benziyordu çünkü hep beraber yanıt verdiler: "Bizler insanların dürüstçe ve terbiyeli davranmalarını sağlarız. Ne yazık ki sahibimiz –bir işadamıydı– zengin olmak uğruna bizleri teker teker kaybetti. Kendisi artık zengin bir düzenbaz. Parayı çok sever ama mutsuz, çünkü bize sahipken çok daha fazla sevildiğini ve saygı gördüğünü biliyor. Maalesef kaybolan İlkeler bulunması en zor Şeyler arasındadır; biz muhtemelen sonsuza dek burada yaşayacağız. Bu sebeple biz de yeni bir işe girdik. Kralı doğruluk yolunda tutmaya çalışıyoruz."

"Kralın sık sık yardımınıza ihtiyacı oluyor mu?" diye sordu Noel Domuçu.

Ama İlkeler bu soruyu yanıtlamaya fırsat bulamadan bir patırtı koptu ve arkalarındaki kapı açıldı.

45

Kral

Yemek odası kıpkırmızı bir ışıkla dolmuştu şimdi, ışık kristal kadehlerden yansıyarak tabakları kan kırmızısına boyuyordu. Kapının önünde duran kızıl siluet, hemen arkasından odaya giren Hırs'ı sönük bırakmıştı.

Güzellik, İyimserlik ve İlkeler eğilerek selam verdiler ve Jack ile Noel Domuçu da onları taklit etti, Hafiza ise iyice çökerek reverans yaptı ve sonunda sustu.

"Bu" dedi Hırs gururla Jack ile Noel Domuçu'na, "kralımız Güç. Majesteleri, bu ikisini bekliyordunuz: Kayıp domuzcuğu arayanlar bunlar."

Jack gözlerini kısarak bakınca kıpkırmızı ışık yayan silueti az çok görebildi. Çıkık çeneli, hiddetli görünen, asık suratlı koca bir adamdı.

"Hoş geldiniz" dedi gür bir sesle. "Şehrimi nasıl buldunuz? Beğendiniz mi?"

"Çok güzel bir yer Majesteleri" dedi Noel Domuçu. Jack konuşmaya korkmuştu.

"Güzel mi?" dedi Güç, pek memnun olmuş görünmüyordu. "Pek çok yer güzeldir. Ben şehrimin muhteşem olduğunu düşünüyorum. Harikulade. OLAĞANÜSTÜ!"

Son kelimeyi öyle gür bir sesle söyledi ki, herkes olduğu yerde sıçradı.

"Tam dediğiniz bu şeyler işte!" diye ciyakladı Noel Domuçu.

Güç, İlkeler'e döndü.

"SANIRIM" diye bağırdı, "Size ODALARINIZDA kalmanızı söylemiştim, öyle değil mi?"

"Odalarımızda kalmak kendimize karşı gelmek anlamına gelecekti" diye tekrar etti İlkeler, önceki gibi tek bir ağızdan konuşmuşlardı.

Kocaman elleri yumruk biçimini alan Güç dişlerini gıcırdattı. Jack ile Noel Domuçu bir adım gerilediler.

"Majesteleri" diye mırıldandı Hırs, elini Güç'ün kaslı koluna koyarak. "Yalvarırım amacımızı hatırlayın." Onun dokunuşu Güç'e, İlkeler'e bağırmaktan çok daha önemli işleri olduğunu hatırlatmıştı.

"Çok haklısın Hırs. Herkes OTURSUN!" diye gürledi kral ve masanın başına hızla yürüyüp tahttaki yerini aldı.

Jack, Noel Domuçu ile Güzellik'in arasına oturdu, Güzellik şimdi de pırıl pırıl bir kaşığın arkasındaki aksine bakıp kendine hayran kalıyordu. İyimserlik Jack'in karşısına oturdu, daha da büyük bir gülümseme vardı suratında.

"Endişelenmeye gerek yok!" diye seslendi masanın diğer ucuna. "Her şeyin harikulade bir şekilde yoluna gireceğini biliyorum!"

"Mükemmel" diye homurdandı Güç, Hırs'ın biraz önce kulağına fısıldadığı bir cümleye karşılık olarak. Normal konuşma sesi o kadar gürdü ki çatal bıçakları bile titretti. "Kapılar kilitli mi?"

"Hizmetkârlar uyuduğunu teyit edince, kapılar kilitlenecek" dedi Hırs. "Diğerine gelince... Ne yazık ki onu bulamadık. Aklı başında bir Şey'in kesinlikle gitmeyeceği pis köşelerde dolanmaktan nasıl da hoşlandığını Majesteleri iyi bilir. Kayıp Memurları'na onu yakalatmaya çalıştım, yani onu bulmaları için" diye kendisini düzeltti, göz ucuyla Jack'e bakarak, "ama ne yazık ki başarılı olamadılar."

Jack, Güç ile Hırs'ın masadaki iki boş yerde oturuyor olması gereken Şeyler'le ilgili konuştuklarını tahmin etti ama soru sormaya cesaret edemedi.

Güç devasa ellerini iki kez çırptı. Yiyecek tepsileri taşıyan bir dizi Şey aceleyle hizmetkârların kapısından odaya girdi, oldukça sıra dışı bir gruptu.

Jack'in kafası kadar büyük tek bir nane şekerlemesi, birkaç dev cips tanesi, yastık gibi bir dilim doğum günü pastası, karnabahar büyüklüğünde patlamış mısır taneleri ve içlerinde en büyükleri olan, renkli folyoya sarılı, tombul bir Noel Baba şeklinde çikolatadan bir ağaç süsü vardı. Çikolatayı taşıyan şeker maşası onu masaya bırakırken gıcırdadı.

"Burada yiyebileceğimiz tek şey kaybolan yiyecekler tabii ki" diye gürledi kral masanın ilerisinde oturan Jack'e, yemekleri getiren Şeyler odadan çıkmıştı. "Biz Şeyler'i yemek yemeye ihtiyaç duymayız – ama SEN yemek yemek isteyeceksin" dedi Jack'e ışıldayan bakışlarla, "çünkü SEN kesinlikle GERÇEK BİR ÇOCUKSUN!"

46

Güç'ün Planı

Güç gür sesiyle "gerçek bir çocuk" kelimelerini söylediği anda odanın her iki ucundan da metalik kilitlenme sesleri geldi ve Jack dışarıdaki hizmetkârların kapıları kilitlediğini anladı.

"Böyle bir şey olmasından korkuyorduk" diye mırıldandı İlkeler hep birlikte.

"O gerçek bir çocuk değil" diye ciyakladı Noel Domuçu. "O bir aksiyon figürü!"

"Bu doğru" dedi Jack, ağzı kurumuştu. "Pijamalı Çocuk'um ben, süper güçlerim de uyumak ve rüya görmek."

"Kendi çizgi filmi bile var!" dedi Noel Domuçu.

"Yalan söylemek doğru bulduğumuz bir eylem değildir" dedi İlkeler tek bir ağızdan.

"Seksen yıl önce" diyerek araya girdi Hafıza, "sahibemin kız kardeşi Amelia Louise yalan söylerken yakalanmıştı..."

"SESSİZLİK!" diye bağırdı Güç, kocaman yumruğunu masaya vurdu. Masadaki kristal kadehlerden biri düştü ve kırıldı. Hafiza yeniden sustu. Güç ayağa kalktı, daha koyu kırmızı renkte ışıldamaya başlamıştı şimdi ve Hırs haricinde masadaki bütün Şeyler endişeli görünüyordu, onunsa gözlerinden kıvılcımlar çıkıyor, sivri dişlerini göstere göstere sırıtıyordu.

"Neden BURADA olduğumu BİLİYOR musun?" diye gürledi Güç, Jack'e bakarak, "Kaybolanlar Diyarı'nda yani?"

"Hayır" diye fısıldadı Jack.

Masanın altında Noel Domuçu, Jack'in elini tutmak için ayağını uzattı.

"Sahibim" dedi Güç, bir aşağı bir yukarı yürüyordu, "DÜŞMANLARI üzerinde" diye devam etti devasa yumruklarından birini diğer eline vurarak, "yeterince baskı kuramadığı için beni kaybetti!

Bütün bir ÜLKE bizim yönetimimizdeydi! Sahibim beni elinde tutmak için, İNSANLARI" –Güç bu kelimeyi söylerken suratını iğrenme ve nefretle buruşturdu– "evet, onları olmaları gereken yerde tuttu, yani DİZLERİ ÜSTÜNDE!" diye gürledi, kıpkırmızı gözlerinde delice bir bakış vardı. "Ama SONRA" diye böğürdü, "SENİN gibi bir çocuk, efendime MEYDAN OKUDU, HALKIN ortasında hem de! İşte O ÇOCUK" diye bağırdı Güç, "HALKA, İSYAN ETME cesareti verdi!"

Güç'ün sesi artık bir çığlığa dönüşmüştü. "BÖYLELİKLE BEN DE BURAYA, KAYBOLANLAR DİYARI'NA ÇEKİLDİM!"

"Güç, canım" dedi Güzellik, "bağırıp durmaya bir son ver. Gürültü etmen yetmezmiş gibi çok da çirkin görünüyorsun."

"O halde bizi buraya gerçek çocuklardan intikam almak için çektin, öyle mi?" diye sordu Noel Domuçu, masanın altında hâlâ Jack'in elini tutuyordu.

"Tabii ki hayır!" diye parladı Hırs. "Biz basit bir intikamla ilgilenmiyoruz! Amacımız daha yükseğe çıkmak için ne gerekirse yapmak, prestijimizi artırmak, daha büyük başarı elde etmek için..."

"GÜCÜMÜZÜ artırmak için!" diye gürledi kral. "Ne aradığını biliyoruz: Dom adındaki..."

"Nerede o?" diye sordu Jack çaresizlikle. "Biliyor musunuz?"

"EVET BİLİYORUM!" diye bağırdı Güç. "AMA SEN ONU ASLA BULAMAYACAKSIN, HEM DE HİÇBİR ZAMAN, ÇÜNKÜ BEN SENİ KAYBEDEN'E VERECEĞİM! O DA KARŞILIĞINDA BENİ ÖDÜLLENDİRECEK, HIRS KRALİÇEM OLACAK, DAHA GENİŞ TOPRAKLARA EGEMEN OLACAĞIM, TA Kİ GÜCÜM KAYBEDEN'İN KENDİSİNE RAKİP OLANA DEK!"

"Sakin olun Majesteleri, sakin olun" dedi Hırs, kemikli elini Güç'ün koluna koymuştu yeniden. "İlerlemek için oylara ihtiyacımız var, hatırlıyorsunuz ya... Şimdi hepiniz beni dinleyin" dedi, Güzellik, İyimserlik, Hafıza ve İlkeler'e hitap ederek. "Bu şeyleri Kaybeden'e verirsek, karşılığında bize bir şeyler verebilir. Belki daha büyük bir saray verir, içinde daha çok ayna olan bir saray" diyerek Güzellik'e bir bakış attı, "ya da şehir duvarlarının dışında kalacağına dair güvence verir! Özlenenler Şehri'ne kimlerin kabul edileceği konusunda söz sahibi bile olabiliriz! Nadiren de olsa buraya gelen bazı Şeyler standartlarımıza uymuyor... O silik Şiir'i hatırlıyorsunuz değil mi, o korkunç bayağı Numaracı'yı da hatırlıyorsunuzdur kuşkusuz. Güzellik, senin oyun nedir?"

"Bunun bir kavgaya dönüşmesinden çok korktuğumu biliyorsun" dedi Güzellik ayağa kalkarak. "Ve ben *asla* kavga etmem. Kavgalarda saçlar bozulur, daha fena durumlarda dişler bile kırılabilir. Ben gidip yatayım. Bensiz oy verin."

"Hiçbir yere gitmiyorsun" diye parladı Güç. "Kapılar kilitli. Oyunu ver, yoksa senin dişini ben kırarım. Onları Kaybeden'e vermek istiyor musun, evet mi hayır mı?"

"Ah, tabii bu daha çok ayna demekse, o zaman evet" diye iç çekti Güzellik, tekrar arkasına yaslanarak. Kaşığını kaldırıp yansımasına hayran hayran bakmaya geri döndü.

"Hafiza, canım," dedi Hırs, "bu kaçakları Kaybeden'e vermek konusunda senin de aynı görüşte olduğuna eminim, öyle değil mi?"

"Altmış dokuz yıl önce" dedi Hafiza çatallı, tiz sesiyle, "sahibem ve onun kız kardeşi Amelia Louise *Kaçak* adında bir film izlemeye gitmişti..."

"Hafiza, konsantre ol" diye payladı onu Hırs. "Oylama yapıyoruz. Çocukla domuzu Kaybeden'e verelim mi, evet mi hayır mı?"

Yaşlı kadın parlak mavi renkte parlayarak bakışlarını Jack'le Noel Domuçu'na çevirdi. Uzun bir sessizlik oldu. Sonra Hafiza şöyle dedi: "Hayır. *Onlar* eski zamanları hatırlamama engel olmuyor. Onlardan hoşlandım."

"Teşekkürler Hafiza" diye fısıldadı Noel Domuçu, masanın altında Jack'in elini hâlâ sıkı sıkı tutuyordu.

"Peki ya sen İyimserlik?" diye sordu Güç.

"Onlara her şeyin harikulade bir şekilde yoluna gireceğini söyledim!" dedi İyimserlik dudağı titreyerek. "Onlara senin iyi ve nazik olduğunu söyledim Güç!"

"OYUNU SÖYLE!" diye gürledi Güç.

"Pekâlâ, benim oyum 'hayır'" dedi İyimserlik hıçkırarak. "Hem Güç, ben eminim ki, senin de aslında –yani kalbinin derinliklerinde bir yerde– azıcık da olsa iyilik var ve düşünecek olursan fikrini değiştirip bizimle yaşamalarına izin vereceksin!"

"KAPA ÇENENİ!" diye kükredi Güç. "Peki ya siz İlkeler? Bu ikisinin Kaybolanlar Diyarı'nda kanunu çiğnediğini anlıyorsunuz ya? Canlıların buraya girmesi yasaktır!"

"Doğru" dedi İlkeler, her zamanki gibi tek bir kişi konuşuyordu sanki. "Kanunların çiğnenmesini doğru bulmayız."

"O halde oyunuz 'evet' mi? diye sordu Hırs hevesle ama İlkeler daha yanıt veremeden birkaç metalik kilit sesi daha duyuldu ve odanın ucundan tanıdık bir ses geldi.

"Beni neden odama kilitlediniz?"

Mutluluk içeri girdiği anda yemek salonu ışıl ışıl parlayan altın bir ışıkla doldu.

47

Son İki Misafir

"Ben... uzun yolculuğunuzun ardından dinlenmek istersiniz diye düşünmüştüm Ekselansları" dedi Hırs endişeyle ve Mutluluk etrafına altın ışığını saçarak odaya girerken hemen bir reverans yaptı. "Gelir gelmez bu can sıkıcı mevzularla rahatsız edilmek istemeyeceğinizi düşünmüştüm."

"Nasıl DIŞARI çıktın?" diye sordu Güç. "Asıl ŞU kapılardan nasıl geçtin?"

"Kilitlerini açtım" dedi ikinci bir ses. "Hiçbir kilidin beni içeride tutamayacağını gayet iyi bilirsin, Güç."

Jack odaya giren ikinci Şey'i fark etmemişti çünkü Mutluluk'tan yayılan ışık onu bir an için kör etmişti ama şimdi Hırs kadar uzun ama çok daha güçlü görünen bir kadın görüyordu. Çok güzel bir kadındı ama yaydığı uçuk pembe ışık diğer Şeyler'e kıyasla o kadar da parlak değildi. Diğer kraliyet üyelerinin aksine kanatları vardı: Kırık Melek Süsü'nün kanatlarının aksine yaldızlı sert plastikten değildiler, kanatlarının rengi koyu pembeden beyaz renge doğru açılıyordu, genişlerdi ve arkasında, yerde tren gibi uzanıyordu.

"Siz ikinizi yeniden görmek ne güzel" dedi Mutluluk, Jack ile Noel Domuçu'na gülümseyerek. "Bu" dedi arkadaşına işaret ederek, "arkadaşım Umut."

Pembe kadın da Jack ile Noel Domuçu'na gülümsedi, onlar da dehşete düşmüş olmalarına rağmen gülümsemeyi başardılar. Umut ve Mutluluk masadaki son iki sandalyeye yerleşti.

"Misafirlerimizi Kaybeden'e vermek üzere oylama yaptığınızı duyduk" dedi Mutluluk. "Lütfen devam edin. Oylamaya katılmaktan memnuniyet duyarız."

"Pekâlâ" dedi Hırs. "Bu gerçek çocuk ile domuzu imkânsız bir amaç uğruna kanunları çiğnedi. Kaybolan bir Şey'in Yaşayanlar Diyarı'na geri dönmesinin tek yolu, Yukarıda bulunmasıdır ama Dom Yukarıda *asla* bulunamaz..."

"Neden bulunamazmış?" dedi Jack.

"Çünkü otobanda üzerinden tır geçti" dedi Hırs zalim bir gülümsemeyle. "Orada Yaşayanlar Diyarı'nda Dom'dan geriye kalanlar oraya buraya dağılmış birkaç plastik boncuk ile azıcık bir kumaş parçasından başka bir şey değil. O artık bulunamaz, bu yüzden de sonsuza dek bizimle kalacak."

"Hayır" diye fısıldadı Jack, "İnanmıyorum. Bu doğru olamaz."

Ama bunu dediği anda, büyükbabasının Dom'u aramaya gittikten sonra arabaya geri döndüğünde büyükannesine başını nasıl salladığını hatırladı.

"Yine de onu geri alabilirsin" dedi Noel Domuçu kızgınlıkla, masanın altında Jack'in elini hâlâ sıkı sıkı tutuyordu. "Sana söz veriyorum Jack, Dom'u kurtarabilirsin."

"Ne güzel söyledin Domuzcuk" dedi Umut. "Hırs, Yaşayanlar Diyarı'nda bu gecenin hangi gece olduğunu unutmuş belli ki." Krala dönerek konuşmasına devam etti. "Bu ikisi imkânsız bir amaç uğruna büyük cesaret göstererek Kaybolanlar Diyarı'na geldi; bu gece mucizeler ve kaybolan umutlar gecesi olduğundan bir şansları var."

"Bu şansı sonuna kadar hak ediyorlar" dedi Mutluluk. "Ben Kaybeden'e verilmelerine hayır diyorum."

"Ben de öyle" dedi Umut.

"O halde" dedi Hırs, elini tekrardan Güç'ün koluna koymuştu çünkü kral yine öfkeden patlayacakmış gibi görünüyordu, "onları Kaybeden'e vermekle ilgili olarak, üç evet oyu ve dört hayır oyumuz var. Oylamanın sonucunu İlkeler'in oyu belirleyecek demektir."

Birbirinin tıpatıp aynısı altı küçük, mavi adama döndü.

"Bu ikisinin kanunu çiğnediği konusunda hemfikir misiniz?"

"Evet" dedi İlkeler, her zamanki gibi tek bir ağızdan.

"Ama gerçek bir çocuğu Kaybeden'e vermek cinayet olur ve bu da en kötü suçtur!" dedi Noel Domuçu.

"Bu da doğru" dedi İlkeler hep birlikte.

"Ben sadece Dom'u geri istiyorum!" dedi Jack çaresizlikle. "Ben asla kimseye zarar vermek istememiştim!"

"Oyunuz nedir İlkeler?" diye sordu Hırs, Jack'i duymazdan gelerek. "Kaybolanlar Diyarı'ndaki en kadim kanunları çiğneyen yalancılara ve kanun kaçaklarına ne yapmalıyız? Amaçları ne olursa olsun, onun Kaybeden'e ait olduğuna, Kaybeden'in onları uygun gördüğü şekilde cezalandırma hakkı olduğuna katılmıyor musunuz?"

"Evet" dedi İlkeler'den üçü, geri kalan üçüyse, "Hayır" dedi.

"Yediye altı – kazandık!" diye fısıldadı Jack Noel Domuçu'na ama o anda Güç hızla yerinden fırladı.

"OYUMU HİÇBİR OYUN SAYILMAMASI YÖNÜNDE KULLANIYORUM!" diye kükredi devasa nane şekerini yere fırlatarak, dişleri sımsıkı kenetlenmiş, yumrukları sıkılmıştı. Güzellik yavaşça gözden uzağa, masanın altına kaydı, parlak kaşığını da yanına almıştı. Hafıza, Amelia Louise'le ilgili bir şey mırıldanmaya başlamıştı ki kimse ne dediğini duyamadı çünkü Güç şimdi de, "KAYIP MEMURLARI! BU ŞEYLER'İ DERHAL KAYBEDEN'E GÖTÜRÜN!" diye bağırmaya başlamıştı.

48

Uçuş

Bu kelimeler söylendiği anda odanın her iki ucundaki kapılar ardına kadar açıldı ve müthiş bir patırtıyla Jack'in Kayıp Eşya Bürosu'ndan beri gördüğü en büyük Kayıp Memurları grubu belirdi. Tıraş bıçakları, makaslar, cımbızlar ve bıçaklar; kablo makasları, keskiler ve kocaman bir çekiç, saray muhafızları olduklarını gösteren tüylü siyah şapkalar takmıştı. Jack ile Noel Domuçu yerlerinden fırladı. Jack biraz patlamış mısır aldı, onları her an atmaya hazırdı, Noel Domuçu da devasa nane şekerini aldı.

"YAKALAYIN ONLARI!" diye kükredi Güç ve bir an için Jack yakalanıp Kaybeden'in İni'ne götürüleceklerini sandı, bir daha annesini ya da Dom'u asla göremeyecekti.

Ama sonra çok şaşırtıcı bir şey oldu ve Jack sımsıcak, güçlü bir kolun kendisine dolandığını hissetti, hızlı kanat çırpma sesleri duydu ve havalandığını anladı, Güç'ün haykırışlarıyla çarpışan bütün o metal Şeyler altında kalmıştı. Umut bir koluna Jack'i, diğer koluna Noel Domuçu'nu almıştı, Güç öfkeden kudurduğu sırada o devasa kanatlarıyla odanın üzerinden uçup gitti. Mutluluk göz kamaştırıcı ışıltısını daha da artırdı, böylelikle peşlerine düşen Şeyler'in kafası iyice karıştı ve Umut odanın ucundaki çift kanatlı kapılardan geçerek karanlık koridor boyunca uçmaya devam etti.

"Nereye gidiyoruz?" diye sordu Jack, uçarken Umut'un güçlü koluna sıkı sıkı tutunmuştu, Kayıp Memurları'ysa gürültüyle peşlerinden geliyordu.

"Dom'a" dedi Umut. "Yaşadığı yere girmem yasak: Sadece Kaybolanlar Diyarı'ndaki en kıymetli Şeyler oraya ayak basabilir. Sizi oranın epey yakınına götürebilirim ama yolun son kısmında kendi başınasınız. Duvardan şu duvar halısını al!" diye ekledi ve Jack uzanıp, halıyı çekip aldı. Ağır halı serbest kaldı ve arkalarında dalgalandı. O kadar ağırdı ki onu tutmak için Jack'in bütün gücünü kullanması gerekmişti ve ağırlığı hızlarını biraz kesmişti. Jack, Kayıp Memurları'nın bağırışlarını ve çarpışma seslerini duyabiliyordu, onların gitgide arayı kapattıklarını sandı ama Umut döner bir merdivenden yukarı, kilitli ve sürgülü bir kapıya varıncaya dek uçtu, duvar halısı arkalarında dalgalanmaya devam ediyordu.

Jack bunun bir tuzak olduğuna emindi ama Umut kapıya doğru hızla yaklaştığında, kilit havaya uçtu ve kapı çarparak açıldı, kapıdan dışarı uçtular, dışarıda lapa lapa kar yağıyordu.

"Çabuk" dedi Umut, sarayın altın çatısına inip Jack'le Noel Domuçu'nu yere indirince. "Halıyı etrafınıza dolayın, böylelikle sizi daha kolay taşıyabilirim. Yolculuk soğuk olacak, hem siz zaten ıslaksınız."

Jack ve Noel Domuçu ağır halıyı etraflarına doladılar, Umut güçlü kanatlarını yeniden açtı, halıyı tuttu ve tekrar havalandı, onları bir hamakta taşır gibi gibi taşıyordu.

Jack, Kayıp Memurları'nın öfke çığlıklarını kalın halının içinden duyabiliyordu, peşlerinden çatıya çıkmışlardı, Güç de bir yandan, "GERİ GELİN! ONLARI GERİ GETİRİN!" diye bağırıyordu.

Ama Umut uçmaya devam etti, çok geçmeden bağırışmalar uzakta kaldı ve sonra duyulmaz oldu. Şimdi duyabildikleri tek ses Umut'un geniş ve güçlü kanatlarını çırpma sesiydi.

49

Umut'un Hikâyesi

Halının içi tozlu olmasına karşın sıcacıktı çünkü Jack ile Noel Domuçu birbirlerine iyice sokulmuşlardı. Güç'ün sarayından korkutucu kaçışlarından sonra Noel Domuçu'na sarılmak Jack'i rahatlatmıştı. Noel Domuçu'ndan yayılan, kanal suyunun ağır kokusunu umursamadı bile.

Artık güvende olduklarından Jack nihayet Dom'a doğru ilerlediklerini yeni fark etmişti, heyecandan Noel Domuçu'nu sıktı. "Neredeyse başardık!" dedi. "Sarayda çok korktum, sen de korktun mu?"

"Çok korktum" dedi Noel Domuçu. "Umut'a teşekkür etmeliyiz. O olmasa çoktan Kaybeden'in İni'ni boylamıştık."

"Biliyorum" dedi Jack ve sesini yükselterek, "çok teşekkürler Umut!" dedi.

"Rica ederim" diyen Umut'un sesi geldi yukarılarından. "Rahat mısınız?"

"Çok rahatız" dedi Jack.

"Çok ağır değiliz ya, öyle miyiz yoksa?" diye sordu Noel Domuçu.

"Ah, yok canım" dedi Umut. "Sizden çok daha ağırlarını taşıdım ben."

"Sen nasıl kayboldun Umut?" diye sordu Jack.

Umut'un, "Korkarım bu üzücü bir hikâye" dediğini duydular kanat çırpma sesleri arasından. "Sahibim hapiste."

"Hapiste mi?" diye sordu Jack nefesi kesilerek. "Ne yapmış?"

"Yanlış bir şey yapmamış" dedi Umut. "Hatta iyi bir şey yapıyormuş: Güç'e benzeyen bir hükümdarı protesto ediyormuş. Hükümdar çok öfkelenmiş ve onu hapse atmış, kanunu çiğnemiş gibi davranmış. Hâkim, başkanın kararının aksine bir karar vermeye çok korktuğundan sahibim şu an kendisi gibi on kişiyle birlikte bir hücrede tutuluyor, orada ne doğru düzgün yiyecek ne de uzanabilecekleri bir yer var."

"Bu korkunç!" dedi Jack.

"Öyle" dedi Umut. "Şu an hayatını yoluna sokabileceğine inanmıyor çünkü ona orada yirmi yıl kalacağını söylediler. Cezasının uzunluğunu duyunca beni kaybetti ama beni tekrar bulacak, hem de düşündüğünden çok daha yakın bir zamanda."

"Nereden biliyorsun?" diye sordu Jack.

"Hapishane duvarlarının ardında harika bir ailesi ve bir sürü arkadaşı var da ondan" dedi Umut. "Onun serbest kalması için ne kadar uğraştıklarını fark ettiğinde beni tekrar bulacak, ben de içinde bulunduğu korkunç duruma dayanması için ona yardımcı olacağım. Arkadaşım Mutluluk kadar parlak olmasam da benim alevimi söndürmek daha zordur."

Umut'la birlikte yollarına devam eden Jack ile Noel Domuçu halının içinde ileri geri sallanıyordu. Jack'in çok uykusu gelmişti. Bir süre sonra yeni bir ses duyduğunu sandı, ses uyuklayan devasa bir hayvanın nefes alıp verişi gibiydi, sonra da burnuna çok tanıdık bir koku geldi. Pozisyonunu birazcık değiştirince halının ucundan dışarıyı gözledi. Aşağıda okyanusu gördü, tıpkı tepelerindeki kapkara gökyüzü gibi karanlıktı. Kar hâlâ yağıyordu ve Jack, Umut'un soluk renkli geniş kanatlarının dalgalara yansıdığını görebiliyordu.

"Nereye gidiyoruz Umut?" diye sordu Jack.

"Sevilenler Adası'na" dedi Umut. "Anakarada oranın var olduğunu bilen pek azdır. Gerçekten sevilenler adadan hiçbir zaman ayrılmaz, o yüzden şehirlerdeki Şeyler onları hiç görmez. Ama adanın burada olduğunu biliyorum çünkü daha önce üstünden uçmuştum. Şimdi uyusanız iyi olur çünkü daha çok yolumuz var. Yola tek başına devam edeceğiniz yere vardığımızda uyandırırım sizi. Çok iyi gidiyorsunuz, aferin size, Noel Arifesi sona ermeden görevinizi tamamlayacaksınız! Bana kalırsa gece yarısından tam bir saat önce eve varmış olursunuz!"

Böylelikle Jack yeniden halının içine kıvrıldı, gözlerini kapadı ve başını Noel Domuçu'na yasladı. "Hırs'ın bize söylediklerinin hepsi de yalan, ona kalsa Dom'u asla geri alamayacakmışım!" diye mırıldandı Noel Domuçu'nun ıslak kulağına. "Sana teşekkür etmek istiyorum Nodo. Sen olmasan Dom'u asla geri alamazdım."

"Hiç önemli değil" dedi Noel Domuçu tuhaf bir şekilde boğuk bir sesle. "Hadi uyu artık. Umut'un dediklerini duydun. Yolumuz uzunmuş."

Jack gözlerini kapayıp Noel Domuçu'nu tekrar sıktı, karnındaki tanıdık boncukları hissetti ve onun rahatlatıcı pis kokusunu içine çekti. Jack hemen hemen uyuyakalmak üzereydi ki dudaklarında tuzlu bir ıslaklık hissetti, herhalde rüyasında çok çok aşağıdaki denizi görüyordu.

YEDİNCİ BÖLÜM

Sevilenler Adası

50

Sevilenler Adası

Saatler sonra Jack, Umut'un ona seslenmesiyle uyandı. "Vakit geldi" diyordu Umut. "Hazır olun. Korkarım ıslanacaksınız ama sizi bundan daha yakına götüremem!"

Duvar halısının iki ucundan içeri dolan ışık tıpkı Mutluluk'un ışığı gibi öyle göz kamaştırıcıydı ki Jack gözlerini tam açamamıştı bile. Duvar halısı da iyice ısındığından pijamaları da kurumuştu artık. Ayakları bile ısınmıştı. Güneşin pırıl pırıl parladığı bir yere geldiklerini fark etti.

"Hazır mısınız?" diye seslendi Umut. "Ayaklarınız aşağı gelecek şekilde sürünerek çıkın: Çok yüksekten düşmeyeceksiniz, cesaret edebildiğim kadar alçaldım!"

"Hadi Nodo!" dedi Jack.

"Önce sen" dedi Noel Domuçu. Jack onun denize atlamaktan çekindiğini tahmin ettiğinden, "Suya düştüğünde yanında olacağım Nodo, merak etme!" dedi.

Jack duvar halısı hamağından aşağı kıvrıldı. Denizin kokusu şimdi daha çok duyuluyordu ve Jack güneşten yayılan sıcaklığı ayaklarında hissedebiliyordu. Derin bir nefes alıp kendisini duvar halısından aşağı attı.

Umut'un söz verdiği gibi düşüş kısa sürdü ve Jack saniyeler sonra kendisini kristal berraklığındaki diz boyu denizde buldu, su aynı banyo suyu gibi ılıktı. Etrafına bakınca palmiye ağaçları ve yumuşacık, bembeyaz kumlu bir kumsalı olan muhteşem güzellikte bir ada gördü. Menekşe rengindeki bulutsuz gökyüzünde bir sürü bulunma deliği vardı, kumsaldaysa bir grup eski oyuncak ne olduğunu anlamak için telaşla ona doğru koşuyordu, en önlerinden koşan Dom'du.

"Dom!" diye bağırdı Jack, aynı anda hem gülmeye hem de ağlamaya başlamıştı. "Dom, benim!"

Dom her zamanki gibi görünüyordu: Gri renkteydi, kulakları sarkıktı ve gözleri yerinde düğmeler vardı, kumsaldan denize doğru koşarken ışıl ışıl parlıyordu. Jack sular sıçratarak ona doğru ilerledi, kollarını kocaman açmıştı, Dom'un gözlerinden yaşlar süzülüyordu, birbirlerine kavuştuklarında sıkıca sarıldılar; öyle ki şimdiye kadar hiçbir çocukla oyuncağı birbirlerine böyle sarılmamıştır. Sonra Jack, Dom'un, yatak, bahçe ve annesinin ona iyi geceler öpücü verdiği yerde kalan parfüm kalıntısının karışımından oluşan kokusunu içine çekti.

"Dom, seni buldum, seni buldum!" diye hıçkırıklara boğuldu Jack ve eski oyuncak domuzcuğun arkasındaki, yıpranmış, eski püskü yüzlerce oyuncak tezahürat yapıp, elleriyle, pençeleriyle, toynaklarıyla onu alkışladılar, hatta minik bir penguen yavrusu takla attı. "Her şey tekrar yoluna girdi! Holly seni dışarı atınca o kadar sinirlendim ki, senin otobanda tek başına kalmana dayanamadım, sonra bağırıp çağırdım, odamı darmaduman ettim..."

"Biliyorum Jack, biliyorum" dedi Dom, Jack'in sırtına hafifçe vurarak. "Ama artık her şey yoluna girdi. Beni buldun! Hadi evime gel!"

Eski ve yıpranmış ayağını Jack'in omzuna dolayan Dom onu denizden çıkardı, kumsaldan beraberce geçtiler, sevilen Şeyler bir yandan onları izlemeye, sevinçle bağırmaya devam ediyorlardı.

"Ben şurada yaşıyorum" dedi Dom, kumsaldaki sarı bir evi göstererek, "tanıdığın biriyle birlikte hem de."

Jack tuvalet kâğıdı rulosundan yapılma eski melek süsünü görünce çok şaşırdı; melek süsü sakallı suratında kocaman bir gülümsemeyle pencereden dışarı bakıyordu.

Kumsaldaki evin içi aydınlık, ferah ve havadardı. Pencerelerinden muhteşem deniz manzarası ve palmiyeler görülüyordu.

"Dom, burası ne güzelmiş!" dedi Jack.

"Öyle değil mi?" dedi Dom. "Eski dostumuz Tuvalet Kâğıdı Rulosu Meleği'ni hatırlıyorsun değil mi?"

"Evet!" dedi Jack. "Ama ben sanmıştım ki... Seni Köpek Toby'nin yediğini sanmıştım."

"Evet aynen öyle" dedi Tuvalet Kâğıdı Rulosu Meleği, sesi çok güzeldi. "Beni paramparça etti. Yukarıda benden geriye bir parça yünden başka bir şey kalmadı, benden geriye kalanları ikinci en büyük hediyenin altında bulabilirsin, bakarsan tabii."

"Ama... Anlamıyorum" dedi Jack. "Sen *buradasın.*"

"Canlanan kısmım burada, evet" dedi Tuvalet Kâğıdı Rulosu Meleği. "Annen beni çok sevdiği için Sevilenler Adası'nda sonsuza dek yaşayabilirim."

"Ama o zaman..." dedi Jack, Dom'a dönerek, aklına korkunç bir düşünce gelmişti. "Bu şey mi demek?.. Dom, Hırs bana senin üzerinden bir kamyon geçtiğini söyledi!"

"Ne yazık ki... Maalesef bu doğru Jack" dedi Dom sessizce. "Yukarıda büyükbaban beni geri almak için kendisini çok büyük bir tehlikeye attı ama bir kamyon gelip üzerimden geçti. Büyükbaban paramparça olduğumu gördü. Yaşayanlar Diyarı'nda benden geriye birkaç boncukla kirlenmiş azıcık bir kumaş parçasından başka bir şey kalmadı artık."

"Ama sen *buradasın*" dedi Jack. "Sana dokunabiliyorum! Seni hissedebiliyorum! *Kokunu* alabiliyorum!"

"Evet" dedi Dom, Jack'i kumaşı çizgili bir koltuğa götürüp yanına oturarak, "beni çok severek bunun gerçek olmasını sen sağladın. Aslına bakarsan bu ada benim çok iyi bildiğim bir yer. Çok sevilen Şeyler kaybolduklarında doğrudan buraya, Sevilenler Adası'na düşer. Kayıp Eşya Bürosu'ndan geçmemiz gerekmez bile! Yıllar boyu burada epey arkadaş edindim çünkü..." Dom eski düğmeden yapılma gözünü kırptı, "... çünkü sen beni pek çok kez kaybettin Jack."

"Kaybeden hiç buraya geliyor mu?" diye sordu Jack.

"Asla" dedi Dom. "Bu adaya ayak basması yasaktır ve bunu başarsa bile bize zarar veremez. İnsanlarımızın bize olan sevgisi sayesinde bizler ölümsüzüz."

"Ama kamyon seni paramparça ettiyse seni nasıl eve geri götüreceğim? Nodo seni geri götürebileceğime dair bana söz vermişti!"

Dom ile Tuvalet Kâğıdı Rulosu Meleği birbirlerine ciddi bakışlar attılar.

"Pekâlâ... aslında kardeşim haklı" dedi Dom. "Gerçekten istediğin buysa beni bu gece Yaşayanlar Diyarı'na geri götürebilirsin. Yukarıda hâlâ Noel Arifesi: Mucizeler ve kaybolan umutlar gecesi. Öte yandan..."

"Nodo, başardık!" diye haykırdı Jack, Noel Domuçu'na.

Ama Noel Domuçu orada değildi.

51

Gerçek

"Nodo? Noel Domuçu? Nereye gitti?" dedi Jack odada etrafına bakınarak, sonra hızla koltuktan kalktı ve aceleyle pencereye gitti. "Arkamdan denize atladı değil mi? Ah hayır..." Jack'in nefesi kesildi, "... *boğulmadı,* değil mi? Su çok derin değil halbuki, bir şey olmaz sanmıştım!"

Şimdi düşününce Jack, kumsalda Dom'u görmenin heyecanıyla Noel Domuçu'nun onun hemen ardından suya düştüğünü duymadığını hatırladı. Pencereden dışarı bakarken gökyüzünde bir şey gördü, adadan uçan devasa bir kuşa benziyordu, onun Umut olduğunu fark etti, belli ki anakaraya geri dönüyordu ve altından sallanan duvar halısı rulosunu da beraberinde götürüyordu.

"Noel Domuçu buraya gelemez Jack" dedi Tuvalet Kâğıdı Rulosu Meleği şarkı söylermişçesine. "Burası Yukarıda Yaşayanlar Diyarı'nda gerçekten çok sevilen Şeyler'in yeridir."

"Ama neden uçuyor?" diye sordu Jack birden korkuyla. "Onu eve geri götürmem gerek. Onu Holly'ye vereceğime söz verdim!"

"Jack" dedi Dom ayağını tekrardan Jack'in omuzlarına dolayarak, "kardeşim seninle Yaşayanlar Diyarı'na asla geri dönemeyeceğini biliyordu. Yukarıdaki bedenim yok olduğu için Kaybolanlar Diyarı'ndan çıkmamın tek yolu, tıpkı benim gibi bir oyuncağın benim yerime geçip Kaybeden'in rakamlarını tutturmasıyla mümkün olabilir. Noel Domuçu benim buradaki yerimi almaya karar verdi. Bütün Şeyler bunun nasıl işlediğini bilir ama daha önce hiçbir Şey'in bunu yapmaya gönüllü olduğunu duymadım."

"Bunu neden yapsın?" diye fısıldadı Jack. "Neden?"

"Seni mutlu etmek istediği için" dedi Dom.

"Bunu yapamaz" dedi Jack çok kısık sesle. "Onu gardıroba fırlattım. Üzerinde tepindim. Ben – ben onun kafasını çekip koparmaya çalıştım."

"Neden öyle şeyler yaptığını anlamıştı" dedi Dom nazikçe. "O bir Yedek'ti ve Yedekler Canlandıkları anda sahiplerini anlamaya başlar. Seninle ilgili bildiğim her şeyi o da biliyordu, benim seni sevdiğim gibi o da seni sevdi."

"Ama – ama neden bana söylemedi?" diye fısıldadı Jack, gözleri yeniden dolmuştu. "Benimle birlikte geri dönebilirmiş gibi davrandı! Bana onu Holly'ye vereceğime söz verdirdi!"

"Yapacağı şeyle ilgili senin kendini kötü hissetmeni istemediği için sana beyaz yalanlar söyledi" dedi Dom. "Nodo alçakgönüllü bir domuz. Başından beri senin içini çok iyi bildiğinden kendisinin asla benim gibi olamayacağına inandı. Böylelikle kendisini feda etmeye karar verdi, çünkü senin mutluluğun onun kendi mutluluğundan çok daha önemliydi."

"Bana söylemesi gerekirdi!" dedi Jack. Boğazında şeftali çekirdeği gibi sert bir yumru vardı. "Hep birlikte eve geri dönebileceğimizi sanmıştım! Onu tekrar görebileceğimi sanmıştım! Şimdi anakaraya dönünce ne yapacak?"

"Hurdalık'a gidecek" dedi Dom sessizce. "Serbest kalabilmem için Noel Domuçu'nun Kaybolanlar Diyarı'nda benim yerime geçmesi gerek. Pek çok kez kanunu çiğnediği için artık ona yardım etmeye kalkan her Şey muhakkak Kaybeden'in midesini boylayacaktır. Beni kurtardığı takdirde Kaybeden'le tek başına yüzleşmesi gerekeceğini hep biliyordu. Korkarım... korkarım pek zamanı kalmadı."

Jack tekrar pencereye döndü, gözleri yaşlarla dolmuştu. Umut artık ufukta minicik bir nokta kadar kalmıştı.

"Bana söylemeliydi!" diye tekrar etti Jack, gözyaşları yanaklarından aşağı süzülürken. "Bu hiç adil değil, bana hiçbir şey söylememesi adil değil!"

Kaybeden'in Hurdalık'ı tarayan arama ışığını ve Noel Domuçu'nun anlattığı korkunç hikâyeyi hatırladı, Kaybeden'in bir Şey'in Canlı kısmını emdiği hikâyeyi.

İnsanlar buna ölüm der.

Jack sendeledi ve Dom'un çizgili minik koltuğuna oturup ağladı. "Ben böyle olmasını istememiştim!" dedi hıçkırıklara boğularak. "Ben onun Kaybeden'in eline geçmesini hiçbir zaman istemedim!"

"İstemediğini biliyorum Jack" dedi Dom onun yanına oturup ayaklarını boynuna dolayarak. Tuvalet Kâğıdı Rulosu Meleği de Jack'in diğer yanına oturdu. O kolunu Jack'in boynuna atamıyordu çünkü kolları yoktu, ama derin ve hüzünlü bir iç çekti.

Jack, Noel Domuçu'yla başlarından geçen her şeyi düşündü. Noel Domuçu'nun ondan pek de hoşlanmamış gibi davrandığını hatırladı ve Nodo'nun o anda Jack'in kendisini suçlu hissetmemesi için öyle davrandığını anladı; Nodo'nun pratik zekâsıyla Ezici'nin elinden nasıl kurtulduklarını düşündü ve minik burnunun Özlenenler Şehri'nde Jack onu kurtarmadan önce nasıl da suyun altına gömüldüğünü hatırladı. Dün akşam duvar halısının içindeyken ağzına gelen tuzlu tadın Nodo'nun gözyaşları olduğunu şimdi anlamıştı. Jack Sevilenler Adası'na gitmek için çok heyecanlı olsa da, Nodo bunun Jack'i son görüşü olduğunu bildiğinden ağlıyordu çünkü Sevilenler Adası'na vardıklarında birbirlerinden sonsuza dek ayrılacaklardı.

Jack yol boyunca, ancak Dom'u bulursa tekrardan mutlu olabileceğini düşünmüştü ama şimdi hiç de mutlu değildi. Artık çok geçti ama Nodo'yu sevdiğini anlamıştı; Dom'un yerini alacak kadar değil ama ona karşı daha farklı bir sevgi duyuyordu, cesareti ve iyi kalpli olmasını sevmişti. O anda Jack Canlanmanın ne demek olduğunu bütün anlamıyla kavradı çünkü ne yapması gerektiğini anlamıştı.

"Dom... Benim Nodo'yu kurtarmam gerek."

Dom gülümsedi, burnu tıpkı Nodo'nunki gibi kırışmıştı. "Buna karar vermeni umuyordum Jack. Çok memnun oldum" dedi.

"Benimle – benimle gelecek misin?"

"Gelemeyeceğimi biliyorsun Jack" dedi Dom sessizce, gri renkteki yıpranmış ayağını Jack'in elinin üstüne koydu. "Sadece birimizi eve geri götürebilirsin, ama Nodo'yu kurtarırsan ben burada, bu güzel adada sonsuza dek güvende olacağım. Burası muhteşem bir yer; her gün seni ve beni sevdiğin için sana ne kadar minnettar olduğumu düşünüyorum."

Jack eski dostunun boynuna atıldı. O kadar uzun zamandır Dom'a ihtiyaç duyuyordu ki onu bırakabileceğine hiç ihtimal vermemişti. Ama Nodo'yu, onun kendisine ne kadar ihtiyacı olduğunu düşündü ve Dom'u bıraktı. "Hurdalık'a nasıl geri döneceğim? Umut gitti!" dedi gözyaşları arasından.

Bir an kimse bir şey demedi. Sonra Tuvalet Kâğıdı Rulosu Meleği şarkı söylermişçesine konuştu: "Sanırım bize yardım edebilecek birini tanıyorum. Beni takip edin."

52

Ünlü Bir Arkadaş

Jack ile Dom, Tuvalet Kâğıdı Rulosu Meleği'nin peşinden kumsala bakan evden çıktılar ve evin hemen arka tarafında bulunan kasabaya doğru yola koyuldular. Sevilenler Adası'ndaki binalar dondurma renklerinde boyanmıştı, sokaklar tertemizdi ve oradaki bütün eski oyuncaklar –oyuncaktan başka bir Şey yok gibiydi– yanlarından geçerken gülümseyerek onlara selam veriyordu. Görünüşe bakılırsa Dom'un orada bir sürü arkadaşı vardı ve tek bir Kayıp Memuru bile ortalarda görünmüyordu. Deniz kabukları ve denizyıldızlarıyla süslenmiş yılbaşı ağaçlarını, kova ve kürek satılan dükkânları, deniz topu ve güneş gözlüğü satılan minik bir pazarı geçtiler. Hatta doktor önlüklü pelüş ayıların ve bebeklerin, eski oyuncakların kürklerindeki yırtıkları onardıkları, düşen gözlerini yerine diktikleri bir kişisel bakım merkezi bile vardı.

"İşte geldik" dedi Tuvalet Kâğıdı Rulosu Meleği en sonunda, devasa bir ahşap evi göstererek; ev kasabanın tam ortasında yer alıyordu. Kapının üzerindeki tabelada "Mağara" yazıyordu. Jack şimdi Dom'la aynı boyda olduğundan ve kapı insan boyutunda olduğundan kapı ziline ulaşmasının imkânı yoktu.

"Burada kim yaşıyor?" diye sordu.

"Görürsün" dedi Tuvalet Kâğıdı Rulosu Meleği. "İkinizin kapıyı çalması gerek. Benim kollarım yok."

"Evet, bunun için kusura bakma" dedi Jack. "Seni yaptığımda sadece dört yaşındaydım."

Bunun üzerine Jack ile Dom kapının alt kısmına vurdular ama Dom'un ayakları yumuşacık olduğundan sadece Jack'in yumrukları ses çıkardı.

Jack kapının diğer tarafından gelen ayak seslerini duyabiliyordu, sanki bir dev kapıya doğru yürüyor gibiydi. Sonunda kapı gıcırdayarak açıldı.

Orada kar gibi bembeyaz sakallı, beyaz bir gömlek ile kırmızı bir pantolon giymiş yaşlı bir adam kule gibi tepelerine dikildi.

"Noel Baba?" dedi Jack, nefesi kesilmişti. "Senin burada ne işin var?"

"Eee..." dedi Noel Baba, bir an için ne diyeceğini bilememiş gibiydi. "Eh... Şeyler de Noel'in tadını çıkarmalıdır değil mi ya, bu yüzden yazlığım burada. Ama Kaybolanlar Diyarı'nda gerçek bir çocuk ne arıyor? Böyle bir şeye inanmazdım, aslına bakarsan bunun mümkün olabileceğini bile sanmıyordum!"

"Bunun mümkün olabileceği tek gece, bu gece" dedi Jack, "tabii Yukarıda hâlâ Noel Arifesi'yse, öyle mi?"

Noel Baba saatine bakıp, "Evet" dedi. "Hâlâ bir saatimiz daha var."

"Harika. O zaman" dedi Jack, "Noel Domuçu'nu kurtarmama yardım edebilir misin lütfen, böylelikle onu eve götürebilirim, olur mu? Yası Tutulmamışlar Hurdalığı'na gitti ve Kaybeden'in eline düşmeden önce onu kurtarmam gerek!"

"Aaa" dedi Noel Baba. Bir süre sakalını sıvazladı, sonra iç çekti ve dedi ki: "Ne yazık ki bu söz veremeyeceğim bir şey."

"Ah" dedi Jack dudağını ısırarak, tekrar ağlamamak için kendini zor tutuyordu.

"Benim anakaraya ayak basmam yasak, anlıyorsun ya" diye açıkladı Noel Baba. "Kaybeden ile ben – eh, bu biraz karmaşık bir durum: Ben veririm, o ise alır. Yukarıda istediğim gibi davranabilirim. Buradaysa o istediği gibi davranır. Seni kızağımla Yası Tutulmamışlar Hurdalığı'na götürebilirim –tabii yere inmem gerekmediği sürece– ama sonra seni orada bırakmam gerek. Bunun yerine evine, yatağına dönmek istemediğine emin misin? Bu çok daha güvenli olur, hem bunu kolaylıkla gerçekleştirebilirim."

"Hayır" dedi Jack başını iki yana sallayarak. "Noel Domuçu'nu kurtarmam gerek."

"O halde" dedi Noel Baba, "sen çok cesur bir çocuksun, hemen kızağımı hazırlayayım. Burada bekle."

Noel Baba evine geri girdi ve kapıyı kapadı; Jack, Dom ve Tuvalet Kâğıdı Rulosu Meleği güneşin altında onun geri gelmesini beklediler. İçinde tuhaf bir his vardı: Jack hâlâ gözyaşlarını tutmaya çalışıyordu. Dom'a söylemek istediği pek çok şey olmasına karşın ne diyeceğini bilemiyordu.

En sonunda, toynak ve çan sesleri duydular ve Noel Baba ahşap evinin köşesinden göründü. Şapkasını takmış, paltosunu ve çizmelerini giymişti. Hediyelerle tıka basa dolu kızağını çeken sekiz tane rengeyiğinin arkasından geliyordu. Kızağın yanı sıra şapkalı ve çizmeli Noel Baba'yı gören oyuncaklar kalabalık gruplar halinde onun kalkışını izlemeye geliyorlardı, bir sürü Şey onları izlerken Jack, Dom'a söylemek istediklerini kelimelere dökmekte daha da zorlandı.

"Hazır mısın Jack?" diye sordu Noel Baba.

"Evet" dedi Jack. "Ben – ben sadece veda etmek istiyorum." Tuvalet Kâğıdı Rulosu Meleği'ne döndü. "Yılbaşı ağacının tepesini süslediğin zamanları çok özleyeceğiz."

"Teşekkür ederim Jack" dedi melek şarkı söylermişçesine. "O zamanları ben de özlüyorum."

Jack, Dom'a döndü. "Keşke sen de eve gelebilseydin" diye fısıldadı.

Dom son kez ayaklarını Jack'in boynuna doladı ve Jack onun bütün saklandığı yerlerin, sıcacık battaniyelerin altının ve annesinin ona iyi geceler öpücüğü verdiği yerde kalan parfümünün kokusunu içine çekti.

"Kaybetmek hayatın bir parçasıdır" dedi Dom Jack'in kulağına, burnu Jack'in saçlarına sürünüyordu. "Ama bazılarımız kaybolsak bile yaşamaya devam ederiz. Bu sevginin gücüdür. Ben hep burada, Sevilenler Adası'nda olacağım ve Noel Domuçu'na sarıldığında bana da sarılmış olacaksın çünkü biz ikiziz Jack, onun hissettiği her şeyi ben de hissedeceğim."

"Ama onu kurtarmak istiyorsan çabuk olman gerek" diye konuşmasına devam etti Dom. "Kaybeden, gelecekte onu kandırmaya kalkacak Yedekler'e ibret olsun diye Hurdalık'taki diğer Şeyler'i bir kenara bırakıp Noel Domuçu'nun peşine düşecektir."

"Hoşça kal Dom" dedi Jack ve eski dostunu orada bıraktı.

Jack'in boyu çok küçük olduğundan Noel Baba onu kaldırıp kızağına bindirdi.

"Nerede yaşadığını gördüğüme çok sevindim" diye seslendi Jack aşağıdaki Dom'a, gözyaşlarını yeniden silmişti. "Kumsalları sevdiğini hep biliyordum zaten!"

"Kumsalları seviyorum!" dedi Dom, düğme gözleri Jack'inkiler gibi yaşlıydı. "İyi şanslar Jack, kardeşime sevgilerimi ilet! Beni kurtarmaya çalıştığı için ona teşekkür et! Ona, şimdiye kadar görülmüş en iyi ve en cesur domuzcuk olduğunu söyle!"

53

Kızak Yolculuğu

Kızak hareket etmeye başladığında başka bir sürü oyuncak daha evlerinden aceleyle çıkıp onları izlemeye geldi. Rengeyikleri dörtnala gitmeye başladı ve ılık rüzgâr Jack'in saçını dalgalandırdı. Jack arkasına baktı: Dom ile Tuvalet Kâğıdı Rulosu Meleği gitgide küçülüyordu. Koşum takımlarının şıkırtısı ve sıcak bir hava akımıyla kızak hızlandı, Jack Sevilenler Adası'nın altlarında gitgide küçülmesini izlemeye devam etti. Çok geçmeden koskoca okyanusta altın bir noktadan başka bir şey kalmamıştı.

Jack hâlâ bir oyuncak boyutunda olduğundan Noel Baba ona göre çok daha iriydi, üstelik o Jack'in şimdiye kadar tanıştığı en ünlü kişiydi, bu yüzden de biraz dili tutulmuştu doğrusu. Neyse ki Noel Baba'nın konuşmak için cesaretlendirilmeye ihtiyacı yoktu.

"Seni bırakınca Yukarı gitmem gerek, dağıtmam gereken bir sürü hediye var" dedi Jack'e gülümseyerek.

"Bir gecede dünyayı dolaşıp bütün hediyeleri dağıtmayı nasıl başarıyorsun?" diye sordu Jack. Bunu hep merak etmişti doğrusu.

"Ah" dedi Noel Baba gözleri ışıldayarak, "maalesef bu bir sır, ama tahmin edeceğin üzere sihirle mümkün oluyor."

"Ben de öyle düşünmüştüm" dedi Jack başını sallayarak.

"Tabii ya, sen yeni bir bisiklet istemiştin" dedi Noel Baba.

"Evet" dedi Jack. "Ama Noel Domuçu'nu geri aldığım sürece bisiklet umurumda bile değil."

"O halde onu kurtarmayı başarırsan, onu mutlaka bisikletine bindir, tamam mı?" dedi Noel Baba. "O bisiklet gezilerinden çok hoşlanan bir domuzcuk, tabii daha çok yeni olduğundan henüz bunun farkında değil."

"Bu mantıklı" dedi Jack. Noel Domuçu'nu eşofmanına tıkıp –kafası eşofmanının tepesinden görünecekti tabii– bisikletinin pedallarını son sürat çevirerek oturduğu sokaktan hızla geçtiğini hayal etti. "Çok *cesur* bir domuzcuk, öyle değil mi?"

"Çok cesur" diye hemfikir olduğunu belirtti Noel Baba, "Kaybeden'le tek başına yüzleşmeyi göze alacak kadar cesur."

"Kaybeden nereden geldi?" diye sordu Jack.

"Bu" dedi Noel Baba, artık gülümsemiyordu, "çok iyi bir soru. Kimse nereden geldiğini tam olarak bilmiyor. Bazıları onun insanlar tarafından yaratıldığını söylüyor, Yukarıda o kadar çok zalimlik ve açgözlülük var ki, bunun bir kısmı buraya sızmış ve kendine bir vücut inşa etmek için Şeyler'i kaçırmaya başlamış. Diğerleri Kaybeden'in zamanın başlangıcından beri burada olduğunu söyler, insanları ve insanların yarattığı üstün şeyleri kıskanan bir çeşit canavar olduğu ve ne bulursa çaldığı söylenir. En çok da Sevilenler Adası'ndakiler gibi değerli ve sevilen Şeyler'e heves ettiği ama onlara dokunamadığı için çok sinirlendiği söylenir. Şimdi arkadaki hediyeleri bir karıştır da üzerine giyebileceğin kalın bir şey al Jack."

Jack hediyelerin arasında yumuşak bir pakete denk geldi ve bir tane pelüş ayıcık buldu, ayıcığın giydiği kazak ona tam uymuştu. Kazağı giydiğine sevindi çünkü birkaç dakika sonra ılık hava soğumaya başladı. Tepedeki boyalı gökyüzü bulutların ardında kayboldu ve çok geçmeden Jack'in üzerine yeniden lapa lapa kar yağmaya başladı.

Uçmaya devam ettiler, rengeyiklerinin koşumları şıkırdarken buz gibi soğuk hava Jack'in suratını uyuşturuyordu. Aklında Nodo'dan başka bir şey yoktu, Nodo çoktan Yası Tutulmamışlar Hurdalığı'na varmış olmalıydı. Orada dolanıp dururken Jack'i özlüyor ve Jack'i sevmeye devam ediyordu muhakkak, ama Jack'in çoktan Yaşayanlar Diyarı'na geri döndüğünü, Dom'a kavuştuğu için çok mutlu olduğundan onun Yedeğine ne olduğunu umursamayacağını da sanıyordu herhalde.

54

Hurdalık'a Dönüş

Gökyüzünün griden siyaha döndüğü, karın Noel Baba'nın sakalını ve Jack'in kirpiklerini kaplayacak kadar şiddetlendiği noktada, nihayet Özlenenler Şehri'nin ışıklarını gördüler. Güç'ün sarayının altın çatısı üzerinden uçtular, Noel Baba'nın kızağı ve uçan rengeyikleri kanalın suyuna yansıyordu, çok geçmeden kocaman, kapkaranlık Hurdalık üzerinde süzülmeye başladılar.

Yere biraz ışık tutmak için Noel Baba bir kancaya altın bir fener asmıştı şimdi. Jack, Noel Domuçu'nu görmek umuduyla etrafına bakındı. Kızağın gölgesi karlı, taşlı zemine düşüyordu ama minicik kırmızı bir nokta haricinde hiçbir Şey'in izine rastlamadılar.

"Kötü Alışkanlıklar" dedi Jack, Noel Baba'ya etrafta dolanan vücut parçalarından oluşan minik grubu göstererek, grupta sigara içen bir ağız vardı. "Onlar pek nazik sayılmaz... Sanırım Kaybeden onlardan birkaçını yakalamış" diye ekledi, kızak yoluna devam ederken geri dönüp Kötü Alışkanlıklar'a bakarak. "Onlarla son karşılaştığımda daha kalabalıktılar."

Noel Baba cesaret edebildiği kadar alçaktan uçtu, Hurdalık'ın çorak arazisini gözleriyle taradılar ama Jack, Nodo'yu hiçbir yerde göremedi. Şimdi kalbinde müthiş bir korku duyuyordu: Çok mu geç kalmıştı yoksa? Nodo çoktan yakalanmış mıydı?

"Pusula!" diye haykırdı Jack birdenbire, fenerin sallanan ışığı onun yuvarlak pirinç bedenini aydınlatmıştı, Pusula hiç olmadığı kadar hızlı bir şekilde yuvarlanıyordu. "Noel Baba, Pusula'ya Nodo'yu görüp görmediğini soralım!"

Noel Baba kızağını döndürdü ve Pusula'nın onları görünce donakaldığı yere döndüler.

"Noel Baba!" diye haykırdı.

"Evet, ta kendisi" dedi Noel Baba gülümseyerek. "Hâlâ bizimle olduğunu gördüğüme sevindim Pusula!"

"Ah, beni biliyorsun ya, bu kovalamacalara bayılırım ben" dedi Pusula onları takip etmek için etrafında dönerken. "İyi de burada ne yapıyorsunuz yahu?"

"Noel Domuçu'nu aramaya geldim" diye seslendi Jack. "Onu gördün mü?"

O anda Pusula'nın iğnesi birdenbire güney yönüne eğilerek çok üzgün görünmesine neden oldu.

"Tabii ya... evet Pijamalı Çocuk, onu gördüm" dedi.

"O nerede?" diye seslendi Jack, kızak daireler çizerek uçtuğundan başı dönmeye başlamıştı.

"Korkarım yarım saat önce yakalandı" dedi Pusula. "Kaçmadı bile. Oradan sıvışsın diye seslendimdi ona ama oracıkta duruverdi, Kaybeden onu yakalasın diye bekledi durdu."

"Ah, hayır" diye fısıldadı Jack.

Hepsi onun suçuydu. Oraya çok daha önce varmalıydı ama ne yapacağına karar vermeye çalışırken çok zaman kaybetmişti, şimdi de...

"O halde Kaybeden'in İni'nde mi?" diye seslendi Noel Baba.

"Olsa olsa oradadır" dedi Pusula, "ama Kaybeden onu çoktan yiyivermiştir. Onu yakalayınca öyle bir sevindi ki, sormayın gitsin. Onu hiç öyle mutlu görmedimdi!"

"Pusula, Kaybeden'in İni nerede biliyor musun?" diye seslendi Jack.

"Tabii biliyorum ya, ne sandın" dedi Pusula.

"Beni oraya götürür müsün?"

"Kaybeden'in İni'ne mi gitmek istiyorsun sen?" dedi Pusula şaşkınlıkla.

"Evet" dedi Jack, atlamaya hazırdı. "Nodo benim oyuncağım ve hâlâ Canlıysa onu eve götüreceğim!"

"Jack" dedi Noel Baba, Jack atlamaya hazırlandığında, "yapabilirsem sana daha sonra yardım edeceğim – Yukarı vardığınızda senin için yapabileceğim bir şey var sanırım. O zamana kadar çok dikkatli ol. Kaybeden'in gerçek bir çocuğu yakalamaktan daha çok isteyeceği hiçbir şey yoktur!"

"Dikkatli olacağım" diye söz verdi Jack. "Hoşça kal Noel Baba, çok teşekkür ederim!"

Sonra Jack kızağın oturma yerinden kalkıp Hurdalık'a doğru aşağı atladı.

Karanlıkta fark edemediği bir öbek devedikeni üzerine düştü, bu biraz dikenli ve rahatsız bir iniş olsa da keskin çakıl taşları ve kayalıklar üzerine düşmekten çok daha iyiydi.

"Hoşça kal Jack. İyi şanslar!" diye seslendi Noel Baba ve kızağıyla uçup gitti, altın feneri gitgide küçülerek sonunda görünmez oldu.

Pusula şaşkınlıkla Jack'e bakıyordu.

"Noel Baba sana ne diye seslendiydi demin?" Ona biraz daha yaklaşmıştı. "*Gerçek bir çocuk* mu dedi yoksa?"

"Evet" dedi Jack. "Ben insanım. Buraya Dom'u bulmak için geldim ama o Sevilenler Adası'nda çok mutlu. Şimdi Noel Domuçu'nu kurtarmam gerek. Beni Kaybeden'in İni'ne götürür müsün lütfen, yolu biliyorsan tabii."

Pusula, Jack'e bakakalmıştı, sonra sesi bütün Hurdalık'ta çınlayarak, "Bundan yüzyıllar boyunca bahsedecekler, demedi deme bak! Gerçek çocuk, oyuncağını bulmak için Kaybeden'in İni'ne giriyor, vay vay vay... Eh, tabii hikâyenin sonunu bilemeyiz ama dur bakalım!"

"Henüz bilmiyoruz" dedi Jack, "ama lütfen, yolu biliyorsan bana göster!"

Pusula hızla yola koyuldu, kar lapa lapa yağmaya devam ederken donmuş zemin boyunca Jack peşinden koşarak onu takip etti.

SEKİZİNCİ BÖLÜM

Kaybeden'in İni

55

Krater

"Merak etme, çok uzakta değil!" dedi Pusula, pirinç kadranı taşların üzerinde takırdarken.

Yine de çok geçmeden Jack karnının yan tarafında bir sancı hissetti ve yaralı ayakları dondu ama bunların hiçbiri umurunda bile değildi. Noel Domuçu aklından çıkmıyordu, Jack'in onu sevmediğini sandığı için orada durup Kaybeden'in onu ele geçirmesine izin verdiği ânı düşünebiliyordu sadece.

Daha çok az ilerleyebilmişlerdi ki ufukta parlak kırmızı bir ışık gördüler, yaklaştıklarında ışık daha da büyük ve parlak göründü.

"Tam ileride" dedi Pusula. "Şu ateşi görüyor musun? Kaybeden bir kraterin tam ortasında yaşayıverir ve yıl boyu ateş yakıp durur. Şey'in içindeki canlı kısmı emdikten sonra beğendiği kısımlarını ayırıp geri kalanını ateşe atıverir."

Jack'in korkudan içi titredi ama bu onu yavaşlatmadı. Başarabilirse Nodo'yu kurtarmalıydı: Artık geri dönemezdi.

Kaybeden'in İni'ne yaklaştıkça kırmızı ışık gitgide büyüdü ve parlaklaştı, üstelik şimdi yokuş aşağı iniyorlardı. Jack kraterin ortasında geniş bir delik gördü, tıpkı bir yanardağ ağzı gibiydi ve içinden kapkara bir duman tütüyordu. Kaybeden'in İni'ne doğru yukarı gökyüzüne baktı. Burada tek bir bulunma deliği dahi yoktu.

"Pusula, dur" dedi Jack nefes nefese ve durdu. "Yolun geri kalanını yalnız gideceğim."

"Saçmalık" dedi Pusula heyecanla. "Ben daha önce Kaybeden'in İni'ne hiç gitmedimdi. Çok heyecanlandım şimdi! Bu macerayı kaçırırım mı sandın? Benim yaşam ilkem ne bildin mi?"

"Turpla ilgili olan mıydı?" diye sordu Jack, tam hatırlayamamıştı.

"O çıkardığımız dersti" dedi Pusula. "Yaşam ilkemi deyivereyim sana, bak bir dinle, 'Var mı kuzeydeki çoraplar gibisi, tabii yoktur şemsiyelerden daha iyisi, hep birlikte güneye gidilecekse, yanına bir arkadaş almadan gitme!' Kaybeden'in karşısına tek başına çıkamazsın!"

"Çıkabilirim Pusula" dedi Jack ona. "Bunu yapmak zorundayım. Sen kaybedilemeyecek kadar önemlisin. Şeyler'in burada Hurdalık'ta bir kahramana ihtiyaçları var ve sen burada hayatta kalmayı sağlayacak cesareti ve zekâsı olan tek kişisin."

"Ne dedin – ne güzel dedin öyle" dedi Pusula. "Şeyler'in bana iltifat ettiği pek olmaz da. Hızla kaçmaları gerektiğinden böyle şeyler demeyi unutuverirler."

"Bak, her ne olursa olsun, ben seni unutmayacağım" dedi Jack. "Hoşça kal Pusula, her şey için teşekkür ederim."

Sonra da kratere doğru yokuş aşağı koştu, Pusula'nın hâlâ onu görebileceği bir yerde olduğunu bildiğinden son bir kez ona doğru dönüp el salladı.

Jack gevşek kayalar ve taşlar üzerinden ilerlerken kayıp tökezleyerek dik yokuştan indi. Cesaret edebildiği kadar hızla ilerledi, kraterin ortasındaki delikten yükselen duman ve ateş görüşünü engelliyordu, çok geçmeden delikten yayılan sıcaklık pijamalarını tamamen kuruttu. Sonra yoğun ve kara dumandan ötürü öksürmeye başladı, dumanın kokusu odun ateşi kokusu gibi değildi; plastik, kumaş ve köpükler yandığı için çok kötü kokuyordu.

Sonra Jack daha ne kadar gitmesi gerektiğini düşünürken zemindeki sıcak taşlar ayaklarını yakmaya başladı, gevşek çakıl taşları üzerinde ilerlerken kaydı ve duramadan deliğe doğru düşmeye başladı. Dumanın içinden bir yeraltı inine doğru düştü ve birkaç saniye için alevlerin arasına düşeceğini, annesini ve Nodo'yu bir daha asla göremeyeceğini sandı.

56

Kaybeden'in İni

Neyse ki Jack'in şansı yaver gitti de ateş yerine hemen yanındaki sıcak ve gevşek bir yığının üzerine düştü. Jack neyin üzerinde olduğunu hemen kestirememişti ama sonra, Kaybeden'in yediği Şeyler'den arta kalan dolgu malzemesi ve kumaş parçalarından oluşan bir yığının üzerinde yattığını anladı. Ateş çok yakınında olduğundan yığın içten içe yanıyor, içinden duman çıkıyordu. Jack uzaktaki bir taş duvara doğru sürünerek hızla ilerlemeye çalıştı, yeraltındaki deliğin kenarına varana kadar yumaklar ve yanmış malzemelerden oluşan yığınlar üzerinden atlayıp kaydı.

Harıl harıl yanan devasa ateşin yanındayken, ateşten yükselen çatırtılardan başka ses duymamıştı ama taş duvara vardığında inlemeler ve çığlıklar duydu. Jack gözlerini kısıp etrafına bakındı.

Kaybeden'in İni devasa bir yeraltı mağarasıydı, ortasında da kocaman bir ateş yanıyordu. Duvarlardan kafesler sarkıyordu, hepsi de Kaybeden'in henüz yemediği bir sürü Şey'le tıka basa doluydu. Jack kafese kapatılmış Şeyler'in bazılarının feryatlarını duydu ama hepsi feryat etmiyordu. Pek çoğu kafeslerinin dibine sinmişti, sessizce ve üzüntüyle, sonlarının geldiğini bilerek bekliyorlardı. Çoğu ucuz, çirkin Şeyler'di: Kaybolanlar Diyarı'na çekilecekleri güne kadar sadece bir boşluğu doldurmak üzere yapılmış, istenmeyen, sevilmeyen milyonlarca şeyden biriydi hepsi de.

Ve işte Kaybeden de oradaydı.

O kadar kocamandı ki kafeslere odaklanmış olan Jack –bir an için– onun orada olduğunu fark edemedi çünkü onun devasa bedenini oradaki ıvır zıvır yığınlarından biri sanmıştı. Kaybeden ateşin öbür tarafında yere çökmüştü, korkunç kafası ininin tavanına sürtüyordu, tıpkı Hurdalık'taki ahşap gökyüzüne sürttüğü gibi. Arama ışığı gözleri yanmıyordu: Burada onlara ihtiyacı yoktu çünkü ateşin alevleri parıl parıl parlıyor, duvarlara titrek gölgeler düşmesine neden oluyordu. Kaybeden'in boş cam gözleri dalgalanan alevleri yansıtıyordu, alevler bedeninin simli kaplamasını da aydınlatıyordu. Kaybeden belli ki ölü Şeyler'in sadece en sağlam kısımlarını saklamıştı kendisine: Bedenini kapladığı çelik, plastik, cam ve taş parçalarından dolayı korkunç bir robot gibi görünüyordu. Tam o esnada bir avuç dolusu eski çatalı mideye indiriyordu ve elmas gibi sert görünen pırıl pırıl sivri dişleriyle çatalları çiğnedikçe minik parçalar ağzından dışarı uçuşuyordu.

Kaybeden, Jack'in inine düştüğünü fark etmemişti çünkü Jack ateşin diğer tarafına düşmüştü ve kapkara koyu duman onu saklamıştı. Şimdi Jack panikle etrafındaki kafeslere baktı ve Noel Domuçu'nun yerini bulmaya çalıştı; çoktan parçalarına ayrılmadığını, karnındaki boncuklarla pamuksu dolgusunun aşağıdaki yığınlar arasında kaybolup gitmediğini umuyordu.

Ama Jack tek bir pofuduk oyuncak dahi göremedi: Tek görebildikleri çocuk mönüsüyle beraber verilen plastikten minik oyuncaklarla eski dergiler ve artık çalışmayan şarj aletleriydi; kayboldukları için kimsenin üzülmediği, kimsenin özlemediği şeyler. Jack'in çok geç kaldığına dair korkusu gitgide arttı.

Ve sonra birdenbire Jack onu gördü. Nodo duvardaki en yüksek kafeslerden birindeydi, kafesin demir tellerini minik ayaklarıyla tutmuş, Kaybeden'in eski çatalları yemesini izliyordu. Kırık Melek Süsü de onunla birlikteydi, kafesin köşesine sinmişti, kalan tek eli paramparça olmuş suratının üzerindeydi. Nodo, Jack'le yaşadığı bütün o maceralardan sonra iyice yıpranmıştı: Bedeni pembe ve pofuduk değildi artık, kirlenmiş, yeşilimsi bir renge bürünmüştü ve kulakları sarkmıştı.

"Geliyorum Nodo" diye fısıldadı Jack, ayağa kalkmaya çalışıyordu.

Kaybeden, metal Şeyler'in son parçalarını da katır kutur yedikten sonra bütün mağarada yankılanan sesiyle konuştu:

"*Şimdi* korktun mu Domuzcuk?"

Sesi Jack'in şimdiye kadar duyduğu en korkunç sesti. Acı bir fren sesi gibiydi adeta, tiz ve sancılıydı; Jack'e, tıpkı sonlarını bekleyen Şeyler gibi Kaybeden'in de acı çektiğini düşündürdü.

Nodo samimi ve tanıdık sesiyle yanıt verdi: "Hayır. Söyledim sana. Kaybedecek hiçbir şeyim kalmadı; bu bir Şey'i cesur kılar. Beni istediğin zaman yiyebilirsin. Artık benim için bir önemi yok."

"Çocuğu kaybetmek paramparça olmaktan daha mı kötü sence?" dedi Kaybeden kart sesiyle. "Hiçliğe dönmekten, hiçbir şey hissetmemekten, bir hiç olmaktan daha mı kötü?"

"Hiçbir şey hissetmemek, şu an hissettiklerimden çok daha iyi olurdu" dedi domuzcuk.

"Öyle deme!" diye fısıldadı Jack, Noel Domuçu'nun onu duyamayacağını bile bile.

Kaybeden ayakları yerindeki demir uçların üzerinde doğrulmaya çalıştı. "Ölmeden önce benden korkacaksın" dedi kesin bir dille. Noel Domuçu ile Kırık Melek Süsü'nün kafeslerinin hemen yanındaki tıklım tıkış bir kafesin kilidini kırdı ve içinden elli tane, cart renkte yamuk yumuk plastik pipet, ucuz ve uyduruk bir uçurtma, üzeri kabartmalar ve sarmal desenlerle süslü çirkin bir cam vazo aldı. Jack onların karşı çıkan çığlıklarını duydu, Kaybeden yeniden yere çökmüştü, koca metal ağzını açmış, Şeyler'i birer birer ağzına atıyordu.

Jack, Noel Domuçu'na ulaşmanın bir yolunu arayarak çaresizlikle etrafına bakındı. Duvarlar sert ve çıkıntılıydı, denerse tırmanabileceği yarıklar bulabileceğini düşündü, yukarı uzanınca tutunabileceği çatlaklar buldu ve kendini yukarı doğru çekti.

Yavaş ilerliyordu. El ve ayak parmaklarının altındaki kaya çok sıcaktı, üstelik tek duyabildiği, harıl harıl yanan ateşin çatırtılarıyla plastik ve camdan Şeyleri çiğneyen Kaybeden'in çenesinden gelen katır kutur seslerdi.

En sonunda Jack en üstteki kafeslerin yanına varmıştı. Yukarıda sıcak kayaya tutunmak daha güçtü ve kafesteki Şeyler onu görür de şaşkınlıkla bağırıp Kaybeden'in dikkatini Jack'in üzerine çekerler diye endişeliydi. Yine de pek çoğu ellerini gözlerine siper edip Kaybeden'e bakmamaya çalışıyordu. Kaybeden şimdi dişlerinin arasından keskin cam parçalarını çıkarıp onları bedenine takmaya başlamıştı, kapkara korkunç dili tutkal gibi bir yapıştırıcıyla kaplıydı sanki, cam parçalarını yalayıp bedeni üzerinde eskiden beri var olan dişlilerin, kapakların üzerine yapıştırıyordu.

Jack kafeslerin üzerinden yürümeye başladı, birinden diğerine atlıyordu. Ayak tabanına değen kafes demirleri sıcaktı ama asıl sorun Noel Domuçu'nun kafesine yaklaştığı sırada baş gösterdi, domuzcuk gözünü bile kırpmadan Kaybeden'e dikmişti bakışlarını. Kafeslerin hepsinden ağır asma kilitler sarkıyordu ve Nodo'nun kafesinden sarkan kilit en büyükleriydi.

Sonunda Jack, Noel Domuçu'yla Kırık Melek Süsü'nün kafesinin üzerine atlamayı başardı. "Nodo" diye fısıldadı. "Nodo, benim. Yukarı bak."

Nodo bir anlığına yukarı bakınca, kapkara minicik gözleri şaşkınlıkla faltaşı gibi açılmış halde donakaldı, Kırık Melek Süsü yarısı yenmiş zavallı suratından elini çekti ve o da yukarı doğru Jack'e baktı.

"Jack!" dedi Noel Domuçu soluk soluğa. "Sen – sen burada..."

"Seni kurtarmaya geldim, ikinizi de kurtaracağım!" dedi Jack devasa kilide ulaşmak için kafesin üzerinde sürünürken. "İkiniz de bana aitsiniz, sizi eve götürüyorum!"

"Ama... ya Dom'a ne olacak?"

"Vedalaştık biz" dedi Jack kilide asılarak, ama kilit açılmadı. "Bunu yapmamı o istedi. Sizi dışarı çıkaracağım!"

Ama kilidi açamıyordu.

"Jack, anlamıyorum, sen Dom'u geri istiyordun!"

"Ona ihtiyacım olduğunu sanmıştım" dedi Jack. "Ama senin bana ondan daha çok ihtiyacın var."

"Buradan hemen gitmen gerek! Kaybolanlar Diyarı'nda Kaybeden'in gerçek bir çocuktan daha çok yakalamak isteyeceği hiçbir Şey yoktur! Sen onun şimdiye kadar ele geçirdiği en büyük ödül olursun!"

"Siz olmadan hiçbir yere gitmiyorum" dedi Jack, hâlâ kilidi kırmaya çalışıyordu ama başarılı olamamıştı.

"Artık çok geç!" dedi Noel Domuçu, gözyaşları yüzünden aşağı süzülmeye başlamıştı. "Jack, Noel Günü'ne sadece birkaç dakika kaldı, hemen bir bulunma deliğinin altına gitmen gerek! Bizim için umut kalmadı ama sen hâlâ kaçabilirsin!"

Ama Jack cevap vermeye fırsat bulamadan, Kaybeden öyle dehşet verici bir çığlık kopardı ki bu, Jack'in şimdiye kadar duyduklarının en fenasıydı. Sivri uçlu demir ayakları üzerinde doğrulduğunda gözleri yeniden o beyaz ışıkla yanmaya başlamıştı. Jack, Noel Domuçu ve Kırık Melek Süsü donakalmış, onun gözlerinden yayılan güçlü ışığa yakalanmışlardı.

Kaybeden, gerçek çocuğu görmüştü.

57

Son Umut

"Bu gördüğüm şey de ne?" dedi Kaybeden korkunç, tiz sesiyle. "Daha önce yakaladıklarımdan çok farklı bir Artık!"

Jack elini kafesin parmaklıkları arasından sokup Noel Domuçu'nun ayaklarından birini yakaladı. Kırık Melek Süsü'yse Nodo'nun diğer ayağını tuttu; Kaybeden sipsivri çelik ayaklarıyla ölü Şeyler'in parçalarını dağıtarak mağarada yavaş yavaş onlara doğru ilerlerken üçü birbirlerine sımsıkı kenetlendi. Mağaranın duvarlarından sarkan öbür kafeslerdeki Şeyler'in nefesi kesilmişti, inliyorlardı çünkü hepsi de neler olduğunu anlamıştı. Jack'in, Noel Domuçu'nun ve Kırık Melek Süsü'nün Kaybeden'in midesini boylayacaklarını biliyorlardı.

"Geleceğini biliyordum. Söyle bana çocuk" dedi Kaybeden, "insanlar neden Şeyler'i bu kadar çok sever?"

Kaybeden'in nefesi Jack'in üzerinden pis kokulu sıcak bir rüzgâr gibi esip geçti. Nefesi o kadar kötü kokuyordu ki, insan yapımı Şeyler'den arta kalan, toz, leş, çürüyen bez, pil asidi ve yanmış kauçukla dolu, dünyadaki bütün çöplükler sanki midesinin içindeydi.

"Her Şey'i sevmiyoruz" dedi Jack titreyen sesiyle. "Sadece en özel olanları seviyoruz."

"Peki" dedi Kaybeden daha da yakınlaşarak, devasa kafası Jack'in bedeninden çok daha büyüktü, arama ışığı gözleri o kadar parlaktı ki Jack ona zar zor bakabiliyordu, "ucuz ve pis bir domuzcuğun nesini seviyorsun?"

"Onu seviyorum çünkü o dünyanın en iyi ve en cesur domuzcuğu" dedi Jack kızgınlıkla.

"Sen – sen beni seviyor musun?" diye fısıldadı Noel Domuçu.

Jack onun ayağını daha da kuvvetli bir biçimde sıktı ve "Evet seviyorum!" dedi.

"Ama – ama ya Dom?"

"Birden fazla Şey'i sevebilirsin!" dedi Jack. Yeniden Kaybeden'e dönerek konuştu: "Nodo'yu ve Kırık Melek Süsü'nü serbest bırak! Onlar senin mideni boylamayı hak etmiyorlar. Onlar kimseyi incitmedi ve yanlış olan hiçbir şey yapmadılar! Bırak benimle eve gelsinler!"

Kaybeden başını geriye attı, kocaman korkunç ağzını açtı ve bir kahkaha patlattı; devasa kauçuk dili pırıl pırıl sivri dişleri arasında kocaman bir yılan gibi yatıyordu. Sonra kör edici parlaklıktaki gözlerini Jack'e çevirerek, "Sana kimse ne olduğumu anlatmadı mı çocuk? Ben alırım, ele geçiririm ve tekrar tekrar yakalarım! Noel Arifesi neredeyse sona erdi..." diye bağırdı. Kaybeden gitgide onlara yaklaşmaya devam etti, sert elmastan dişleri ateşin kıpkırmızı alevleriyle ışıldıyordu, nefesi iğrenç kokuyordu, "ve saat gece yarısını vurunca sonsuza dek burada kalacaksın, bir daha asla geri dönemeyeceksin. Sonra seni yutacağım, hem belki o zaman ben de tıpkı insanlar gibi Şeyler'i severim!"

Duvarların dört bir yanından ucuz ve sevilmeyen Şeyler kafeslerinde inledi, titredi ve hıçkırıklara boğuldular. "Çocuk olmaz! *Çocuk olmaz!*"

"Onun için mi yalvarıyorsunuz yoksa?" diye onlarla dalga geçti Kaybeden, arama ışığı gözleriyle kafeslerine sinen zavallı, ucuz Şeyler'i taradı. "Sizi insanlar yaptı, kenara atıldınız, unutuldunuz – Hurdalık'a gönderilmeniz insanların suçu! Sizler ucuz ve çirkinsiniz, sahipleriniz değersiz olduğunuzu düşündü! Sizleri mideme indirmeden önce bir insanın ölümünü izleyeceğiniz için sevinmeniz gerek!"

Derken Jack'in aklına bir fikir geldi. Belki artık çok geç olmuştu ama işe yarayabileceğini düşündüğü tek şey buydu. "Dinleyin!" diye bağırdı kafeslerindeki bütün Şeyler'e, bir yandan Noel Domuçu'nun ayağını sıkı sıkı tutuyordu. "Ben insanım ve hepinizi umursuyorum. Bana göre sizler çöp değilsiniz ve sizleri buradan nasıl çıkaracağımı biliyorum!"

Bu kelimelerle Noel Domuçu'nun kafesinin üzerindeki devasa asma kilit paramparça oldu. Mağaranın duvarlarındaki Şeyler şoke olmuş, nefesleri kesilmişti. Mağaranın dört bir yanındaki kilitler birer birer açılmaya başladı, sonra biraz daha kilit açıldı, sonra biraz daha. Kaybeden öfkeden ve şaşkınlıktan deliye dönmüştü ama Jack ne olduğunu anlamıştı. Jack Şeyler'e umut vermişti ve hiçbir kilit umudu hapis tutamazdı. Şimdi içlerinde en cesurları kafeslerinden dışarı tırmanmaya başlamıştı, bir yandan da birbirlerine yardım ediyorlardı.

"Hepinizi dışarı çıkarmanın bir yolu var, söz veriyorum!" diye bağırdı Jack, kafeslerinden çıkamayacak kadar korktuklarından tir tir titreyen Şeyler'e. "Sadece inanmanız gerek!"

"Geri dönün!" diye böğürdü Kaybeden, kaçan Şeyler'i görünce öfkeden kudurmuştu. "O yalan söylüyor! Geri dönün! GERİ DÖNÜN! İlk olarak kafeslerinden dışarı tırmananları yiyeceğim!"

"Yalan söylemiyorum!" diye bağırdı Jack. "Umudunuzu kaybetmez ve inanırsanız..."

Derken olağanüstü bir şey oldu, harikulade bir şeydi. Yalnızca mucizeler ve kaybolan umutlar gecesinde yaşanabilecek bir şeydi ve bu, Jack'in umudunu yitirmeyi kabul etmemesi sayesinde gerçek olmuştu, çünkü bütün umutlar yitirilene dek hiçbir şey kaybedilmiş değildir...

Kaybeden'in İni'nin tepesindeki, tek bir bulunma deliği bile olmayan karanlık ahşap gökyüzü çatladı. Gökyüzünün yarılıp açıldığını duyan canavar Kaybeden yukarı baktı ve öfkeyle haykırdı. Orada bir delik belirmişti ama herhangi bir bulunma deliği gibi karanlık bir delik değildi. Delik sanki sihirliymiş gibi içinden etrafına doğru fırıl fırıl dönen ışıklar saçıyordu; Jack sihrin ne olduğunu iyi biliyordu çünkü çok eskiden bir keresinde, daha üç yaşındayken, Dom'un sihirli bir bisiklet üzerinde aynı bunun gibi bir delikte hızla dönüp durduğunu hayal etmişti.

"Bu Yaşayanlar Diyarı'na dönüş yolunuz!" diye bağırdı. "Umut etmeye devam edin!"

Delik gitgide büyüdü. Genişti ve altın rengindeydi, sonra asıl sihir meydana geldi: Altından tek bir ışık huzmesiyle tek bir Şey'i kurtarmak yerine, kıvılcımlar saçıp daireler çizen ışık döne döne aşağı indi, yüzlerce şaşkın ve mutlu Şey'i hızla yukarı götürdü. Pis kafeslerinden çıkıp havalanan metal, karton, ahşap, kâğıt ve plastik Şeyler kıvılcımlar saçarak fırıl fırıl dönen hortuma çekilirken kahkahalarla gülüyorlardı. Öfkeden kuduran Kaybeden ne olduğunu anlamadı ve onları yakalamaya çalışarak kendi etrafında dönmeye başladı, yakalamaya çalıştığı Şeyler uzun çelik parmakları arasından kayıp tavanda umutları sayesinde oluşan deliğe doğru yükselmeye devam ettiler.

"Geri dönüştürülecekler!" diye bağırdı Jack; canavar havada hızla yükselen Şeyler'i yakalamaya çalıştı ama hepsini elinden kaçırdı. "Yukarıda yenilenecekler ve yeni hayatlara kavuşacaklar!"

"Hayır!" diye feryat etti Kaybeden, öfkeden deliye dönmüştü. "İnsanlar onlara sahip olamaz! Onlar benim, benim, onlar bana ait..."

Kurtulan Şeyler'in gözden kaybolduğu ışıklar saçan deliğin yukarısında bir yerde uzaktan bir saatin zili duyuldu. Yaşayanlar Diyarı'nda vakit gece yarısı olmuştu. Noel

Arifesi artık sona eriyordu. "Onlara sahip olamayacaksam" diye çığırdı Kaybeden hışımla, "sen benim olacaksın!"

Kaybeden, çelik kirişler kadar uzun parmaklı, pençe gibi ellerini uzattı, Jack saatin zilini duyduğunda umut etmenin artık yeterli olmayacağını anladı. Domuzcuğun ayağını tutmaya devam ettiğinden içi rahattı, gözlerini kapadı, Kaybeden'in arama ışığı gitgide parlayarak onlara yaklaştı.

Sonra tuhaf bir hisse kapıldı, sanki

düşüyor...

düşüyor...

düşüyordu...

DOKUZUNCU BÖLÜM

Ev

58

Bulundu

Kaybeden'in nefesinin kokusu kaybolmuştu. Jack'in gözleri sımsıkı kapalıydı, Noel Domuçu'nun ayağına sıkı sıkı tutunmuş halde, çam ağacı gibi kokan keskin dallara çarparak düşmeye devam ediyordu, gitgide aşağı, daha aşağı, daha da aşağı düştüler, ta ki Jack altında zemini hissedene kadar. Uzaktan biri ona sesleniyordu, bu sesi tanıyordu.

"Umut?" diye mırıldandı.

Bir kapı açıldı.

"Jack?" dedi ses ve sonra "Jack! Ağacın altında ne yapıyorsun? Seni aramadığımız yer kalmadı!"

Jack gözlerini açtı. Evdeydi, yılbaşı ağacının altında, hediyelerin ortasına kıvrılmıştı, ağacın ışıkları karanlıkta yanıp sönüyordu. Etrafına yılbaşı ağacının iğne yaprakları yayılmıştı ve artık normal boyuna dönmüştü. Oyuncak ayı boyundaki kazak yırtılıp üzerinden çıkmıştı ve minicik bir yün yumağı halinde yanında yerde duruyordu. Bir eli hâlâ Noel Domuçu'nun ayağındaydı, Kırık Melek Süsü de yerdeydi, onun da sağlam eli Noel Domuçu'nun diğer ayağındaydı.

"Brendan, onu buldum!" diye seslendi Jack'in annesi. Dallar arasından Jack'e bakmak için çömelmişti. "Orada ne yapıyorsun Jack? Sana iyi geceler öpücüğü vermek için odana geldim ama odanda yoktun. Çok endişelendim!"

Elini uzattı ve Jack ağacın altından, bir elinde Nodo, diğer elinde Kırık Melek Süsü'yle birlikte dışarı çıktı, annesi onu kucağına aldı ve Jack de ona sarıldı. Tekrar evde olmak harika bir duyguydu.

"Dom için çok üzgünüm" diye fısıldadı annesi. "Büyükbaban neler olduğunu bana anlattı. Seni yatağında bulamayınca evden çıkıp onu aramaya gittiğini sandım ve ben..."

"Dom'u aramaya gittim!" dedi Jack. "Ve neredeyse Kaybeden'in midesini boylayacaktım ama kaçtım, nasıl oldu bilmiyorum..."

Derken Jack pırıl pırıl, yepyeni bir bisiklet gördü, üzerinde kırmızı kurdelesiyle ağacın yanında duvara yaslanmıştı, direksiyonu dallara değiyordu; Jack kollarını annesinden çekip bisikleti gösterdi.

"*Demek* böyle oldu! Noel Baba bana daha sonra yardımcı olabileceğini söylemişti! Meleği serbest bırakmış demek!"

"Ne?" dedi annesi, kafası karışmıştı.

Jack annesine kanadı bükülmüş, çiğnenmiş melek süsünü gösterdi. "Ağacın arkasındaki dallara takılmıştı ya? Ama Noel Baba yeni bisikletimi oraya koyunca, bilerek ağacı sarstı ve melek süsü dallardan kurtuldu! Yani artık kayıp değildi, o da beni ve Noel Domuçu'nu kendisiyle birlikte yukarı, Yaşayanlar Diyarı'na çekti!"

"Jack, sen neden bahsediyorsun?" dedi annesi, gülüyordu ama endişelenmişti. Brendan telaşla odaya girdi ve eliyle göğsüne vurdu.

"Çok şükür" dedi Jack'e bakarak. "Kaybolduğunu sanmıştık dostum!"

"Kaybolmuştum!" dedi Jack, Brendan'ın arkasından Holly de odaya girmişti şimdi. Ağlamaktan gözleri hâlâ şişti ama Jack'i yılbaşı ağacının yanında sağ salim görünce derin bir oh çekti.

"Kaybolanlar Diyarı'ndaydım!" diye anlattı Jack hepsine. "Ben ve Nodo orada beraberdik! Dom'u buldum, o orada çok mutlu –kumsalları sevdiğini hep biliyordum zaten– ve orada başka bir sürü Şey'le tanıştım. Orada değişik değişik şehirler vardı ve Kaybeden beni neredeyse yakalayacaktı ama sonra Kırık Melek Süsü bizi kurtardı – onun bizimle kalması lazım!" dedi Jack, kırık dökük melek süsünü annesinin burnuna dayayarak.

"Peki" dedi annesi hafifçe gülerek, melek süsünü ondan alıp, "gerçekten de bu ailenin bir üyesiymiş gibi görünüyor doğrusu. Köpek Toby onu yakalamadan önce bize göre fazla şaşaalıydı."

"Onu onarabilirsin değil mi?" dedi Jack. "Dom'a yaptığın gibi, hani ona yeni gözler dikmiştin ya?"

"Tabii ki" dedi annesi. Sonra havayı koklayarak,

"Neden is kokuyorsunuz? Hem pijamaların neden çamur içinde?" diye sordu.

"Ah, koku Kaybeden'in ateşinin dumanından geliyor, çamur da Mavi Tavşancık bana sarıldığında pijamama bulaştı" dedi Jack. "Kaybolanlar Diyarı'nda giysilerini temiz tutmak pek kolay değil."

"Orasını bilmem ama bu domuzcuk kesinlikle yıkanmalı."

"Daha değil" dedi Jack, Noel Domuçu'na sarılarak. "Yüzme bilmediği için hâlâ sudan çok korkuyor. O yüzden yeşile döndü. Neredeyse kanalda boğulacaktı. Sen onu makineye atmadan önce, çamaşır makinesinde yıkanmanın nasıl bir şey olduğunu ona açıklamam lazım, yoksa çok korkar. Hem önce onu yeni bisikletime bindirmek istiyorum. Bisiklete binmeyi çok seviyormuş. Bana da Noel Baba söyledi."

"Hakikaten müthiş bir rüya görmüşsün" dedi annesi. "Üstelik o bisikleti henüz görmemen gerekiyordu. Henüz Noel Günü'nde değiliz."

"Aslında" dedi Brendan, saatine bakarak, "Noel Günü'ndeyiz. Vakit gece yarısını tam bir dakika geçmiş."

"Acıktım" dedi Jack. "Üç gecedir evde değilim ve Kaybolanlar Diyarı'nda yemek yiyemedim çünkü o zaman gerçek bir çocuk olduğum belli olurdu. Bana inanmıyorsunuz." Jack annesiyle Brendan'a baktı. İkisi de yetişkinlere özgü bir tarzda gülümsüyorlardı; yetişkinlerin orada olmamalarına, bütün olan biteni görüp yaşamamış olmalarına karşın yine de olan biten konusunda çok daha fazla fikir sahibi olduklarını düşündükleri zamanlardaki gibi sinir bozucu bir gülümsemeydi bu.

"Hadi sıcak çikolata hazırlayayım ben, ne dersin?" dedi annesi gülümsemeye devam ederek. Kırık Melek Süsü'yle odadan çıktı. Brendan elektrikli şömineyi yaktı ve ona mutfakta yardım etmeye gitti, Holly ile Jack yalnız kalmıştı şimdi.

"Kaybolanlar Diyarı'na gittiğine inanıyorum" dedi Holly kısık sesle. "Sana gerçekten inanıyorum Jack. Hem Dom'u görmene, onun mutlu olmasına da sevindim. Ve onu arabanın penceresinden dışarı fırlattığım için çok üzgünüm, çok ama çok özür dilerim."

"N'apalım... olsun" dedi Jack. "O artık kumsaldaki minik güzel bir evde, Tuvalet Kâğıdı Rulosu Meleği'yle birlikte yaşıyor. Benim de artık Nodom var. Dom onun dünyadaki en iyi ve en cesur domuzcuk olduğunu söylüyor ve çok haklı."

"Sen Kaybolanlar Diyarı'ndayken başka ne oldu peki?" diye sordu Holly, sonra da Jack'le birlikte şöminenin yanına oturdular. Jack ona Kullan At, Şerif Gözlük, Beslenmecik, Astım Spreyi, Tüh Kaybolmuş, Fihri ve Şiir'den bahsetti, sonra Yası Tutulmamışlar Hurdalığı'ndaki uzun yolculuğunu anlattı, ona Pusula'dan, Mavi Tavşancık'tan ve Özlenenler Şehri'nde tanıştığı tuhaf Şeyler'den de bahsetti ve Kaybeden'in İni'nden nasıl kaçtıklarını anlattı.

"Sana karşı çok kötü davrandığımın farkındayım Jack" dedi Holly, Jack konuşmasına nefes almak için ara verdiğinde. "Bir daha asla sana zorbalık etmeyeceğime söz veriyorum."

"Sana inanıyorum" dedi Jack, Zorbapatron'u hatırlayarak ama Holly'ye ondan bahsetmedi. Nodo da Jack'in kucağında oturmuş, şömine ateşinde ısınıyordu. "Ama bence artık jimnastik yapmayı bırakmalısın. Artık jimnastik yapmaktan hoşlanmadığını biliyorum, müzikle uğraşmak istiyorsun."

"Nasıl – bunu *nasıl* bilebilirsin ki?" dedi Holly şaşkınlıkla. "Bundan daha *hiç kimseye* bahsetmedim!"

"Kaybolanlar Diyarı'nda bazı şeyleri öğrenebilirsin" dedi Jack bilmiş bilmiş.

"Hep Olimpiyatlar'a katılmak istediğimi sanırdım" dedi Holly ateşe bakarak, "ama artık istemiyorum, hem de hiç. Hafta sonları antrenmana gidip sürekli çalışmak yerine arkadaşlarımı görmeyi tercih ederim."

"Hırsını kaybetmekte yanlış bir şey yok" dedi Jack. "Biliyor musun, aşağıda kaybedilen bir hırsla tanıştım ben. Gerçi o korkutucuydu ama eminim sen daha iyisini bulabilirsin."

"Gitar çalmayı öğrenmek istiyorum" dedi Holly.

"O halde şanslısınız" dedi Brendan, sıcak çikolata dolu iki tane kocaman kupayla odaya girerken. "Judy'yle konuştuk ve yataklarınıza dönmeden önce her ikinizin de birer hediye açabileceğinize karar verdik. Holly, bence sen şu büyük olanı açmalısın, paketi altın yaldızlı olanı."

Jack yeni bisikletinin üzerindeki kırmızı kurdeleyi çözdü ve Noel Domuçu'na bisikletinin çok kaliteli olduğunu gösteren bütün özelliklerini anlattı; Holly ise en büyük hediyesinin paketini yırtıp açtı ve içinden parlak siyah bir gitar çıktı. Holly gitarının akortlarıyla ilgilenirken Brendan, Jack'in bisikletinin selesini ayarlamasına yardımcı oldu ve Jack'in annesi elinde Kırık Melek Süsü'yle odaya geldi.

Meleğin suratına minik bir sargı bezi sarılmış, böylelikle suratındaki eksik kısım saklanmıştı, annesi meleğin kanadını da düzeltmiş, eli olmayan kolunu da sarmıştı. Sonra içlerinde en uzun olanları o olduğundan Brendan melek süsünü aldı ve onu ağacın tepesine yeniden yerleştirdi; melek süsü ağacın tepesinde gururla onlara gülümsüyordu, sargıları en başından beri varmış gibiydi sanki.

"Ondan hoşlandım" dedi annesi. "Nazik görünüyor, öyle değil mi? Pekâlâ, siz ikiniz, çikolatanızı bitirdiyseniz artık doğru yataklara. Zaten birkaç saate kalkmış olacağız."

Jack ve Holly merdivenlerden yukarı çıktıklarında merdiven sahanlığında birbirlerine samimi bir şekilde iyi geceler dediler. Sonra Holly odasına girdi ve annesi Jack'in odasına gelip ona iyi geceler öpücüğü verdi.

Odadaki Şeyler'in hiçbiri konuşmuyordu şimdi, hepsi de kıpırtısızdı, önceden gözü ve kolları olanlar haricinde hiçbirinin gözleri ya da kolları yoktu artık. Jack battaniyelerin altına sokuldu ve annesi önce onu, sonra da Noel Domuçu'nu öptü. Işığı söndürdü ve odanın kapısını arkasından kapadı.

Jack yatağında Nodo'nun kokusunu içine çekerek ona sokuldu; oyuncak kanal suyu ve is gibi kokuyordu, hem Jack'in annesinin parfümü de çok az üzerine sinmişti şimdi. Yakında çamaşır makinesine gitmesi gerekecekti ama Jack onun çok geçmeden ev gibi ve battaniyelerin altındaki ılık boşluk gibi kokacağını biliyordu.

"İyi geceler Nodo" diye fısıldadı Jack. "Mutlu Noeller."

Maceralarından iyice yorgun düşen Jack neredeyse anında uyuyakaldı.

Mucizeler ve kaybolan umutlar gecesi olan Noel Arifesi sona ermiş olmasına karşın odanın karanlığında iki minik ayak uyuyan çocuğa sarıldı.

"İyi geceler Jack" diye fısıldadı minik domuzcuk, mutluluk gözyaşları pıt pıt yastığa düşüyordu. "Sana da Mutlu Noeller!"

Teşekkür

Yıllardan beri yazmakta olduğum *Noel Domuçu ile Jack'in Müthiş Maceraları*'nın kalbimde çok ayrı bir yeri var. Onu sonunda serbest bırakmak benim için harika ve arındırıcı bir deneyim oldu.

En eski ve yakın dostlarımdan biri olan Aine Kiely'ye kocaman bir minnet borcu duyuyorum, kendisi benim şahsi Pusulam olarak bana çok yol göstermiştir ve birkaç yıl önce boş bir anımda bana Noel'in her yıl yaşandığını söyleyerek akıl sağlığımı kurtardı doğrusu. Aine sayesinde bu kitabı yazmak benim için büyük bir zevk oldu.

Ruth Alltimes bu projede birlikte çalıştığım mükemel editörümdü. Sezgileri, heyecanı ve empati yeteneği editörlük sürecini müthiş zevkli bir hale getirdi. Ayrıca Scholastic'ten Emily Clement'a hikâyenin iyileşmesi için sağladığı katkılardan ötürü şükran duyuyorum.

Temsilcim ve dostum Neil Blair'e ve The Blair Partnership'te *Noel Domuçu ile Jack'in Müthiş Maceraları*'nın yayına hazırlık sürecine dahil olan herkese minnettarım.

Vazgeçilmez idari ekibimin üyeleri Nicky Stonehill, Rebecca Salt ve Mark Hutchinson'a öğle yemeği boyunca onlara bütün hikâyeyi baştan sona anlatmama izin verdikleri için çok teşekkürler. Gelecek sefere beni sadece iki kadehle sınırlayın.

Fiona Shapcott, Di Brooks, Angela Milne ve Simon Brown olmasa muhtemelen hâlâ sondan bir önceki kitabımı yazıyor olurdum. Yaptığınız her şey için teşekkürler.

Jim Field bu proje için müthiş bir iş çıkardı. Jack'i, iki domuzcuğu ve Kaybolanlar Diyarı'nı böylesine güzel bir şekilde resmettiği için ona ne kadar teşekkür etsem azdır. Resimlere her baktığımda nefesim kesildi çünkü gördüklerim, zihnimde canlandırdıklarımın bire bir aynısıydı.

Ve her şeyden önemlisi, aileme teşekkür ederim. *Noel Domuçu ile Jack'in Müthiş Maceraları* deniz kenarında kumların üzerinde oturan beş kişilik Murray ailesine Kaybolanlar Diyarı'nı anlattığımda gerçek anlamda Canlanmış oldu. Heyecanınız, ilginiz ve mantıklı sorularınız (Dec) sayesinde yazmaya devam ettim. Artık geriye söyleyecek son bir şey kalıyor: Bu sayfalardaki Şeyler ile ailemizin kaybettiği ya da bulduğu Şeyler arasındaki benzerlikler tabii ki tamamen kastidir.

J.K. Rowling

J.K. ROWLING yedi "Harry Potter" romanının yazarıdır, kitaplar 500 milyondan fazla satmış, 80'den fazla dile çevrilmiş ve gişe rekorları kıran sekiz sinema filmine uyarlanmıştır. J.K. Rowling kitap serisinin yanında, yardım kurumları için üç ek kitap yazmıştır. Daha sonra *Fantastik Canavarlar* kitabı yepyeni bir film serisine ilham olmuştur. J.K. Rowling yetişkin Harry'nin hikâyesini bir tiyatro oyununda devam ettirerek oyun yazarı Jack Thorne ve yönetmen John Tiffany ile *Harry Potter ve Lanetli Çocuk, Birinci ve İkinci Bölüm* adlı tiyatro oyununu yazmıştır.

J.K. Rowling 2020 yılında *Ickabog* adlı peri masalıyla çocuk yayıncılığına döndü. Kitap dizi şeklinde, ücretsiz ve çevrimiçi olarak yayımlanmış ve yazar kitabın satışından elde edilen teliflerin tamamını pandemiden zarar gören kişilere yardım etmek için bağışlamıştır.

J.K. Rowling, Robert Galbraith takma adıyla kaleme aldığı polisiye kitap serisi de dahil olmak üzere, yazdıklarıyla pek çok ödül ve nişan almıştır. Volant adındaki hayır kurumu aracılığıyla pek çok hayır işine destek olmuştur, ayrıca çocuk bakımında reform yapmak üzere faaliyet gösteren bir hayır kurumu olan Lumos'un da kurucusudur.

J.K. Rowling kendini bildi bileli yazar olmak istemiştir ve en mutlu olduğu zamanlar bir odada bir şeyler uydurduğu zamanlardır. Ailesiyle İskoçya'da yaşamaktadır. J.K. Rowling'le ilgili daha fazla bilgi için www.jkrowlingstories.com adresini ziyaret ediniz.

Jim Field

JIM FIELD ödüllü bir illüstratör, karakter tasarımcısı ve animasyon film yönetmenidir. Müzik videolarından jeneriklere, reklamlara ve kitaplara varıncaya dek çok çeşitli projeler üzerinde çalışmıştır.

Çok ödüllü bir dizi çocuk kitabı resimlemiştir, kitapları arasında *Oi Frog!*, *The Lion Inside* ve *Rabbit and Bear* yer almaktadır, ayrıca Michael Morpurgo ile David Baddiel'in yazdığı hikâyeleri de resimlemiştir. Ayrıca hem yazıp hem resimlediği, Fransızca kelimeler öğreten *Monsieur Roscoe* adında çift dilli bir kitap dizisi yaratmıştır.

Kitapları otuzdan fazla dile çevrilmiş ve dünyanın pek çok yerinde yayımlanmıştır.

Jim, Farnborough'da büyüdü, şimdi eşi ve küçük kızıyla birlikte Paris'in hemen dışında yaşıyor.